DESVENDANDO JACK, O ESTRIPADOR

Russell Edwards

DESVENDANDO JACK, O ESTRIPADOR

A Minuciosa Investigação Forense que Revelou a Identidade do Serial Killer Mais Famoso de Todos os Tempos

Tradução
MARTHA ARGEL

Título original: *Naming Jack the Ripper.*
Copyright © 2014 Russell Edwards.
Copyright da edição brasileira © 2015 Editora Pensamento-Cultrix Ltda.
Texto de acordo com as novas regras ortográficas da língua portuguesa.
1ª edição 2015.
Todos os direitos reservados. Nenhuma parte desta obra pode ser reproduzida ou usada de qualquer forma ou por qualquer meio, eletrônico ou mecânico, inclusive fotocópias, gravações ou sistema de armazenamento em banco de dados, sem permissão por escrito, exceto nos casos de trechos curtos citados em resenhas críticas ou artigos de revistas.

A Editora Seoman não se responsabiliza por eventuais mudanças ocorridas nos endereços convencionais ou eletrônicos citados neste livro.

Editor: Adilson Silva Ramachandra
Editora de texto: Denise de Carvalho Rocha
Gerente editorial: Roseli de S. Ferraz
Preparação de originais: Marta Almeida de Sá
Produção editorial: Indiara Faria Kayo
Assistente de produção editorial: Brenda Narciso
Editoração Eletrônica: Join Bureau
Revisão: Nilza Agua

Dados Internacionais de Catalogação na Publicação (CIP)
(Câmara Brasileira do Livro, SP, Brasil)

Edwards, Russell
  Desvendando Jack, o Estripador : a minuciosa investigação forense que revelou a identidade do serial killer mais famoso de todos os tempos / Russell Edwards ; tradução Martha Argel. – São Paulo : Seoman, 2015.

  Título original : Naming Jack the Ripper
  ISBN 978-85-5503-021-5

  1. Assassinatos em série – Inglaterra – Londres – História – Século 19 2. Jack, o Estripador 3. Vítimas de crimes – Inglaterra – Londres – Século 19 4. Whitechapel (Londres, Inglaterra) – História. I. Título.

15-05314   CDD-364.152320922

Índices para catálogo sistemático:
  1. Serial Killers : Estudo de casos : Problemas sociais   364.152320922

Seoman é um selo editorial da Pensamento-Cultrix.

Direitos de tradução para o Brasil adquiridos com exclusividade pela
EDITORA PENSAMENTO-CULTRIX LTDA., que se reserva a propriedade literária desta tradução.
Rua Dr. Mário Vicente, 368 – 04270-000 – São Paulo, SP
Fone: (11) 2066-9000 – Fax: (11) 2066-9008
http://www.editoraseoman.com.br
E-mail: atendimento@editoraseoman.com.br
Foi feito o depósito legal.

Para Sally,
Alexander e Annabel

SUMÁRIO

Introdução 9

1. De Birkenhead a Brick Lane 19
2. Um assassino ataca em Whitechapel 33
3. Um inominável terror da meia-noite – *As mortes de Mary Ann Nichols e Annie Chapman* 57
4. Um assassino interrompido – *A morte de Elizabeth Stride* 75
5. Do inferno – *A morte de Catherine Eddowes* 91
6. O assassinato mais horrendo – *A morte de Mary Jane Kelly* 115
7. A história do xale 131
8. Encontrando sangue humano 161
9. Encontrando DNA 183
10. Eliminando suspeitos 213
11. Quem foi Aaron Kosminski? 241
12. Capturando o Estripador 275
13. Conclusão 297

Agradecimentos 303
Apêndice 305

INTRODUÇÃO

Era sábado, 17 de março de 2007, dia de São Patrício. Não que eu soubesse que era o dia do santo: a data tinha um significado muito maior para mim. Foi o dia em que compareci a um leilão, o primeiro a que fui. Um dia que começou com grande emoção e determinação e terminou numa decepção desesperadora.

Por que aquele leilão era tão importante para mim? Para um observador casual, o catálogo elaborado pela empresa leiloeira Lacy Scott & Knight para a venda naquele dia em Bury St Edmunds, Suffolk, era bastante padrão: livros de antiguidades, cerâmicas, joias, relógios, pinturas, muitos móveis de mogno vitorianos e eduardianos. Em outra época da minha vida, quando tinha interesse por móveis antigos, eu teria gostado de examinar os lotes.

Porém naquele dia havia um único item pelo qual eu estava interessado, e sem sombra de dúvida era a sensação do dia; tinha uma página inteira do catálogo destinada a ele. Era um velho xale de seda danificado, meio rasgado. Eu fora vê-lo no dia anterior, e me impressionou pelo fato de ser muito bonito, muito mais do que eu havia esperado: a faixa central era de seda lisa, e em cada extremidade havia núcleos amplos, com uma estampa floral que se destacava, predominando ásteres dourados e vermelhos. De um lado ele era marrom com bordas estampadas, e havia uma beirada larga em cada extremidade, azul com estampa floral, e do outro lado era de um marrom mais claro com extremidades azuis. Até para meu olhar destreinado ele era evidentemente muito antigo.

No entanto o significado dele ia muito além de sua idade. Isto é o que constava na lista do catálogo:

> Lote 235: Um xale de seda marrom do final do século XIX, com estampa impressa em serigrafia, decorado com ásteres, comprimento 2,5 m (com algumas partes puídas e rasgadas).

Diferentemente das tabelas e fotos que preenchiam o resto da lista, para esta peça não havia qualquer estimativa de preço. Simplesmente estava escrito: "Est: por favor, consulte os leiloeiros".

Eu havia feito exatamente isso. Quando vi o xale, no dia anterior, que é quando os leilões normalmente permitem que os compradores em potencial vejam os lotes, o leiloeiro havia me informado o preço de reserva, e eu fiquei surpreso com o fato de ele ser tão baixo: definitivamente, estava dentro do meu orçamento.

Em outra página, onde havia uma foto grande do xale, o catálogo dizia:

> Procedência: De acordo com a história da família do vendedor, este xale teria sido removido do corpo de Catherine Eddowes, vítima de Jack, o Estripador, por seu tio-bisavô, Sargento Amos Simpson, que estava lotado perto da Mitre Square, no East End de Londres. No entanto há alguma controvérsia acerca da autenticidade dessa história, e aconselha-se aos interessados que

façam sua própria pesquisa antes de darem um lance. O xale passou algum tempo no Museu do Crime (Museu Negro) da Polícia Metropolitana, e em 2006 foi objeto de uma análise forense sem resultados conclusivos, para um programa no Canal 5.

A história do xale é discutida em profundidade no Apêndice Um do livro de Kevin O'Donnell, *The Jack the Ripper Whitechapel Murders*, baseado na pesquisa feita por Andy e Sue Parlour; uma cópia está disponível, a pedido, no escritório.

Então veja bem. Se fosse genuíno, este seria um dos poucos remanescentes físicos das cenas dos crimes cometidos por Jack, o Estripador, quando ele aterrorizou as ruas de Londres e abriu seu caminho para o psiquismo britânico. Todos já ouviram falar de Jack, o Estripador. Pouca gente conhece a história inteira, mas muitas pessoas têm uma impressão vaga de ruas escuras e enevoadas, na Londres vitoriana, com um *serial killer* enlouquecido à solta, atacando e mutilando com violência suas vítimas, todas prostitutas. É, talvez, a maior e mais famosa série de crimes não solucionados do mundo, que atrai turistas do mundo todo para as ruas do East End de Londres.

Naturalmente, quem elaborou o catálogo teve cuidado para que as afirmações sobre o xale fossem discretas. Não havia prova de que tivesse pertencido à vítima Catherine Eddowes, era apenas uma antiga história de família. Mas ainda assim havia uma boa chance. Eu tinha feito algumas pesquisas, eu acreditava que era genuíno, e eu queria que fosse. Eu o queria muito. Eu acalentava uma pequena informação sobre o xale, uma informação que só eu tinha – um segredo que o tornava muito mais importante para mim e que eu sabia que aumentaria de fato o pouco que sabemos sobre Jack, o Estripador.

Saí cedo para o leilão. Ele teria início às 10 horas, e minha esposa, Sally, e eu estávamos morando com nosso filhinho Alexander em Newmarket, a apenas 25 minutos de lá. Ela não foi comigo: ela não compartilha meu fascínio pela história do Estripador. Vesti-me de forma casual, não querendo chamar a atenção para mim mesmo, mas com elegância suficiente para demonstrar ser sério. Eu imaginava encontrar uma grande multidão, e estava certo: o imenso salão de leilões, do tamanho de um campo de futebol e repleto de móveis, estava apinhado de gente, e imaginei que ao menos algumas daquelas pessoas estavam ali pelo mesmo motivo que eu. Os jornais nacionais e locais tinham estampado matérias sobre o leilão, e assim seria de esperar um elevado nível de interesse. Antes que as vendas começassem, um assistente da empresa de leilões, perplexo, erguia bem alto o xale para que a multidão a sua volta o visse: ele claramente não conseguia entender o interesse maciço por aquele pano velho e danificado.

Eu sentia um misto de ansiedade e apreensão. O leilão começou e, depois de vários lotes, percebi que quase nada estava sendo vendido; claramente, não apenas algumas, mas boa parte das pessoas na sala lotada estava ali por causa do xale. Fiquei preocupado. Eu tinha certeza de que o preço iria ultrapassar bastante a reserva, e em minha mente eu o via alcançando a quantia de 150 mil libras ou até mais. Estaria eu preparado para ir tão longe? Sim, eu o queria tanto que teria pago o que fosse para tê-lo.

Enquanto a manhã se arrastava, notei que Stewart Evans, uma das maiores autoridades no caso do Estripador, e colecionador de itens ligados a crimes reais, estava ali. Eu o tinha visto na televisão, em entrevistas sobre o assunto para vários documentários, e então decidi perguntar-lhe qual sua opinião sobre o xale, sem revelar meu próprio interesse. Ele falou bastante sobre a história do Estripador, mas pareceu cético quanto à autenticidade do xale.

"Não é para mim", ele disse. "Estou aqui só para ver quem vai levá-lo. Não creio que será comprado."

Senti que ele podia estar blefando, tentando confundir a mim e a quem mais estivesse ouvindo. Ele me olhava com atenção, e eu tinha certeza de que estava me analisando para descobrir se eu seria ou não um rival nos lances.

Depois de metade dos lotes do leilão ser vendida, houve uma pausa para o almoço. Eu não estava interessado em comer; meu estômago se contraía quando eu pensava no que estava por vir. Fui até o escritório para dar uma olhada no livro que o catálogo mencionava. Quando cheguei lá, encontrei um grupinho de pessoas reunido em volta de um homem muito alto, que segurava o livro e discorria sobre o xale e sua história. Percebi que era Andy Parlour, cuja pesquisa para o apêndice constituía a parte mais importante do livro no que se referia ao xale. Ele estava gostando de falar sobre o xale às pessoas, e por isso eu aproveitei e fiz algumas perguntas superficiais; não queria revelar meu trunfo, mas queria ouvir tudo que ele tivesse a dizer. Por sorte, assim como Stewart Evans, Andy não precisava de muito incentivo para falar. De vez em quando eu dizia algo tipo "Isso é interessante, amigo" só para que ele continuasse.

Era difícil, para mim, acreditar que estava de fato no mesmo recinto que aquele homem, um especialista no xale, e Stewart Evans, grande *expert* na história do Estripador. E às vezes eu recordava a mim mesmo que sabia algo sobre o xale que todos, até mesmo os caras que pesquisavam o assunto havia anos, tinham deixado passar.

Quando o leilão recomeçou, eu decidi ficar ao lado de Stewart Evans, achando que ele certamente daria um lance; eu esperaria até que o fizesse, antes de dar o meu. O salão esteve barulhento durante toda a manhã, com as pessoas conversando e indo de um lado a outro, mas, quando o "Lote 235" foi anunciado, um silêncio profundo caiu. O assistente fez um gesto indicando o xale, agora fechado em um mostruário de vidro na frente do salão.

Não consigo me lembrar do primeiro lance, de quem o fez e de quanto foi. Entretanto logo começaram a vir lances de todos os lados do recinto, e o preço disparou. Eu não conseguia ver quem dava os lances. Havia três linhas telefônicas aceitando lances, e o leiloeiro se alternava com uma velocidade experiente entre os telefones e o salão. Lembro-me de ter pensado "Isso aqui vai chegar a milhões".

Em alguns momentos, o leiloeiro, que sabia do meu interesse, olhou para mim com o intuito de ver se eu iria participar. Porém eu estava esperando que Stewart Evans desse seu lance e continuei a observá-lo. O leilão transcorreu rápido e, antes que eu percebesse, o leiloeiro disse "Lances finais!". De novo ele me olhou, de novo eu fiz sinal e não disse nada. Ainda estava esperando um lance de Stewart Evans e, quando percebi que nada viria, eu gelei. Fui invadido por uma combinação de nervosismo e do medo de que, se eu não estava participando, talvez ele tivesse razão em acreditar que o xale não tinha valor algum.

"Lances encerrados. O item não será vendido!"

Ouviram-se resmungos pelo recinto. Apesar da avalanche de lances, a reserva não havia sido atingida. As pessoas haviam esperado o dia todo por aquilo e agora estavam desapontadas. O espetáculo havia terminado, e o evento tinha sido uma perda de tempo para todos.

"Lote 236", gritou o leiloeiro, enquanto uma caixa de chá em jacarandá ia a leilão. Mas ninguém lhe dava atenção. Grupinhos de pessoas foram deixando o recinto de vendas, compartilhando entre si a frustração. Outros passavam apressados por eles e saíam sozinhos; a sensação de decepção estampada em seus rostos.

Ninguém estava mais desapontado do que eu.

O que eu tinha feito? Teria perdido a chance de adquirir uma das peças mais fundamentais de evidência tangível do mais famoso mistério policial de todos os tempos? Ou havia escapado por um triz, deixando de gastar milhares de libras no que seria pouco mais do que um capricho?

Quando contei a Sally o quanto estava disposto a pagar para adquirir o xale, ela riu e me fez prometer que, se no final ele fosse inútil, eu lhe daria exatamente a mesma quantia em dinheiro para ela gastar como quisesse. Pelo menos disso eu havia me livrado!

No entanto o dinheiro poupado não contribuiu para que eu me sentisse melhor. Como todos os demais, voltei para o carro de mãos abanando; sentia-me derrotado. Tudo em que podia pensar era "Que foi que eu fiz? Como posso ser tão idiota, ter ficado paralisado no momento mais importante?".

Aquilo me afetou muito, e eu não consegui dormir naquela noite. A terrível sensação de fracasso persistiu durante o domingo e continuei a me martirizar por isso. Conversei com Sally, que ficou penalizada, mas ela não poderia entender de fato a minha dor.

Mas quando a manhã de segunda-feira chegou, tive uma revelação: talvez não estivesse tudo perdido. Eu me esforçara em convencer a mim mesmo de que comprar o xale poderia ter sido um equívoco: Stewart Evans não o queria, ninguém estava disposto a pagar a reserva, e talvez tivessem razão – o xale deveria ser só um pedaço inútil de pano velho que, ao longo dos anos, teria sido investido de um mito familiar.

Porém eu sabia de algo que eles não sabiam. Como já disse, eu tinha meu próprio motivo para acreditar que o xale continha um significado imenso, e que talvez fosse a chave para todo o caso do Estripador. Eu não podia falar com ninguém sobre isso, porque naquela época não conhecia alguém que compartilhasse meu interesse, e com certeza não queria alertar os "ripperologistas",[1] pessoas como Stewart Evans, que se dedicam ao estudo do caso e são renomados especialistas. O que eu sabia era preciso demais para dividir com o mundo, naquele estágio. Assim, a despeito de minhas dúvidas, eu não questionaria a importância do xale: eu ainda acreditava nisso.

---

[1] Forma como os estudiosos de Jack, o Estripador, se referem a si mesmos. Derivada de *Ripper*, "estripador" em inglês. [N.T.]

Naquela manhã, decidi telefonar para a casa de leilões, a fim de saber o que aconteceria com o xale. Por sorte, o leiloeiro se lembrava de mim e me informou que ele seria devolvido ao dono. Perguntei-lhe se achava que o proprietário teria interesse em vendê-lo a mim se eu me propusesse a pagar o preço de reserva. Ele me pediu que esperasse próximo ao telefone. Queria ligar para o vendedor naquele mesmo instante. Depois de alguns minutos de ansiedade, o telefone tocou e soou a voz do leiloeiro. "Está com sorte", ele disse. "Se puder pagar nossa taxa, e pagar a reserva, o xale é seu."

Fiquei eufórico. Passara por minha cabeça que alguém mais poderia tentar a mesma coisa, mas pelo visto eu tinha sido o único. Provisoriamente, eu o tinha comprado. O alívio que perpassou meu corpo foi imenso.

"Vou precisar de uma carta de procedência. Preciso que o proprietário me forneça toda a história, por escrito", disse eu.

Era muito importante, para mim, obter o máximo possível de informação a respeito de como o xale havia sido passado de uma geração a outra da família.

Contudo o negócio tinha sido fechado, e eu desliguei o telefone num humor muito melhor do que ele estivera desde o leilão.

Precisei esperar que a carta chegasse ao leiloeiro, o que demorou alguns dias. Era uma sensação estranha saber que o xale era meu, mas não consegui acreditar de verdade até tê-lo em mãos. Enquanto esperava no limbo, fui assaltado pela dúvida – e se o vendedor tivesse mudado de ideia? Não podia parar de pensar em meu segredo e imaginar o que teria acontecido se mais alguém tivesse esbarrado nele antes de mim. Só sei que minha vida teria sido muito diferente.

Fui buscar o xale em 2 de abril de 2007, pouco mais de duas semanas depois de vê-lo pela primeira vez. Fiz um saque na agência do meu banco em Bury St Edmunds e caminhei até a casa de leilões sentindo meus batimentos cardíacos. Vendo as pessoas de Bury St Edmunds em sua rotina diária, parecia surreal que eu estivesse indo buscar algo que significava tanto para mim e que podia ter tanta importância histórica e ainda assim ninguém compartilhar minha emoção.

Deixaram-me esperando na casa de leilões; ainda não estavam prontos para entregar minha valiosa aquisição. O leiloeiro perguntou por que eu não dera um lance pelo xale no dia, e eu expliquei que havia ficado nervoso demais, com tantos olhos fixos no item, e estive à espera do momento certo, mas esse momento nunca chegou.

Ele sorriu, com certeza acostumado ao fato de os clientes ficarem nervosos durante os leilões; mas também poderia estar pensando que havia sido tudo uma manobra minha e que eu nunca tivesse tido a intenção de vir a público como o comprador do xale. Quisera eu ser tão esperto assim! Por fim, ele me entregou um grande pedaço de papelão dobrado em dois e fechado com uma fita adesiva já amarelada.

Dentro dele estava o xale, envolto em papel de seda vermelho. No papelão havia o nome e a profissão do proprietário anterior, David Melville-Hayes, com a inscrição: "Xale em dois pedaços (1) aprox. 1,8 metro por 60 centímetros, (2) aproximadamente 60 centímetros por 38 centímetros". Também recebi a carta do senhor Melville-Hayes, e de imediato me espantou que tivesse sido escrita em uma antiga máquina de escrever, e isso de certa forma intensificou o sentido da história que eu já tinha.

"Mantenha contato e nos informe sobre o desenvolvimento de sua pesquisa, tudo bem?", disse o leiloeiro ao apertar minha mão.

"Claro que sim, o prazer será todo meu", eu respondi.

Voltei para o carro carregando o pacote nada impressionante e me sentindo muito satisfeito comigo mesmo.

Eu sabia que estava apenas no começo da minha jornada pessoal para desmascarar o Estripador. No entanto a jornada havia apenas começado.

CAPÍTULO 1

DE BIRKENHEAD A BRICK LANE

A história de Jack, o Estripador está bem documentada. Bibliotecas inteiras foram escritas a respeito dele, muitas teorias foram aventadas, documentários de televisão e filmes de ficção foram feitos. É o crime real mais misterioso de todos os tempos, conhecido no mundo todo, sempre presente na imaginação coletiva, uma fonte constante de fascínio. Há *serial killers* com número muito maior de assassinatos, alguns até mesmo tão violentos na forma de dar cabo de suas vítimas. Mas nenhum, jamais, atraiu o interesse público da mesma forma que este caso. Em uma curta sequência de assassinatos, em 1888, Jack, o Estripador abriu seu caminho na história da mesma maneira como abriu as vísceras das mulheres desafortunadas que cruzaram seu caminho enquanto ele rondava os becos e as passagens de Whitechapel.

Muita gente tentou desvendar o caso, tanto à época quanto ao longo dos anos. Sou o último dessa longa fila; mas, ao contrário de todos antes de mim, acredito ter provas incontestáveis, o tipo de provas que resistiriam a qualquer interrogatório em um tribunal nos dias de hoje.

Não sou o mais provável dos candidatos a resolver esse quebra-cabeça; de fato, esbarrei nele quase por acaso. Porém acredito que foi minha capacidade de pensar paralelamente que me ajudou a ver uma ligação que ninguém mais tinha notado. Sem ter formação de pesquisador, precisei aprender à medida que avançava, e acabei entrando em vários becos sem saída. Fui esnobado, desencorajado e, em certos momentos, cheguei a desistir. No entanto o projeto estava sempre no fundo da mente, e nunca o abandonei por inteiro.

Não sou do East End de Londres, por isso não tenho conexão direta com a história dos crimes; nasci e cresci em Birkenhead. Começamos com uma família comum: mamãe, papai, eu e minha irmã morando em um apartamento de um conjunto habitacional numa área barra-pesada. Entretanto, quando fiz 4 anos, meus pais já tinham se separado. Ambos se casaram outra vez e, por intermédio do novo parceiro da minha mãe, ganhei um irmão e uma irmã de criação; por intermédio da parceira do meu pai, ganhei um irmão e uma irmã de criação, e depois uma meio-irmã. Assim, cresci em um ambiente complicado e fragmentado, e a maior estabilidade da minha infância veio da minha avó; ela morava do outro lado da rua do sobrado geminado para o qual nos mudamos quando eu tinha 5 anos – dois quartos em cima, sala e cozinha embaixo, um banheiro externo no pátio de trás, e idas semanais às termas públicas para tomar banho.

Depois que meu padrasto acidentalmente colocou fogo na casa enquanto cozinhava, fomos transferidos depressa para uma casa popular. Mas eu sempre gravitava de volta para minha avó e, quando tinha 13 anos, ficava com ela nas terças-feiras à noite e da sexta até domingo. Às vezes, me perguntam como foi que comecei a me interessar por crimes, e acho que isso vem desde a mais tenra infância. Minha mãe e meu padrasto estavam sempre trabalhando; eles tinham bancas no mercado. Minha irmã e eu fomos cuidados por uma sucessão de babás adolescentes e por meus avós, e eles não faziam questão de que fôssemos dormir cedo; ficávamos acordados assistindo a *Frankenstein*, *Drácula*, *A Múmia*, *O Lobisomem* e outros filmes de horror. Ao mesmo tempo, eu colecionava e pintava pequenos modelos de plástico de monstros e personagens de filmes de horror.

Quando eu tinha 10 anos, o noticiário foi dominado pelo Estripador de Yorkshire, e acompanhei de perto o caso sem fazer ideia de que seu apelido derivasse de um assassino anterior. O interesse cresceu quando cheguei à adolescência; eu era fascinado por programas de TV sobre os *serial killers* norte-americanos como Ted Bundy e John Wayne Gacy, e sobre o assassino britânico Dennis Nilsen.

Não era uma obsessão séria; eu não passava meu tempo estudando os assassinos. Mas sempre me intrigou a grande questão: o que faz alguém se tornar não apenas um assassino com um motivo muito claro, mas um assassino em série, que ataca de novo e de novo, de forma aparentemente ao acaso? De onde vem tal impulso de matar?

Eu ia bem na escola, estudando muito para meus exames O-Level, aguentando os *bullies* que me chamavam de "Meio Mastro", porque minhas calças eram sempre curtas demais; meus pais não tinham dinheiro suficiente para me comprar calças novas todo ano. Eu estava nas aulas do O-Level com as crianças que tinham dinheiro, mas vivia à base da merenda escolar; na verdade eu não me enquadrava no padrão. Fiz minha revisão na casa da minha avó, meu refúgio favorito. Foi quando percebi que ninguém iria lutar minhas batalhas por mim e desenvolvi um forte instinto de cuidar de mim mesmo.

Eu não era encorajado em casa, onde os trabalhos escolares não eram valorizados. Comecei a estudar para os exames de A-Level em Química, Biologia e Música, mas uma discussão tremenda com minha mãe e meu padrasto me fez fugir para Gales do Norte, onde fui morar com meu pai na hospedaria que ele dirigia em Rhyl. Fui ainda mais infeliz morando com minha madrasta, então voltei para Birkenhead e fui para a faculdade, onde continuei os estudos. Minha mãe e meu padrasto tinham se mudado da casa popular para uma loja em Wallasey e, então, quando eu tinha 18 anos, voltaram para o sobradinho do outro lado da rua da casa da minha avó. Não havia um quarto para mim, e eu dormia em uma cama de campanha debaixo da escada na sala de estar, e ainda passava um bom tempo com minha avó, cuja saúde estava declinando (ela morreu quando eu tinha 21 anos). Eu também tocava saxofone em uma banda e dediquei mais tempo a isso do que ao trabalho escolar: prestei dois A-Level, em Biologia e Química, e, quando os resultados saíram, eu tinha um F (*fail*, reprovado) em Biologia e um O (grau O-Level) em Química. Olhei para eles: FO. Naquele momento, senti que as letras estavam soletrando uma mensagem para mim, que desistisse de minhas esperanças acadêmicas e tocasse a vida em frente.

Uma coisa que meus pais inconscientemente me passaram foi o desejo de ser meu próprio patrão. Meu pai tinha sua própria hospedaria, e minha mãe e meu padrasto faziam bichos de pelúcia, que eles vendiam em bancas de mercado. Eu os ajudava desde os 13 anos de idade e sabia tudo o que precisava sobre a produção de ursinhos e outros brinquedos de pelúcia muito populares, e logo eu tinha duas bancas próprias. Foi minha primeira experiência de sucesso nos negócios. Quando tinha 19 anos, eu tinha sete prestadoras de serviço (mulheres que faziam os brinquedos), duas bancas e uma empresa que fornecia bichinhos para todas as concessões de fliperama da orla em Rhyl, que os usavam como prêmios em suas máquinas.

Com minha namorada, logo eu estava comprando propriedades, aproveitando a chance de adquirir um imóvel velho em Toxteth, Liverpool, e outro em Birkenhead, onde morávamos, e depois outro. A banda tomava todo o meu tempo livre; éramos roqueiros *punks*, e nosso nome era Dust Choir, que hoje me faz sentir vergonha. Mas era divertido.

Então veio o desastre: perdi tudo. Minha namorada me largou, e fiquei arrasado, porque aquilo me pegou de surpresa. Aos 22 anos de idade, não consegui lidar com a rejeição. Eu precisava ir para longe e, com um amigo, saí de Merseyside em uma velha van Escort, que eu havia comprado por 200 libras de um sujeito no *pub*; ela precisava de um alicate para manter o afogador puxado, e eu precisava ficar acelerando nos semáforos para ela não morrer. Eu tinha 130 libras, uma mala de roupas e uma barraca de *camping*. Nós meio que espetamos um alfinete no mapa e decidimos ir para Cambridge, porque pelo nome devia ser um lugar lindo, como é de fato. No entanto o que vi durante os meses seguintes não foi a bela cidade, mas as plantações de batata, onde trabalhamos na colheita, uma fábrica de peças automotivas, onde trabalhei na linha de produção, e um *camping*, onde montamos a barraca.

Nem o *camping* durou; quando meu amigo desistiu e voltou para casa, não consegui pagar o aluguel e não me deixaram entrar para pegar a barraca e minhas coisas. A van tinha sido guinchada pela polícia porque eu não havia pago as taxas e não tinha certificado de inspeção e, depois da viagem, não estava em condição de rodar. Por um breve período, fui de fato um sem-teto. Troquei meus turnos na fábrica e trabalhava sobretudo à noite; durante o dia, eu cochilava no banco de um abrigo de ônibus, às vezes em uma vala a meio caminho entre o centro da cidade e a fábrica. Eu me lavava na estação ferroviária e ia a pé para o trabalho. Em desespero, numa noite fria, pedi a dois policiais de uma viatura que me prendessem, para que eu pudesse ir para um lugar aquecido; eles se recusaram. Eu estava tão acabado e imundo que cheguei a pegar sarna, o que foi horrível, e sentia vergonha, porque para mim a sarna significava sujeira e miséria. Eu devia cheirar muito mal, porque meus companheiros de trabalho na fábrica me mostraram onde havia um chuveiro em que eu poderia tomar banho.

Foi uma época horrível, mas, quando olho para trás, vejo que foi importante. Ela reforçou minha necessidade de ser bem-sucedido, de tornar-me alguém, e a sensação poderosa de que eu deveria sempre fazer tudo sozinho, sem ajuda. Também me fez ter grande empatia com as pessoas que estão no fundo do poço, sem ninguém a quem recorrer e sem um lugar para morar; no fim, anos depois, isso me ajudou a compreender a pobreza extrema das vítimas do Estripador. Eu conhecia, como elas conheciam, a necessidade premente das coisas básicas da vida: abrigo e comida.

Por sorte, continuei trabalhando e com meu salário consegui pagar uma pensão. Logo me reergui, economizando a caução para alugar uma casa, que dividia com uma namorada nova, espanhola. No fim, obtive algum dinheiro com as propriedades em Birkenhead e decidi voltar a estudar, mas dessa vez um tema que seria relevante para mim: Gestão Empresarial. Candidatei-me a várias instituições de ensino e por fim fui aceito na Politécnica do Norte de Londres, na Holloway Road, um contraste completo com a tranquilidade de Cambridge e meu primeiro contato com a metrópole. Nas primeiras duas semanas, eu ia e vinha de Cambridge, uma viagem ridiculamente longa. Eu dormia durante a viagem de quatro horas de ônibus e acordava quando entrava em Londres pela Commercial Road, através do East End. Esta foi minha primeira impressão da área, e lembro-me de pensar como parecia triste e abandonada.

Logo eu estava morando em Londres, e me divertindo, fazendo bons amigos, com namoradas, achando fácil o curso. Decidi continuar e fazer uma pós-graduação em Administração na Politécnica de Londres Central (hoje, Universidade de Westminster), pagando meus estudos com bolsas e trabalhos ocasionais. Como todos os estudantes, eu estava permanentemente quebrado e sempre de olho em algum lugar barato para comer.

A missão de comer barato, com frequência no meio da noite, depois de tocar guitarra ou de pretensiosas discussões filosóficas com meus colegas estudantes, levou-me pela primeira vez até o East End.

Frequentávamos o famoso Beigel Bake, na porção norte de Brick Lane, onde naquela época podíamos comprar um delicioso *bagel* de *cream cheese* e matar a fome pela quantia de 40 *pence*. E quando descobrimos esse maná, ao mesmo tempo descobrimos toda a área, um lugar sobre o qual eu não sabia nada, mas onde, por alguma razão inexplicável, eu me sentia em casa. Era barra-pesada naquela época – ainda é, em alguns pontos. Mas eu adorava o agito do lugar, como era legal... Ele ressoava em mim de um modo como nenhum outro lugar fizera antes. Havia as prostitutas e seus cafetões, grupos de homens de aparência duvidosa do lado de fora dos *pubs* e cheiros exóticos e apetitosos saindo de restaurantes asiáticos e cafés. Eu estava acostumado com as áreas mais pesadas de Liverpool, mas ali era diferente, de uma forma difícil de explicar. Eu adorava o lugar, e ainda adoro, e se não fosse por razões de família eu moraria ali hoje.

Lembro-me de uma noite em particular, quando fui com meus melhores amigos, Andy e Paul, celebrar o aniversário de Paul com um *curry* em Brick Lane, que para nós era o melhor programa para uma noitada. Tomamos todas e sei lá como acabamos nos separando, e em meu estado inebriado eu não tinha a menor ideia de como voltar para a estação de Liverpool Street. Por algum motivo que hoje parece surreal, de repente eu estava falando em espanhol com uma prostituta espanhola (graças a minha namorada espanhola, alguma coisa eu sabia), e ela me levou de volta para a estação, onde pulei o bloqueio e consegui voltar para o apartamento em que morava. A cordialidade dela e a disposição em me ajudar de alguma forma caracterizavam a área para mim.

Naquela época, eu não sabia nada sobre Jack, o Estripador. Sim, como todo mundo na Grã-Bretanha, eu tinha ouvido falar sobre ele. Mas eu não fazia ideia de que estava caminhando pelas ruas onde os crimes dele tinham sido cometidos. Isso viria depois. Aconteceu, porém, um evento muito estranho em 1991, nove anos antes que eu ouvisse pela primeira vez a história do Estripador. Eu estava andando pela Commercial Road e, no cruzamento com a White Church Lane, tive uma sensação muito forte de que alguma coisa havia acontecido ali. Foi forte o suficiente para fazer com que me detivesse por alguns segundos e ficasse ali absorvendo a sensação; eu não tinha ideia do significado daquilo, até anos depois.

Minha vida estava indo bem. Enquanto eu estava na faculdade, conheci uma garota adorável, Lyndsay, e ficamos noivos e chegamos até o ponto de mandar os convites de casamento e pagar o vestido de noiva. No entanto eu senti que havíamos nos distanciado; ela concentrada na carreira docente, e eu, depois de obter meu título de mestre, seguindo uma carreira lucrativa com uma empresa de *software* que eu havia ajudado a fundar. Fiquei muito aliviado quando, depois de adquirir coragem de dizer a Lyndsay que eu achava que não conseguiria levar adiante o casamento, ela suspirou de alívio e disse que sentia exatamente a mesma coisa... Vou ser sempre grato a ela e a seus familiares porque eles me mostraram, pela primeira vez, como era a vida de uma família normal e feliz. Eles me acolheram em seu lar, que era muito diferente da minha própria infância, com todos se dando bem e se preocupando uns com os outros.

Logo depois, com os negócios prosperando, conheci minha primeira esposa, Feiruz, que era etíope, e me casei com ela. O casamento não durou; ficamos juntos por apenas três anos e meio.

Durante esse tempo, eu ainda frequentava o East End, que transformei em uma parada costumeira para entreter meus clientes empresários vindos da Holanda, da Dinamarca, da África e de outros países, bem como de outras regiões do Reino Unido. Um *curry* em Brick Lane era uma escolha popular, pois eles sempre gostavam de ver o East End, e eu ficava feliz com qualquer pretexto para ir até lá.

A empresa se tornou a terceira maior fornecedora de *software* no país, e vou dar exemplos da forma como meu cérebro funciona – não porque eu esteja me gabando, mas para demonstrar como penso de forma paralela, vendo as oportunidades que outros deixaram de detectar. Essa peculiaridade, que me ajudou tanto nos negócios, acabou me auxiliando quando encontrei o xale e comecei a pensar profundamente sobre o mistério do Estripador.

Em uma tarde de domingo, fui à Tate Gallery como simples visitante. Notei que a loja vendia cartões-postais e *souvenirs*, mas não tinha *softwares*. No dia seguinte, falei com o comprador e fechei um negócio para fornecer CD-ROMs sobre arte e artistas. Logo depois, eu li uma matéria de jornal sobre os planos do governo para colocar computadores em todas as escolas, comecei a trabalhar no dia seguinte e me tornei o maior fornecedor de *softwares* didáticos para as escolas. Em uma outra ocasião, um de nossos clientes me disse que havia adquirido uma grande coleção de fotos excitantes, mas perfeitamente legais, de garotas seminuas. Eu o encorajei a gravá-las em disco e coloquei-as à venda nas lojas Virgin e HMV, na Oxford Street – mas só depois de ficar até tarde da noite escondendo os mamilos nas capas com uma hidrográfica preta.

Quando decidi sair da empresa, fundei uma companhia de corretagem de *software*. Por três anos e meio, tivemos muito êxito, mas o 11 de setembro colocou um ponto final em tudo da noite para o dia, pois alguns de nossos clientes foram muito afetados. Naquela época, meu casamento estava afundando, eu estava no processo de comprar uma bela maltaria[1] do século XVII, no campo, e estava pensando em estabelecer minha próxima empresa, uma companhia de administração de casas de repouso para idosos. Eu estava à beira de grandes

---

[1] Indústria que transforma cevada em malte. (N.E.)

mudanças em minha vida, porém mudanças ainda maiores estavam por vir.

A primeira e mais importante (ela me mataria se eu não dissesse isso, e é verdade) foi conhecer minha segunda esposa, Sally. Saí um dia com um amigo meu, Mark, que prometeu me levar a um lugar interessante. Ao contrário de metade da população de Londres, eu nunca tinha ouvido falar do restaurante School Dinners. Não sei como não sabia da existência desse lugar, onde as garçonetes se vestiam como se tivessem saído de um filme da série St Trinian School,[2] e a especialidade era a tradicional comida inglesa.

No entanto o que mais me chamou a atenção sobre o lugar não foi o ambiente em si, mas a recepcionista; quando comentei que fazia um pouco de frio ali, ela ergueu os olhos e, com uma cara séria, disse: "É porque você não tem cabelo".

Achei graça do insulto, e passamos o resto da noite rindo e conversando. Sally McMullen e seu ex-marido eram donos do restaurante, e eles já tinham visto passar por ali qualquer estrela que você pudesse citar, tão único e popular era o lugar.

Enquanto conversávamos, descobri que ela vinha de uma parte de Gales do Norte que eu conhecia bem e que tinha até frequentado a mesma escola que minha irmã, na mesma época. Houve uma sensação imediata de que era certo estarmos juntos. Mais tarde, naquela mesma noite, Sally sugeriu que fôssemos a um clube na Kings Road; enquanto ela e eu dançávamos juntos, outro frequentador tentou passar uma cantada nela. Ela disse: "Dá licença, estou dançando com meu futuro marido".

---

[2] Escola feminina fictícia, criada em 1941 pelo cartunista Ronald Searle, onde as alunas cometem maldades e crimes; apareceu em álbuns de cartuns e em filmes, o mais recente de 2007. [N.T.]

Foi um comentário presciente. Em 1999, no espaço de três semanas, ocorreram grandes eventos em minha vida: comprei nosso *golden retriever* numa sexta-feira, na sexta seguinte conheci Sally e exatamente uma semana depois me mudei para a maltaria. Sally e eu tínhamos tanta certeza de que nosso lugar era um ao lado do outro que veio morar comigo imediatamente. Logo a seguir, eu me vi em pleno processo de comprar minha primeira casa de repouso, uma negociação estressante.

Então aconteceu o próximo evento de importância vital. Aparentemente não era nada mais do que uma noitada agradável, uma ida ao cinema com Sally. Fomos ao Vue Cinema, em Cambridge, assistir a *Do Inferno*, em que Johnny Depp faz o papel de um inspetor de polícia que investiga os assassinatos de Jack, o Estripador, na Londres vitoriana. O filme mostra algumas locações importantes na história do Estripador, sobretudo Christ Church, em Spitalfields, e o *pub* Ten Bells. Eu nunca tinha percebido, até ver o filme, que minha região favorita, o East End, era o local dos crimes sangrentos sobre os quais eu tinha só uma vaga ideia.

"Como é que eu não sabia de nada disso?", perguntei a mim mesmo.

A sensação estranha que eu tinha enquanto, sem saber, percorria as mesmas ruas que aquele assassino misterioso, aliada a meu interesse inato em crimes, me fez querer saber muito mais. Naquela noite, vendo o filme, nasceu meu fascínio duradouro – até mesmo obsessivo – pelo caso do Estripador. Houve quatro ou cinco momentos impactantes para mim na busca pelo Estripador, e esse foi o primeiro.

Comecei a ler livros sobre o caso e, logo depois de ver o filme, Sally e eu participamos de uma caminhada "Jack, o Estripador", de duas horas, por Whitechapel, numa tarde de sábado. Fomos guiados pela área e ouvimos a história dos crimes, contada por um especialista no Estripador; ele fez um ótimo trabalho em atiçar meu entusiasmo pelo mistério, ainda que Sally nem tentasse disfarçar seu tédio: ela revirava os olhos, cruzava os braços, olhava para o céu. Mas para mim era tudo fascinante. Sim, ali estava o *pub* Ten Bells que eu tinha visto no filme, aqui estava a igreja, estes eram os pontos onde os corpos de cada vítima foram encontrados: ruas de verdade, lugares de verdade.

Éramos um grupo heterogêneo que incluía turistas norte-americanos; apesar da companhia variada, eu podia sentir a profunda afinidade que sempre sentira pelo East End, mas agora misturada com algo mais sombrio, mais intrigante. Aquele era o maior caso de assassinatos não resolvido; com certeza, tinha que haver uma chave para ele em algum lugar, alguma porta que ninguém havia aberto ainda. Eu tinha a sensação, suponho que nascida da ignorância e da arrogância, de que iria achar aquela porta, de que era simplesmente uma questão de pensar sobre tudo aquilo de um modo novo.

Olhando para trás, fico atônito com minha presunção. Hoje sei que gente muito mais qualificada que eu, historiadores profissionais, genealogistas, psiquiatras forenses, policiais graduados, todos tentaram e fracassaram em fornecer respostas definitivas para a questão: quem era o assassino? Mas sempre gostei de encarar desafios, e esse era um desafio imenso.

Naquela época, eu havia comprado e estava administrando três casas de repouso e enfrentava um estresse intenso: era um trabalho pesado lidar com os funcionários e, mais importante, garantir que as necessidades dos residentes fossem atendidas. Eu fazia hora extra e havia outras preocupações em minha vida pessoal. Eu nunca quis filhos em meus relacionamentos anteriores, mas, quando Sally engravidou, fiquei louco de felicidade. Estávamos instalando cortinas de rolo quando ela me disse: "Acho que estou grávida". Senti uma onda imensa de alegria. Tragicamente, uma semana depois da grande notícia, ela sofreu um aborto espontâneo e perdemos os gêmeos que ela esperava. Começamos então um procedimento frustrado de inseminação *in vitro*. Para nossa grande felicidade, ela engravidou de nosso filho Alexander por meio natural, entre os ciclos da inseminação artificial, e ficamos delirantes quando ele nasceu no dia do meu aniversário, em 2005.

Para mim, Jack, o Estripador era uma rota de fuga. Eu podia me isolar dos problemas dos negócios e da ansiedade por um bebê mergulhando em livros e na pesquisa. Não dava muita bola para livros que expunham teorias malucas e me atinha àqueles que forneciam fatos. Cheguei até a ligar para o Museu do Crime da Scotland Yard pensando que eles poderiam ter toda a documentação oficial do caso, mas me informaram que o material estava nos Arquivos Nacionais, em Kew. Fui até lá e vi tudo o que havia em microfichas. Uma vez até manuseei alguns documentos originais, incluindo uma foto de uma das vítimas, Elizabeth Stride. Ver aquela imagem granulada dela, em preto e branco, trouxe mais vida ao caso do que qualquer outra coisa antes; aquela era uma pessoa de verdade. Porém admito que, naquele estágio, eu estava muito mais fascinado pelo trabalho de detetive do que pela história social da área e pelas dificuldades das mulheres vítimas. O que me fazia seguir em frente era uma convicção profunda de que algo, em algum ponto de tudo aquilo, havia sido negligenciado.

Contudo, para entender minha busca, é vital conhecer toda a história dos crimes de Jack, o Estripador.

CAPÍTULO 2

UM ASSASSINO ATACA EM WHITECHAPEL

Como eu disse, o East End se tornou um lugar especial para mim assim que o conheci. É uma área fascinante, um produto do desenrolar de sua própria história. Parece estar sempre em mutação, moldando-se e mudando com as ondas das pessoas que ali moraram, o novo e o velho convivendo lado a lado, velhos cortiços e galpões de depósito resistindo contra os arranha-céus de vidro e aço que vi subindo ao longo dos 25 anos em que venho frequentando a área.

Se olhar com atenção, você vai ver os antigos becos e as ruas de pedras, estreitos, mal iluminados, assim como eram em tempos vitorianos. Já vi ratos passarem correndo pela Gunthorpe Street, a pouca distância da Whitechapel High Street, e senti uma curiosa afinidade: como eles, eu também me sinto em casa naquelas ruas mal conservadas.

Hoje em dia, a área está passando por uma revitalização como um lugar da moda, mas quando a conheci era mais abandonada, as ruas muitas vezes ficavam cheias de lixo, muito mais silenciosas do que são hoje, com as transações entre cafetões e prostitutas sendo feitas abertamente nas esquinas. As luzes eram mais pálidas, o som das músicas era mais abafado, e os demais frequentadores da área eram moradores locais ou, como eu e meus amigos, estudantes pobres que gostavam da despretensão e da comida barata.

Hoje existem dois East Ends contrastantes. Existe a área em redor de Brick Lane, onde os imigrantes mais recentes são asiáticos, onde as lojas e os restaurantes atendem a eles e aos visitantes que vêm atrás de um bom *curry*, e onde estão as antigas sinagogas e agora as mesquitas. E há também a área ao redor das quatro ruas que sobreviveram e foram preservadas: Princelet Street, Hanbury Street, Wilkes Street e Fournier Street, onde as belas casas de quatro ou cinco andares, construídas para os huguenotes (eles próprios refugiados religiosos, fugidos da perseguição na França) e datadas do século XVII, hoje são vendidas por milhões de libras cada uma. Na era vitoriana, eram cortiços caindo aos pedaços, infestados de ratos, com famílias inteiras em um único cômodo, às vezes com um par de porcos como companhia. Quando estive lá pela primeira vez, um quarto de século atrás, esses casarões hoje restaurados eram ainda cortiços, muitos deles em péssimo estado, os cômodos sublocados para uma mescla poliglota de inquilinos e pouco mais salubres do que em tempos vitorianos.

Hoje eles atraem artistas como Tracey Emin e Gilbert & George, a atriz Keira Knightley, há cafés concorridos com clientela exclusiva, *pubs* frequentados por um público jovem e descolado, divas da moda equilibrando-se no calçamento de pedras em seus sapatos absurdos. A reurbanização avança aos poucos, com *lofts* à venda na Commercial Street e em Brick Lane por valores de sete dígitos.

Ao longo dos anos em que tenho frequentado o East End, vi a paisagem arquitetônica ser radicalmente alterada. Vi galpões tornarem-se galerias e restaurantes e edifícios antigos virarem anões ao lado de blocos novos e modernos de escritórios e apartamentos. Tapumes e gruas são uma visão familiar, à medida que qualquer espaço diminuto entre os velhos e novos edifícios é transformado em uma propriedade caríssima. Também vi a "indústria" do Estripador, que surgiu nos primeiros anos depois dos assassinatos, transformar-se em um grande negócio, com mais de dez diferentes grupos de turismo sendo guiados a pé diariamente pela área – alguns durante o dia, outros ao anoitecer, para dar mais clima. Alguns grupos chegam a ter 40 pessoas, outros não passam de dez; alguns são espanhóis, alemães, franceses. Pequenos ônibus se espremem pelas esquinas apertadas, com os guias contando as histórias dos crimes pelo sistema de som. No início do século XX, as excursões eram menos numerosas e mais esparsas, mas já atraíam os curiosos, incluindo, conta-se, Arthur Conan Doyle e o filho de Charles Dickens, também chamado Charles. Hoje em dia, com o turismo e mais tempo para o lazer, as excursões se tornaram tão populares que as ruas do East End fervilham com elas, os guias desviam para ruas laterais para evitar que os grupos se misturem.

É só mais uma fase: o East End passou por muitas encarnações ao longo dos séculos. Contudo, para mim, a época mais interessante foi a década de 1880, quando ocorreram os Crimes do Estripador. Naquela época, as vizinhanças de Whitechapel e Spitalfields, bem como os distritos próximos como Bethnal Green, St George in the East e Poplar, tinham algumas das piores condições de pobreza em Londres. O East End era, em algumas partes, uma imensa favela, imunda e superpovoada, lutando para acomodar o imenso número de pessoas que escolhiam viver ali. Muitas o faziam pelo fato de o bairro abrigar algumas das assim chamadas "indústrias do fedor", como destilarias, matadouros e refinarias de açúcar, que atraíram diversos trabalhadores migrantes para a área durante a revolução industrial.

A Cidade de Londres (City of London)[1] recusava-se a permitir essas atividades poluidoras dentro de seus muros, e por isso elas se instalaram em distritos no entorno. Isso resultou em um East End

---

[1] Distrito de Londres, que compreende boa parte do centro, que tem *status* de cidade. Em geral é referido apenas como "a City". [N.T.]

poluído, imundo, com a fuligem e outros resíduos industriais que enegreciam as paredes dos edifícios e os pulmões dos moradores. A proximidade com o poderoso rio Tâmisa e com as docas em crescimento garantiam que os imigrantes que chegavam a Londres tivessem seu ponto de entrada em lugares como Wapping, Poplar e, claro, Whitechapel: os huguenotes franceses do fim do século XVII e do século XVIII (aqueles que construíram aqueles casarões incríveis), os irlandeses fugindo da Grande Fome em meados do século XIX e, mais tarde, os refugiados judeus do leste europeu. A incursão judaica no East End é fundamental na história do Estripador, então veremos o que a causou.

Quando o Czar Alexandre II, da Rússia, foi assassinado, em março de 1881, houve boatos infundados de que os responsáveis eram judeus, e isso levou a uma onda de agressões e perseguição aos judeus na Europa oriental, conhecida como "pogrom" (a palavra vem do iídiche russo e significa destruição). Milhares de judeus russos, alemães, húngaros e, muito importante, poloneses fugiram de seus países natais na esperança de estabelecerem uma nova vida, mais segura, em algum outro lugar.

Um dos lugares que escolheram foi Londres, à época a maior e mais poderosa cidade do mundo, e mais fácil de alcançar economicamente do que os Estados Unidos, onde muitos deles sonhavam se estabelecer. A área de Londres fora dos muros da City já acomodava pequenas comunidades judaicas, e havia várias sinagogas já estabelecidas fazia muitos anos, como as de Duke's Place, Aldgate e Bevis Marks, nos limites do East End. Embora a comunidade judaica que já vivia ali tivesse tentado desencorajar a imigração, por conta da falta de moradia e de trabalho – até publicando anúncios em jornais na Rússia e na Polônia, dizendo aos judeus para não virem –, as condições calamitosas na Europa Oriental não deixavam escolha. Por mais difícil que fosse a vida nas favelas do East End, era melhor que a constante ameaça à vida que os judeus enfrentavam nos países onde havia dominação russa.

O afluxo foi persistente e dramático – em 1887, Whitechapel era habitada por 28 mil imigrantes judeus, que representavam quase metade de toda a população judaica no East End. Dez por cento da população total do East End era de europeus do leste, instalados em "guetos" culturalmente confinados e buscando trabalho onde podiam, em geral em *sweatshops*,[2] como as confecções. No entanto não era fácil, pois o trabalho regular já era difícil de ser encontrado, e o crescimento populacional tornava o desemprego um problema para muita gente. A chegada dos imigrantes judeus causou ressentimento entre a população local e os outros imigrantes, menos numerosos e já assimilados ao sistema do East End. Os judeus, dispostos a trabalhar a qualquer hora por pouco dinheiro (por necessidade), levaram a culpa por tirar os empregos de outras pessoas, por piorar a precária situação de moradia e por todos os outros males da área.

Durante séculos, o East End havia sido um grande caldeirão de culturas, e até essa chegada maciça de imigrantes tinha lidado bem com os recém-chegados, mas agora havia atingido o limite, e todos os que tinham possibilidade de sair dali o fizeram, deixando para trás uma população que, de modo geral, apenas conseguia subsistir. A sobrevivência era a chave, comida e habitação eram os objetivos mais importantes. Febre tifoide, cólera e doenças venéreas proliferaram, e a área tinha a maior taxa de natalidade, a maior taxa de mortalidade e a menor taxa de casamentos de toda a Londres.

Moradia era o grande problema. Enquanto algumas partes de Whitechapel e Spitalfields tinham sido prósperas e semirrurais no passado, a demanda surgida em meados do século XIX fez com que

---

[2] "Lojas do suor", fábricas que exploram os trabalhadores de forma semelhante à escravidão. [N.T.]

áreas antes ajardinadas fossem edificadas para prover acomodações, às vezes com acesso apenas por meio de vielas estreitas e pátios. Esses becos sem saída eram o território dos desesperadamente pobres e dos elementos criminosos, que podiam usar o anonimato de uma passagem fechada para se esconder da lei. As instalações sanitárias eram assustadoras; por exemplo, em um cortiço em Spitalfields, perto de Brick Lane, 16 famílias dividiam um único banheiro externo, que parecia não ser limpo com frequência e que, chocantemente, ficava ao lado da torneira que era a única fonte de água corrente para os moradores.

As crianças nasciam e eram criadas ali, embora 20% delas não conseguissem chegar ao seu primeiro aniversário. Elas começavam o mais cedo possível a trabalhar por dinheiro, varrendo o chão, limpando janelas e procurando comida no lixo das ruas, até serem grandes o suficiente para trabalhar nas *swaters* (*sweatshops*), produzindo roupas e fazendo outros trabalhos em jornadas longas demais e por um pagamento irrisório. Algumas formavam pequenas gangues de habilidosos batedores de carteiras.

Os vitorianos mais prósperos jamais se aventuravam na área, que chamavam de "a lata de lixo". O escritor Jack London chamou-a de "o Abismo". Quando foi ao East End disfarçado, em 1902, para escrever sobre a pobreza de lá, descreveu a sujeira e as pragas e contou que, quando a chuva caía, "parecia mais gordura do que água".

Um dos maiores flagelos da área eram as Pensões Comuns, ou *dosshouses*, como eram chamadas, estabelecimentos particulares, de propriedade de seus senhorios, que recebiam pessoas que estavam de passagem e os sem-teto. Spitalfields, em particular, tinha grande concentração de tais casas; os donos, que não viviam no local, contratavam "zeladores" e "síndicos" para cuidar delas e ficavam mais do que felizes em ganhar dinheiro de todos os modos possíveis.

Cada pensão precisava ter uma licença de funcionamento, estando sujeita à inspeção policial, e devia exibir uma placa informando quantas camas tinha disponíveis. Homens e mulheres, em teoria, ficavam em acomodações separadas, pagando quatro *pence* por uma cama em um dormitório, e havia camas de casal para "casados", que na verdade eram locais aonde as prostitutas podiam levar seus clientes, e que custavam oito *pence*. Algumas histórias sugerem que, pela módica quantia de dois *pence*, os desesperados podiam se sentar em um banco e dormir sentados, amparados por uma corda esticada através da sala diante deles, embora isso não fosse parte da licença oficial. Uma casa que hoje acomodaria uma família em quatro quartos, com conforto, teria em geral mais de 50 camas para alugar, e imóveis maiores podiam ficar superlotados, com até 300 camas; as crianças entravam escondidas para dormir com suas mães.

Cada pessoa alugava a cama uma noite por vez, e a menos que pudesse garantir o aluguel da noite seguinte, não havia forma de deixar seus pertences; pela manhã, homens e mulheres vestiam todas as roupas que tinham. Cada dia era uma batalha para conseguir juntar o dinheiro para pagar uma cama. A lei dizia que cada cama deveria receber lençóis limpos uma vez por semana e que todos os dias as janelas deviam ser abertas às 10 horas para eliminar o ar fétido, mas, mesmo que o síndico seguisse as regras, dá para imaginar como esses locais eram desagradáveis em comparação aos padrões de hoje.

Os zeladores das pensões vendiam comida, gerando mais lucro para o proprietário, e havia equipamento para a preparação coletiva de alimento na cozinha imunda; as pensões melhores tinham uma estufa ou lareira para o aquecimento. Havia brigas e discussões constantes por comida.

Os arredores da Commercial Street, que foi construída na década de 1850 e ia de Whitechapel até Shoreditch, cruzando Spitalfields, eram especialmente notórios, e nomes como Thrawl Street, Flower and Dean Street e Dorset Street iriam tornar-se sinônimos dos três Vs: vício, violência e vilania. Havia 700 camas para alugar somente na

Dorset Street, e 1.150 na Flower and Dean Street. É difícil imaginar atualmente o desespero que a população desses locais sentia, lutando diariamente para conseguir centavos para sobreviver. Os homens procuravam trabalho esporádico; muitos se envolviam em crimes menores e outros em ilegalidades mais sérias, atacando passantes e tornando a área perigosa depois do escurecer. As mulheres tentavam ganhar a vida precariamente dia após dia, talvez vendendo flores, bordados, fósforos ou, quando as coisas eram difíceis de verdade, a si mesmas. Sem qualquer lugar onde levar os clientes, elas usavam os becos e pátios escuros e resguardados e cobravam por seus serviços tão pouco quanto quatro *pence*, o suficiente para uma noite de sono. A prostituição era ilegal, mas a polícia fazia vista grossa, acreditando que, se a expulsassem do East End, ela se espalharia por áreas mais respeitáveis. As mulheres eram alvos fáceis para ladrões de rua e com frequência eram vítimas de violência.

Duas das mulheres cuja história eu viria a conhecer bem, Mary Ann Nichols e Annie Chapman, vítimas do Estripador, foram na verdade enviadas para a morte depois de terem sido expulsas das pensões onde queriam dormir por não terem dinheiro suficiente. O cliente que as acompanhou até algum beco escuro deveria ter sido a garantia de uma noite de sono; em vez disso, ele as mandou para o sono eterno, a seu próprio e horrendo modo, deixando sua marca registrada nos corpos desnutridos e negligenciados.

As prostitutas eram conhecidas coletivamente como "as desafortunadas", e esse é o termo que prefiro usar, pois em sua maioria não eram trabalhadoras da libertinagem em período integral; elas prefeririam outros trabalhos, mas eram forçadas àquilo quando a escolha era vender seu corpo ou passar fome e dormir na rua. Na época em que o Estripador atacou, estimava-se haver 1.200 mulheres disponíveis para sexo no East End.

Além das *dosshouses* havia cômodos de aluguel, onde algumas mulheres do East End conseguiam manter seus filhos. Porém a maioria das desafortunadas tinha perdido a família, e elas às vezes falavam com tristeza sobre os filhos e maridos. O abandono pelo homem de suas vidas era um tema comum, e com frequência a causa era a bebida; uma proporção muito grande de mulheres que lutavam para ganhar a vida no East End eram alcoólicas.

Assim, outra característica importante da área eram os *pubs* – muitos dos donos de pensões, sempre ávidos por ganhar o máximo de dinheiro que pudessem, também mantinham os *pubs*. Ter visto o Ten Bells no filme de Johnny Depp me surpreendeu; eu havia passado muitas vezes diante dele. Outros *pubs* na área datam ao menos da mesma época do Ten Bells, que agora é um lugar descolado para gente que trabalha na City, mas muitos foram demolidos ou fechados para serem transformados em lojas ou cafés. Na época do Estripador, havia *pubs* literalmente em cada esquina e outros mais ao longo das quadras. O álcool era tão importante para homens e mulheres da base da escala social quanto alimento e habitação. Ficar bêbado – o álcool era barato – era uma forma fácil de escapar às misérias da vida, e os *pubs* eram uma boa fonte de trabalho para as prostitutas, que vagueavam de um a outro em busca de clientes. Sabemos que ao menos algumas das vítimas do Estripador haviam ingerido um bom volume de bebidas fortes antes da morte; só posso ter a esperança de que isso tenha ajudado a anestesiá-las um pouco durante a investida selvagem do Estripador contra elas.

E quanto às vítimas em si?

Os dois primeiros assassinatos na série conhecida como os Assassinatos de Whitechapel em geral não são considerados obra de

Jack, o Estripador. Por anos debateu-se se ele os teria cometido, mas a maioria dos especialistas aceita que houve, de fato, cinco mortes pelo Estripador, e essas duas primeiras não estão entre elas. Eu não estou convencido disso; acho que o segundo assassinato pode ter sido a primeira morte dele, mesmo que não corresponda totalmente a seu padrão posterior. Quem quer que tenha sido o responsável por tais assassinatos, foram duas mortes violentas e horríveis, que desencadearam o medo e a histeria que passariam a rondar o East End; isso significa que, quando ocorreram as cinco mortes "oficiais" do Estripador, a área estava em alerta total.

Eles também lançaram luz sobre as condições dos muito pobres no East End, despertando uma preocupação subjacente pelas condições daqueles que viviam abaixo da linha da pobreza e levantando questões urgentes sobre o que deveria ser feito para solucionar os problemas; talvez o único legado positivo do Estripador tenha sido que a sociedade que havia fechado os olhos para os horrores da pobreza foi forçada a confrontá-los.

As vítimas desses primeiros dois crimes viviam no coração sombrio do distrito de *dosshouses* de Spitalfields e morreram perto dele em condições misteriosas e horríveis. Eram exatamente o tipo de mulheres que o Estripador mais tarde escolheria para assassinar, por isso a história delas é importante.

Entre 4 e 5 horas da manhã de 3 de abril de 1888, o dia seguinte a uma segunda-feira de feriado bancário particularmente úmida e fria, Emma Smith chegou cambaleando na casa onde se albergava, na George Street, 18. Seu estado era terrível; tinha a face ensanguentada, uma das orelhas havia sido arrancada e estava pendurada, e ela sentia uma dor insuportável por causa de um ferimento no abdome. Conseguira voltar cambaleando com o xale enfiado entre as pernas para absorver o sangue.

Ela conseguiu contar a Mary Russell, que trabalhava na pensão, que fora atacada por um grupo de três homens, que a agrediram e roubaram o pouco dinheiro que tinha. Mesmo sem descrever os atacantes, disse que um deles parecia ter por volta de 19 anos de idade. A senhora Russell, junto a outra inquilina, Annie Lee, convenceu Emma de que ela devia ir ao Hospital de Londres, na Whitechapel Road. Ao irem para lá, as duas mulheres amparando Emma desceram pela Brick Lane até a Osborne Street. Emma indicou o lugar onde o ataque havia ocorrido, diante de uma fábrica de chocolate e de mostarda, na esquina da Wentworth Street com a Brick Lane. É uma esquina pela qual passei várias vezes enquanto caminhava ao longo da Brick Lane, sem saber o que havia acontecido ali. Naquela época, como agora, não se poderia dizer que o local fosse isolado; ficava em um cruzamento e à hora do ataque provavelmente haveria movimento de pessoas voltando para casa depois das celebrações do feriado.

Emma, que à época tinha 45 anos, deve ter sido uma mulher de muita força para conseguir voltar à pensão e depois ir ao hospital. Ela foi atendida pelo doutor George Haslip e contou a ele mais detalhes do que lhe acontecera. Ela havia passado diante da igreja de Santa Maria Matfelon, na Whitechapel Road, por volta de 1h30 da madrugada e, vendo um grupo de homens à frente, cruzara a rua para evitá-los, talvez porque parecessem agitados ou ameaçadores. Infelizmente, eles a seguiram pela Osborn Street, uma via razoavelmente ampla que depois continuava como Brick Lane. Eles a atacaram do lado de fora da fábrica. O exame do doutor Haslip revelou a horrível extensão do ferimento no baixo-ventre de Emma. Um instrumento duro, provavelmente um bastão, tinha sido enfiado na vagina dela com tanta força que rompeu seu períneo.

A condição de Emma piorou, e por fim ela ficou inconsciente. Havia pouco que o hospital pudesse fazer, e às 9 horas da manhã seguinte,

4 de abril, ela morreu; a causa da morte foi peritonite, como resultado direto do ferimento brutal.

Três dias depois, foi feito um inquérito por um médico legista, cujo propósito era identificar a causa da morte (e não a identidade do culpado). Foi quando vieram à luz as últimas horas de vida de Emma Smith. Na noite anterior ao ataque, uma segunda-feira de feriado bancário de Páscoa, ela havia deixado a pensão na George Street mais ou menos às 18 horas, o que não era incomum, pois Emma era uma mulher de hábitos regulares. Em algum momento, ela foi na direção de Poplar, perto das docas, onde foi vista na Burdett Road por uma colega de pensão, Margaret Hayes, que estava saindo do local depois de ter sido agredida por um homem na rua, pouco antes. Era 0h15 da madrugada, e Emma aparentemente estava falando com um homem de estatura média, que usava terno escuro e um lenço branco de seda ao redor do pescoço. Ela só voltou a ser vista quando chegou à pensão após o ataque. A investigação durou um dia, e o médico legista registrou um veredicto de "homicídio doloso contra pessoa desconhecida".

A polícia só foi informada do ataque a Emma um dia depois do inquérito, quando havia pouca chance de encontrar os culpados – alguns registros sugerem que isso ocorreu porque a própria Emma pediu que os policiais não fossem informados. Os relatórios oficiais sobre o que agora era obviamente um caso de assassinato acabaram se perdendo, mas foram tomadas notas sobre alguns deles antes de seu desaparecimento, em especial pelo detetive inspetor Edmund Reid, da Divisão H, ou Stepney, da Polícia Metropolitana.

Em suas notas, Reid registrou alguns detalhes biográficos de Emma Smith; ela aparentemente tinha um filho e uma filha, que moravam na área de Finsbury Park, no norte de Londres. Fazia 18 meses que ela estava ficando na George Street, 18, e tinha o hábito de sair todos os dias por volta das 18 horas, com frequência voltando para a pensão muito bêbada. Relatos de jornais da época afirmavam que, quando bêbada, ela às vezes se portava como uma "doida", e em certa ocasião ela voltou para a pensão dizendo ter sido atirada por uma janela de primeiro andar. Com frequência, tinha cortes e hematomas de brigas por estar bêbada. Embora esses relatos revelem uma personalidade beligerante e indisciplinada, e seja praticamente tudo o que se conhece sobre Emma Smith, fora a sugestão de que seria uma viúva e que muito provavelmente fosse prostituta, outras mulheres que a conheciam tinham a impressão de que ela tivera dias melhores. O inspetor Reid notou que havia um toque de cultura na fala dela, incomum em sua classe.

Naturalmente, a morte de Emma Smith foi coberta pela imprensa, que a descreveu como o "horrível caso de Whitechapel", informando que Emma tinha sido "barbaramente assassinada". Em sua síntese na investigação, até o médico legista Wynne Baxter ficou impressionado e comentou que "era impossível imaginar um ataque mais brutal e reprovável". No entanto os agressores de Emma nunca foram pegos. A história dela é misteriosa, com inúmeras questões que permaneceram sem resposta. Por que ela demorou tanto tempo (cerca de três horas) para percorrer os menos de 300 metros do local do ataque até a pensão? Por que nenhum dos policiais que faziam a ronda na área viu ou ouviu nada sobre o ataque na época? E por que Emma pareceu relutante ou incapaz de descrever os homens, embora tenha mencionado que um deles era muito jovem? Estaria ela dizendo a verdade?

Uma teoria é que os homens que a atacaram trabalhavam para o cafetão dela, ou que ela tivesse deixado de pagar pela proteção deles. Outra versão era que estes homens formavam um dos bandos de jovens que percorriam o East End, sempre dispostos a usar violência para assaltar suas vítimas. Esses bandos eram apelidados de gangues

"High Rip", nome originalmente adotado por um bando em Liverpool, mas que se tornou corrente em todo o país. As gangues High Rip eram conhecidas por usar de extrema violência, pela violência em si, quisessem ou não roubar sua infeliz vítima; mas, mesmo pelos padrões deles, o ataque a Emma foi particularmente violento.

Foi suposto que o Estripador fizesse parte do bando que realizou o ataque, preferindo mais tarde agir sozinho, mas essa é apenas uma hipótese não corroborada por qualquer indício concreto e não faz qualquer sentido diante do que sabemos sobre *serial killers*, que são quase sempre solitários. A sugestão de que Emma tivesse sido atacada pelo Estripador agindo sozinho e que tivesse usado a história da gangue para desviar a atenção do fato de estar se prostituindo naquela noite não faz sentido; por que, às portas da morte, ela se daria o trabalho de inventar uma história? Prefiro me ater aos fatos e não me envolver em suposições malucas: acredito que Emma Smith foi atacada por um bando de jovens, como ela afirmou, e que o ataque se transformou em assassinato, provavelmente sem intenção – o uso de um bastão deve ter sido para humilhá-la, e não para causar sua morte.

Talvez as respostas para todas ou algumas das perguntas sobre o assassinato de Emma pudessem ser reveladas se os relatórios da investigação original ainda estivessem disponíveis. No entanto acredito que sabemos o suficiente sobre ele para descartar qualquer envolvimento do Estripador.

O assassinato seguinte, alguns meses depois, é mais difícil de entender, e é esta que aceito como sendo a primeira ação de Jack, o Estripador, apesar da opinião de muitos "ripperologistas".

Os feriados bancários claramente eram ocasiões nas quais as prostitutas podiam encontrar clientes com facilidade, entre o grande número de homens que, aproveitando uma rara pausa no trabalho exaustivo, frequentavam os *pubs* e os *music halls*.³ Relaxados com o álcool e a sensação de liberdade, esses homens podiam escolher à vontade entre as desafortunadas locais que se ofereciam nas ruas, nos *pubs* e nas áreas do East End à beira-rio. Os criminosos também tiravam vantagem do grande número de prostitutas que constituíam alvos fáceis, sobretudo depois de terem bebido. As mulheres tinham de estar atentas para evitar que lhes roubassem seu escasso dinheiro ou que os clientes as agredissem. Não é de surpreender, portanto, que o assassinato seguinte de Whitechapel tenha ocorrido, como o primeiro, depois de uma segunda-feira de feriado bancário.

A vítima foi Martha Tabram, encontrada morta durante a madrugada de terça-feira, 7 de agosto de 1888. O corpo dela foi achado a apenas 30 segundos de caminhada do local onde Emma Smith havia sito atacada quatro meses antes; sei disso porque percorri a pé todos os locais dos crimes do Estripador e cronometrei todas as rotas dele. Eu as percorri depressa e devagar e registrei todas as variações possíveis. Mas isso, claro, foi depois, quando descobri quem ele era e onde muito provavelmente ele morou...

Martha Tabram tinha 39 anos quando morreu. Nascida em Southwark, em 1849, com o nome de solteira de Martha White, casou-se com Henry Tabram, chefe de seção num depósito de móveis, em 1869, quando tinha 20 anos. Ele tinha um emprego estável e conseguia mantê-la e aos dois filhos deles. Mas depois de apenas seis anos de casamento o casal se separou porque Martha bebia muito, o tempo todo. No início, Henry ajudou financeiramente a ex-esposa, e com relativa generosidade, 12 *shillings* por semana, mas ele reduziu a quantia para dois *shillings* e seis *pence* depois que ela o abordou bêbada na rua. Ele parou por completo de sustentá-la quando descobriu que ela

---

³ Um tipo de teatro popular, onde eram apresentadas músicas, comédias e variedades. [N.T.]

estava morando junto a um carpinteiro chamado Henry Turner, com quem, entre idas e vindas, viveu por 12 anos. Ele era descrito como um homem baixo, de aparência suja e desleixada.

Para ganhar a vida, Turner e Martha vendiam bugigangas nos mercados e nas ruas; em 1888, estavam morando em um cômodo de uma casa em Star Place, na Commercial Road. Porém o alcoolismo de Martha também afetou esse relacionamento – ela costumava ter ataques quando estava muito bêbada – e às vezes ela e Turner se separavam, e nesses períodos ele não fazia ideia de qual era a conduta de Martha. Sem outra forma de sustentar seu sério vício, ela provavelmente recorria à prostituição ocasional. O casal se separou pela última vez em julho de 1888. Depois que Turner a deixou, Martha saiu da casa em Star Place sem pagar o último aluguel e passou a viver em Spitalfields, na George Street, 19, a pensão vizinha àquela onde Emma Smith havia morado.

À época de seu assassinato, Martha era descrita como uma mulher bem torneada, de 1,60 metro, tinha a tez morena e cabelos escuros. Aproximadamente às 4h50, em 7 de agosto de 1888, ela foi encontrada por John Reeves, um trabalhador das docas, caída de costas em uma poça de seu próprio sangue, no patamar da escada, no primeiro andar do bloco de cômodos de aluguel onde ele vivia, conhecido como George Yard Buildings. Este estava situado no George Yard, em Whitechapel, que hoje se chama Gunthorpe Street e é uma das vielas de pedras do antigo East End que ainda sobrevivem.

Quando viu o corpo, com a saia erguida até a cintura e o estômago exposto, Reeves correu para procurar o policial mais próximo, que acabou sendo o PC[4] Thomas Barrett, de serviço na Wentworth, ali perto. Depois de correr até a cena do crime, o PC Barrett de imediato enviou Reeves para buscar o doutor Timothy Killeen em seu consul-

---

[4] A patente policial mais baixa no Reino Unido. [N.T.]

tório, na Brick Lane, 68. O médico chegou às 5h30 e declarou que Martha estava morta.

O corpo foi levado imediatamente para o necrotério na Old Montague Street, onde foi tirada uma foto e conduzido um exame *post-mortem*. Em seu relatório, o doutor Killeen observou que Martha havia recebido 39 facadas em várias partes do corpo, incluindo uma nas "partes baixas", e que aparentemente havia muito sangue entre suas pernas. Esse ferimento, de 7,5 centímetros, estaria localizado, com toda probabilidade, na genitália. Os pulmões tinham sido perfurados diversas vezes, bem como o coração, o fígado, o baço e o estômago. O doutor Killeen também acreditava que duas armas diferentes tinham sido usadas; uma era um pequeno canivete, com poucos centímetros de comprimento, que havia causado 38 dos ferimentos, e a outra arma era uma grande faca, com cerca de 15 centímetros de comprimento ou mais, que se supôs ser semelhante a uma baioneta. Esta foi usada em um único ferimento, que penetrara o esterno; de acordo com o doutor Killeen, tal golpe teria sido suficiente para matá-la. Mas há evidência de que ela tenha sido estrangulada antes de ser esfaqueada, o que se encaixa no padrão do Estripador. O *Illustrated Police News*, de 18 de agosto de 1888, relatou que ela havia sido ferida seriamente na cabeça, como resultado de ser "estrangulada enquanto forçada contra o chão, a face e a cabeça tão inchadas e distorcidas que suas feições ficaram irreconhecíveis". O número de ferimentos e a selvageria do ataque colocaram o caso fora do espectro normal da violência no East End e provocaram uma crescente comoção pública.

O George Yard Buildings tinha muitos moradores, e é de estranhar que ninguém no cortiço tenha ouvido qualquer grito ou alarido durante a noite; creio que isso corrobora a teoria de que ela tenha sido estrangulada antes de ser esfaqueada. Um fato importante: cerca de pouco mais de uma hora antes que o corpo de Martha fosse encontrado, um jovem motorista de táxi, chamado Alfred Crow, havia subido a escada e visto alguém deitado no patamar do primeiro andar, mas, como estava acostumado a ver gente dormindo ali, não deu muita atenção. As luzes dentro do George Yard Buildings eram apagadas às 23 horas, de modo que não deveria haver luz suficiente para que ele visse que Martha Tabram estava morta. Às 2 horas da madrugada, ela não estava lá; um casal passou pelo patamar e não viu nada, de modo que a morte teria acontecido entre 2 e 3h30 da madrugada.

Com um óbvio assassinato tendo sido cometido, testemunhas potenciais foram procuradas pela polícia, mas a única pessoa que lançou alguma luz sobre as últimas horas da vida de Martha foi outra "desafortunada", de nome Mary Ann Connelly, que era conhecida como "Pearly Poll". Depois de ficar sabendo do crime, ela foi até a delegacia de polícia da Commercial Street e afirmou que ela e Martha tinham passado boa parte da noite anterior visitando os *pubs* de Whitechapel. Tinham encontrado dois militares, um cabo e um soldado, por volta das 22 horas, no *pub* Two Brewers. Eles continuaram a beber juntos em outros *pubs* locais, incluindo o White Heart, que existe até hoje e é um ponto de interesse muito visitado pelas excursões do Estripador.

Por volta das 23h45, as duas mulheres, com os soldados, se separaram na Whitechapel High Street. Pearly Poll viu Martha entrar com o soldado no George Yard. Pearly foi com o cabo para a Angel Alley, a poucos metros de distância, provavelmente para fazer sexo. Aquela foi a última vez em que viu a amiga, e o último avistamento confirmado antes do assassinato. As duas passagens eram estreitas e mal iluminadas e tinham péssima reputação, o que fazia delas esconderijos ideais para criminosos e locais perfeitos para a prostituição. Pearly Poll disse à polícia que seria capaz de identificar os dois militares.

O inspetor detetive Edmund Reid conduziu a investigação do assassinato e organizou uma exibição de suspeitos para reconhecimento na Torre de Londres, por conta das afirmações dela. Todos os soldados do regimento dos Grenadier Guards que haviam estado de folga naquela noite foram trazidos para inspeção. Esteve presente à exibição o PC Barrett, que disse que, por volta das 2 horas daquela madrugada, havia visto um soldado dos Grenadier Guards parado na esquina de George Yard e Wentworth Street; quando questionado, o soldado disse que estava esperando por seu "companheiro". Durante o reconhecimento, Barrett apontou um soldado, antes de mudar de ideia e selecionar um segundo homem, que, soube-se depois, tinha um álibi forte para aquela noite fatídica. Pearly Poll não apareceu.

Por fim, ela foi encontrada pelo sargento Eli Caunter, hospedada com uma prima perto de Drury Lane, e assim uma nova exibição foi organizada em 13 de agosto, à qual ela por fim compareceu. Pearly Poll não conseguiu identificar os dois homens com os quais ela e Martha estiveram naquela noite, mas desta vez mencionou que tinham uma fita branca ao redor dos quepes, indicando que eram dos Coldstream Guards, e não dos Grenadiers.

Assim, uma nova exibição de reconhecimento foi marcada, e dois dias depois Pearly Poll foi levada para as Wellington Barracks, onde identificou dois soldados, conhecidos como George e Skipper, afirmando que sem dúvida eram os dois homens com quem ela e Martha tinham estado. Ambos os soldados foram interrogados e insistiram em afirmar que não estavam nem perto da área de Whitechapel na noite do assassinato. Depois de uma extensa investigação, a polícia concluiu que eles diziam a verdade. Outros soldados foram investigados, suas baionetas foram examinadas e confirmados os lugares onde eles afirmaram terem estado na noite de 6 para 7 de agosto.

Depois que todas as abordagens possíveis quanto ao assassinato de Martha Tabram foram esgotadas, a investigação pareceu fracassar. No inquérito, o júri deu o veredicto de "homicídio doloso, por pessoa ou pessoas desconhecidas", uma vez mais. O médico legista adjunto disse, no inquérito: "É um dos casos mais terríveis que alguém possa imaginar. O homem deve ser um louco selvagem para ter atacado a mulher daquela forma", e o inspetor Reid descreveu o caso como "quase inacreditável".

O assassinato de Martha Tabram caracterizava as dificuldades que a polícia da época enfrentava. As evidências eram muitas vezes baseadas em depoimentos vagos de testemunhas oculares que não podiam ser corroborados com segurança, e como resultado a polícia não tinha mais informação confiável para prosseguir. É duvidoso que os dois soldados não identificados estivessem envolvidos, pois o assassinato ocorreu mais de duas horas depois que Pearly Poll viu Martha entrar em George Yard com um deles. E é preciso lembrar que Pearly Poll, assim como Martha, havia bebido muito naquela noite, o que pode ter comprometido sua capacidade de identificá-los.

O assassinato de Emma Smith, quatro meses antes, havia obviamente ficado na memória dos moradores locais e da imprensa, e o fato de que os dois crimes tinham sido cometidos tão perto um do outro, em fins de semana de feriado bancário, e que elas eram da mesma classe e viviam na mesma vizinhança de má fama criou um impacto. Tenho certeza de que os dois crimes não foram cometidos pela mesma pessoa (ou pelas mesmas pessoas), mas as semelhanças deram início ao furor que por fim tomaria conta do East End. O assassinato de Martha, em particular, parecia ter ocorrido ao acaso e ser de uma selvageria brutal, e em alguns aspectos coincide com as mortes posteriores das vítimas do Estripador.

Embora não houvesse a mutilação habilidosa que ocorreria nos cinco assassinatos seguintes, acredito que houve suficientes fatores comuns para que esta tenha sido uma primeira tentativa, ou um "teste", provavelmente às pressas, como se ele estivesse verificando quanto tempo teria para executar sua missão e então fugir. Como nos outros, a morte ocorreu em um lugar escondido, durante a madrugada, e a vítima era uma prostituta pobre. É provável que, entre os muitos ferimentos infligidos a Martha, ao menos um tivesse sido em seus genitais.

Sabemos hoje que, embora os *serial killers* com frequência desenvolvam uma "assinatura", ou um estilo de matar, à medida que sua contagem de mortes avança, eles nem sempre exibem essa "assinatura" desde o início. Sendo assim, é definitivamente mais provável que o assassinato de Martha Tabram tenha sido obra dele do que o de Emma Smith, e, embora muitos especialistas discordem, vou correr o risco e afirmar que, em minha opinião, ela foi a primeira vítima de Jack, o Estripador.

Porém mesmo que ele não estivesse envolvido, há uma possibilidade de que a publicidade em torno das mortes (e a cobertura da imprensa beirava a loucura) tivesse despertado nele um desejo de imitar tais ataques selvagens, e que eles tenham sido o ponto de partida para sua horrenda trajetória. Desde que fiquei fascinado pelo tema, adquiri vários itens datados de 1888; entre eles, jornais originais que cobriam a morte de Martha. O *East London Advertiser* relatava: "A selvageria virulenta do assassinato está além da compreensão".

Ainda assim, nos cinco crimes seguintes, que são definitivamente aceitos como sendo de Jack, o Estripador (eles são conhecidos pelos especialistas no caso como "os cinco canônicos", significando que formam um conjunto e são o trabalho de uma mesma pessoa), essa "selvageria virulenta" se repetiria, deixando ainda mais estarrecidos a imprensa e a população.

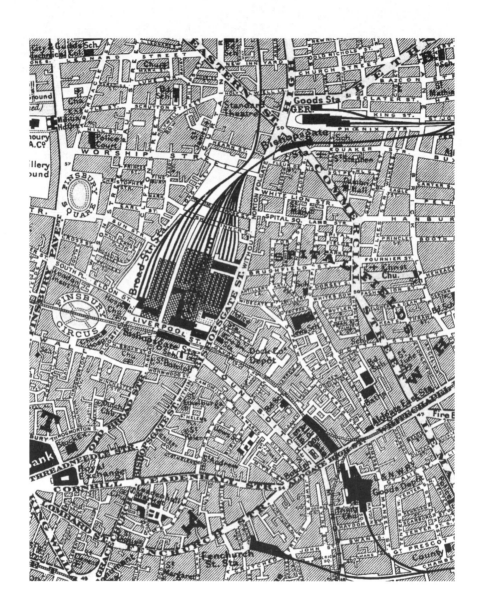

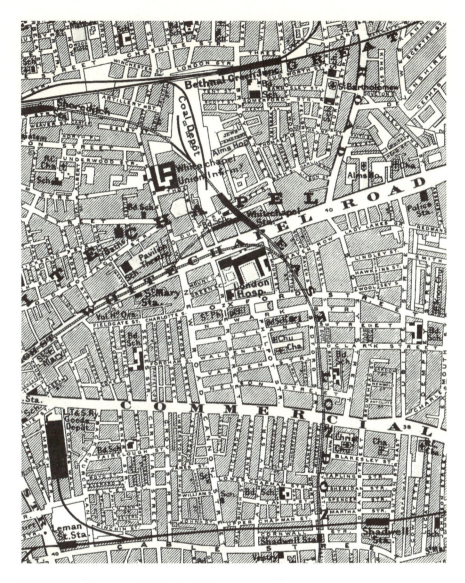

❶ Polly Nichols   ❹ Catherine Eddowes
❷ Annie Chapman   ❺ Mary Jane Kelly
❸ Elizabeth Stride   ❻ Goulston Street, onde o avental sujo de sangue foi encontrado

CAPÍTULO 3

UM INOMINÁVEL TERROR DA MEIA-NOITE

*As mortes de Mary Ann Nichols e
Annie Chapman*

À s 3h40 da madrugada de 31 de agosto de 1888, Charles Cross caminhava por Buck's Row, uma rua tranquila e escura atrás da estação de metrô de Whitechapel, que margeava o cemitério judaico. Cross estava indo para a Pickfords, na Broad Street, perto da estação de Liverpool Street, onde trabalhava como carroceiro, transportando mercadorias em uma carroça de mão. As primeiras luzes da aurora estavam clareando o céu, mas a Buck's Row, mal iluminada como muitas ruas do East End, ainda estava envolta em escuridão, isolada da claridade crescente pelos altos muros dos galpões e pelos sobrados geminados.

Enquanto se aproximava dos portões de Brown's Stable Yard, Cross viu o que parecia ser um grande pedaço de lona no chão. Quando chegou mais perto, percebeu que era o corpo de uma mulher, caída de costas sobre o calçamento. Enquanto estava ali parado, ele viu outro homem seguindo por Buck's Row, Robert Paul, que ia a caminho do trabalho em Corbett's Court, em Spitalfields, e também era carroceiro. Cross tocou Paul no ombro quando este ia passando e pediu-lhe que olhasse o que tinha encontrado. Ambos se aproximaram do corpo e viram que as roupas da mulher estavam desarrumadas e suas saias estavam erguidas até a cintura. Tocando-lhe as mãos, perceberam que não estavam totalmente frias, e Paul achou que ela havia se movido de leve e talvez estivesse respirando, "mas muito pouco, se estiver mesmo".

Sem saberem se ela estava viva ou morta, e preocupados porque não queriam se atrasar para o trabalho, eles se asseguraram de baixar as saias dela, para preservar sua intimidade, e seguiram na direção oeste, rumo a Baker's Row, com a intenção de alertar o primeiro guarda que encontrassem. Charles Cross e Robert Paul saíram de Buck's Row para a história, pois sem querer haviam descoberto o corpo de Mary Ann Nichols, conhecida como "Polly", hoje considerada pela maioiria como a primeira vítima de Jack, o Estripador.

Ela nasceu com o nome de Mary Ann Walker, em Fetter Lane, perto da Fleet Street, na City of London, em 1845. Em 1864, casou-se com o funcionário de uma gráfica, William Nichols, na igreja de St Bride. Juntos tiveram cinco filhos, mas o casamento era conturbado, e em 1880 Mary Ann e William separaram-se pela última vez; já tinham ficado separados cinco ou seis vezes antes. Ele alegava que era porque ela bebia, mas o pai de Mary Ann disse que William tinha um caso com a jovem parteira que ajudara Mary Ann a dar à luz o último filho.

Qualquer que tenha sido o motivo, Mary Ann foi deixada à própria sorte, enquanto o marido e os parentes próximos cuidavam das crianças. William pagava-lhe uma pensão semanal de cinco *shillings*, para que ela se mantivesse, mas depois de saber que ela havia começado a ganhar a vida com a prostituição, por volta de 1882, ele interrompeu os pagamentos. Mary Ann passou o resto da vida em várias *workhouses*[1] e enfermarias – onde o regime de "caridade" era brutal, e

---

[1] Locais onde pessoas na pobreza extrema podiam morar e trabalhar, sempre em péssimas condições. [N.T.]

os internos dormiam em alas infestadas de ratos e passavam o dia fazendo cruéis trabalhos braçais – e em *dosshouses*, sempre que podia pagar para dormir em uma cama. Foi presa por vadiagem em Trafalgar Square, em 1887, dormindo na rua, e voltou para a *workhouse*. Em maio de 1888, as coisas pareciam estar melhorando, quando ela passou um breve período trabalhando para uma família rica em Wandsworth, mas o emprego terminou de maneira desastrosa quando ela se foi sem avisar, levando consigo algumas roupas valiosas. O casal que a empregara era abstêmio, e ela era alcoólica; seu próprio pai declarou, no inquérito, que ela "tinha um caráter dissoluto e era uma bêbada, que ele sabia que iria acabar mal".

Por fim, no verão de 1888, Mary Ann passou a viver nas pensões de Spitalfields, a princípio dividindo uma cama com outra prostituta em uma *dosshouse* em Thrawl Street, e então mudando-se para a Flower and Dean Street, perto dali, para uma notória *dosshouse* chamada The White House, onde era permitido que as mulheres compartilhassem as camas com homens, e então de volta ao Wilmott's, em Thrawl Street, onde passou o último dia de sua vida. Tinha 42 anos de idade, 1,57 m de altura, cabelos castanhos ficando grisalhos e vários dentes faltando nas arcadas superior e inferior.

Às 23 horas na noite de 30 de agosto de 1888, uma quinta-feira, ela foi vista caminhando sozinha pela Whitechapel Road; à 0h30 de 31 de agosto, foi vista saindo do *pub* Frying Pan, na esquina de Thrawl Street e Brick Lane (que hoje é um restaurante e um pequeno hotel). Em torno de 1h30, ela voltou à cozinha da *dosshouse* em Thrawl Street, já meio bêbada.

Sem ter quatro *pence* para pagar por sua cama, foi-lhe solicitado que se retirasse, mas ela disse ao zelador que lhe reservasse sua cama habitual, pois em breve conseguiria o dinheiro, já que estava usando uma "touca bonita". Ela usava um chapeuzinho preto que nenhuma das outras mulheres tinha visto antes.

Pouco menos de uma hora depois, ela foi vista por uma amiga da pensão, Emily Holland, na esquina da Osborn Street e Whitechapel Road; Holland mais tarde disse que Mary Ann estava "muito bêbada, cambaleando e se apoiando na parede", e que ela disse que tinha conseguido o dinheiro para a cama três vezes naquele dia, mas que tinha gastado tudo com bebida. Emily tentou convencê-la a voltar para a *dosshouse*, onde poderiam dividir uma cama, mas Mary Ann estava confiante de que um cliente poderia lhe dar o dinheiro de que precisava e disse: "Não vai demorar muito até eu voltar". As duas conversaram durante alguns minutos, e Emily se lembrou de que o relógio da igreja bateu às 2h30 da madrugada antes que elas se separassem. Mary Ann afastou-se com passos inseguros para leste, ao longo da Whitechapel Road. Esse é o último registro dela com vida. Sua rota para a morte arrastou-a desde os arredores do lugar onde Emma Smith foi morta, passando pela famosa Whitechapel Bell Foundry, fundada no reinado da rainha Elizabeth I, e onde o Sino da Liberdade e o Big Ben foram fundidos, por ao menos 800 metros até Buck's Row, a travessa desolada onde seu corpo foi encontrado.

Depois de descobrirem o corpo de Mary Ann, os dois carroceiros, Cross e Paul, encontraram o PC Jonas Mizen na esquina da Hanbury Street e Baker's Row e informaram-no sobre o assassinato. Nesse meio-tempo, provavelmente minutos depois que os dois carroceiros deixaram a cena do crime, o PC John Neil caminhava pela Buck's Row na direção da Brady Street e também viu o corpo, que não estivera lá trinta minutos antes, quando sua ronda o levou a percorrer a rua. Ele se aproximou para investigar, mas jamais poderia ter se preparado para o que descobriu.

Mary Ann jazia de costas, a cabeça virada para a direção leste, e a mão esquerda perto do portão do pátio do estábulo. Seus olhos estavam "arregalados e fixos", o que significa que ela deve ter morrido vendo a face de seu assassino, ou ao menos a silhueta dele – uma última e terrível visão. As mãos abertas tinham as palmas viradas para cima, e as pernas estavam estendidas e ligeiramente afastadas. Usando sua lanterna de policial, o PC Neil pôde ver que escorria sangue de um corte na garganta da mulher. Piscando a lanterna, ele sinalizou para o PC John Thain, um colega que ouviu passando a distância, no final de Buck's Row, e lhe disse para ir buscar o doutor Rees Ralph Llewellyn, que morava ali perto, na Whitechapel Road, 152.

Tendo se separado de Charles Cross e Robert Paul, que seguiram seu caminho para o trabalho, o PC Mizen chegou a Buck's Row e imediatamente mandou buscar a ambulância. O doutor Llewellyn chegou logo ao local e declarou que Mary Ann estava morta. Ele então ordenou que o corpo fosse levado pela ambulância para o necrotério da Old Montague Street, para um exame adequado, e foram descobertos mais ferimentos que estavam ocultos por suas roupas.

A garganta tinha, na verdade, sido cortada duas vezes; uma das incisões era tão profunda que chegava à espinha. O abdome tinha um corte longo e irregular no centro, indo desde logo abaixo das costelas até a virilha, e havia muitos outros cortes e punhaladas no baixo-ventre. Havia dois ferimentos pequenos e profundos na vagina. Notavam-se, ainda, dois hematomas, um na parte de baixo da mandíbula, à direita, e outro na face esquerda, este como se tivesse sido causado pela pressão de um polegar. O doutor Llewellyn supôs que o assassinato tivesse sido cometido por uma pessoa canhota, devido à direção do corte na garganta, mas depois expressou dúvidas quanto a isso.

O corpo de Mary Ann foi identificado logo depois que as palavras "Lambeth Workhouse" foram encontradas escritas por dentro de suas anáguas. Uma averiguação na *workhouse* revelou várias pessoas que reconheceram a mulher assassinada, e por fim William Nichols confirmou a identidade de sua falecida esposa. Um inquérito foi convocado; compareceu, como representante da Polícia Metropolitana, o inspetor Joseph Helson, da Divisão J (Bethnal Green), em cuja jurisdição o corpo havia sido encontrado. No segundo dia do inquérito, juntou-se a ele uma nova figura na história, o inspetor Frederick Abberline.

Abberline, que se tornaria famoso por sua atuação no caso do Estripador, foi chamado por causa de seu grande conhecimento do East End. Ele havia sido inspetor da Divisão H (Stepney) durante 14 anos, de 1873 a 1887, quando foi transferido para o Escritório Central da Scotland Yard, o que acabou por afastá-lo do trabalho de campo. Era descrito como "corpulento e de fala mansa", o tipo de policial que podia facilmente ser confundido com um gerente de banco ou um advogado. Era muito respeitado, e quando se fazia necessário alguém com um conhecimento enciclopédico de Whitechapel, e tudo o que acontecia por lá, Abberline era enviado de volta a seu antigo território. Agora, ele ficaria encarregado das investigações dos assassinatos das mulheres, que logo se saberia serem vítimas de um mesmo homem.

O dia seguinte ao do assassinato, 1º de setembro de 1888, era também o primeiro dia de trabalho do novo comissário assistente da Polícia Metropolitana, doutor Robert Anderson. Infelizmente, assim que assumiu seu novo cargo, Anderson de imediato deixou a Grã--Bretanha numa licença prolongada, por motivo de saúde; isso queria dizer que a pessoa que, na qualidade de chefe do CID,[2] seria responsável por supervisionar os casos dos assassinatos de Whitechapel não esteve presente enquanto os eventos se desenrolaram nas semanas seguintes, mas no final ele teria acesso a todos os relatórios e aos detalhes das investigações.

O inquérito e as entrevistas da imprensa com os residentes locais revelaram mais detalhes sobre a noite do assassinato. A senhora Emma Green era uma viúva que vivia em New Cottage com seus três filhos; mesmo morando ao lado do local do crime, e com as janelas de

---

[2] Criminal Investigation Department, ramo da polícia britânica ao qual pertencem os detetives à paisana. [N.T.]

seus quartos abrindo-se exatamente em cima de onde o corpo de Mary Ann Nichols foi encontrado, ninguém na família foi acordado à noite por nenhum ruído do lado de fora. Do outro lado da rua ficava o cais Essex, onde Walter Purkiss, o zelador, estava com sua esposa no quarto da frente, no primeiro andar. De novo, nenhum deles ouviu qualquer ruído vindo de Buck's Row, embora a senhora Purkiss tivesse passado boa parte da noite acordada, e em um dado momento estivesse andando de um lado a outro do quarto, sofrendo de insônia. A única moradora da rua que pode ter ouvido algo significativo foi Harriet Lilley, de Buck's Row, 7, que tinha escutado um gemido de dor, seguido, um pouco mais tarde, de sussurros, que podia ter sido a conversa entre os dois carroceiros, Cross e Paul.

No todo, era pouquíssima evidência, com as testemunhas em potencial geralmente descrevendo muito mais o que não tinham ouvido do que o que tinham. O assassinato permaneceu um mistério, gerando o veredicto de sempre, "assassinato cometido por pessoa ou pessoas desconhecidas". No atestado de óbito, a causa da morte constava como "perda de sangue por ferimentos no pescoço e abdome, infligidos por instrumento cortante". Mas Mary Ann pode muito bem ter sido estrangulada até a inconsciência, quem sabe até a morte, antes de ser esfaqueada. Isso explicaria a ausência de ruídos da parte dela, e os hematomas. Ficou claro, a partir de evidências médicas do local onde o sangue se empoçara, que ela estava caída quando o corpo foi esfaqueado.

Mary Ann ganhou seu lugar nos anais do crime por ser reconhecida como a primeira vítima do Estripador, mas talvez um epitáfio mais gentil e justo seria um comentário feito durante o inquérito: que ela era muito querida pelas pessoas que conhecia; até seu pai, que se angustiava por ela beber, disse que ela não tinha inimigos. Às vezes é difícil pensar nas vítimas como seres humanos, com personalidade, amigos e parentes, quando suas vidas são consideradas dentro da busca muito maior de uma resposta para esse imenso mistério. Mas se, como tantas mulheres de sua classe, elas tivessem morrido na *workhouse*, suas tristes vidas teriam sido completamente esquecidas. Da forma como foi, por serem vítimas do Estripador, elas alcançaram uma estranha imortalidade.

Depois da morte de Mary Ann, foi feita uma conexão entre o assassinato dela e os de Emma Smith e Martha Tabram. A ideia de que grupos de criminosos teriam sido responsáveis por esses crimes terríveis foi perdendo força. Mesmo que a polícia ainda estivesse investigando os movimentos de tais grupos, a imprensa tinha outras ideias; o *Star*, um popular jornal radical de publicação vespertina, que mais tarde cobriria de forma extensa e sensacionalista os crimes de Whitechapel, afirmou, com muita confiança, que este assassinato mais recente era "o terceiro crime de um homem que devia ser um maníaco".

Uma vez mais, nenhum culpado foi encontrado, mas a atenção começou a se voltar para os imigrantes judeus do leste europeu. Não apenas eram o bode expiatório para muitos dos problemas sociais de Whitechapel, mas se tornaram também um bode expiatório para os assassinatos. Em meio à suspeita e ao atrito, começaram a circular boatos sobre um sapateiro judeu com a reputação de maltratar prostitutas. Conhecido apenas como "Avental de Couro",[3] porque supostamente seria visto com frequência usando tal vestimenta, foi ficando mais e mais em evidência à medida que várias histórias sobre seu comportamento sinistro começaram a chegar à imprensa. Os jornais mais sensacionalistas, por sua vez, passaram a construir uma imagem dele como alguém a ser temido, um "silencioso terror da meia-noite" que se esgueirava nas sombras, e do qual mulher alguma estava a salvo. Apesar das histórias, o "Avental de Couro" nunca pôde ser localizado.

---

[3] *"Leather Apron"*, em inglês. [N.T.]

Entretanto o medo estava começando a se apossar de toda a área, e quando, apenas nove dias depois, foi encontrado o corpo de outra desafortunada, o cadáver mais uma vez brutalizado, o público, a imprensa e a polícia começaram a especular quanto à existência de um assassino louco à solta.

Eram mais ou menos 6 horas da manhã de 8 de setembro de 1888, um sábado, quando John Davis, um dos 17 moradores do número 29 da Hanbury Street, em Spitalfields, desceu a escada da casa e abriu a porta de trás, que levava ao pátio dos fundos. Ele notou que a porta da frente, que dava diretamente para o corredor que terminava na porta de trás, estava aberta, mas isso não era nada incomum. Tampouco era incomum encontrar bêbados dormindo no corredor. Ele estava a ponto de sair para o trabalho e provavelmente iria usar o banheiro externo antes de ir-se. Ao abrir a porta de trás, ele ficou chocado ao ver o corpo mutilado de uma mulher caído ao pé dos degraus de pedra que descem para o pátio. Ela jazia junto à cerca que separava os pátios dos números 27 e 29, com a cabeça quase tocando os degraus. Suas saias tinham sido erguidas até em cima, revelando um horrendo talho no abdome. Sobre um dos ombros estavam pedaços da carne da barriga, e sobre o outro havia uma pilha de intestinos. Ao redor do pescoço havia um profundo corte irregular, que quase separava a cabeça do corpo. A vítima mais recente dos horrores de Whitechapel era Annie Chapman, de 47 anos, conhecida como "Dark Annie", por seu cabelo escuro, ou "Annie Sivvey".

Annie Chapman nasceu Annie Eliza Smith, em Paddington, Londres, em 1841. Como as três mulheres assassinadas antes (e muitas das desafortunadas), tinha família – e ainda assim foi parar no miserável distrito de Spitalfields, onde acabou encontrando seu fim.

De novo, como as outras, o álcool foi um fator determinante em sua queda até o degrau mais baixo da sociedade.

Annie se casou com John Chapman, um cocheiro, em 1869. Há uma foto de estúdio deles, provavelmente tirada na época do casamento, em que aparecem como um jovem casal respeitável e atraente. Tiveram três filhos, duas meninas e um menino, que nasceu aleijado. A filha mais velha morreu aos 12 anos, de meningite. Por conta do trabalho de John, os patrões forneciam-lhes acomodações bem simples, e eles viveram em muitas áreas prósperas do oeste de Londres, e também em Clewer, em Windsor. Foi quando moravam lá que Annie largou a família, em 1885, como resultado do consumo excessivo de álcool e do comportamento decorrente disso.

É possível que John também bebesse muito, porque os dez *shillings* que pagava semanalmente a Annie depois da separação cessaram quando ele morreu de cirrose hepática e edema, no Natal de 1886. As outras duas crianças, o menino que vivia em uma instituição chamada The Cripples' Home e a menina, que tinha recebido educação (possivelmente paga pelo patrão de John) e morava na França, não queriam saber da mãe.

Em Londres, Annie vivia com um artesão chamado John Sivvey, um apelido que ganhou por fazer peneiras,[4] mas ele a deixou logo após a morte do marido dela, talvez porque a fonte de dinheiro tivesse secado. De acordo com uma amiga, Annie pareceu ficar muito abalada com a morte de John, e "pareceu desistir de tudo".

Na primavera de 1888, Annie estava morando em uma *dosshouse* na Dorset Street, em Spitalfields, conhecida como Crossingham's, cujo síndico se chamava Tim Donovan. Ela meio que começou um relacionamento com um homem chamado Edward Stanley, um ajudante de pedreiro conhecido como "O Pensionista", e eles com fre-

---

[4] *Sieve*, em inglês. [N.T.]

quência passavam os finais de semana juntos em Crossingham's, a cama deles paga por Stanley. Ele às vezes pagava também a cama dela durante a semana, mas disse a Donovan para expulsá-la se algum dia ela aparecesse com outro homem.

Como a maioria das demais desafortunadas, Annie tentava ganhar a vida de forma honesta, vendendo peças de crochê e flores, mas isso raramente lhe rendia o suficiente, e o *pub* sempre tinha prioridade quanto a qualquer quantia que ganhasse. No verão de 1888, ela esbarrou em seu irmão mais novo, Fountain Smith, e pediu-lhe dinheiro, mas ele já lhe havia feito empréstimos antes e logo a despachou.

Em algum momento nos primeiros dias de setembro, Annie se meteu em uma briga com a colega de pensão Eliza Cooper; alguns relatos dizem que foi por causa de Edward Stanley, e outros dizem que o motivo foi uma barra de sabão, e o lugar onde ocorreu o confronto pode ter sido a própria Crossingham's ou o *pub* Britannia, na esquina da Dorset Street com a Commercial Street. Qualquer que tenha sido o caso, Annie ficou com vários hematomas no peito e um olho preto. A saúde dela estivera ruim durante todo aquele ano, e ela esteve hospitalizada várias vezes; os ferimentos deviam tê-la feito sentir-se ainda pior. Ela claramente não estava bem quando encontrou uma amiga, Amelia Palmer, perto de Christ Church, no anoitecer de 7 de setembro, a noite que culminaria com sua morte. Annie reclamou não estar se sentindo bem e disse que tinha ido ao hospital e que lhe deram alguns comprimidos e um frasco de remédio; ela parecia cansada da vida, mas sabia o que tinha de fazer, e demonstrou isso quando disse: "Não posso me entregar. Preciso erguer a cabeça e sair para ganhar algum dinheiro, ou não vou ter onde dormir". Amelia Palmer deu-lhe dinheiro para uma xícara de chá, fazendo-a prometer que não o gastaria em rum.

Mais tarde, naquela noite, Annie foi vista na cozinha de Crossingham's por várias pessoas. Algumas testemunhas a viram tirar a embalagem de comprimidos, que de imediato se quebrou, e ela precisou usar um pedaço de envelope para guardá-los. Mais ou menos à 1h25 da manhã, o síndico da pensão, Donovan, veio até Annie pedir-lhe o dinheiro da cama, mas ela não tinha nada para dar.

"Não dê a cama para outra pessoa, eu volto logo", ela disse.

"Você consegue dinheiro para a bebida, mas não para a cama", censurou-a Donovan.

Ele ficou olhando enquanto ela seguia pela Little Paternoster Row, na direção da Brushfield Street e do mercado de Spitalfields. Annie nunca voltaria. A última pessoa a falar com ela foi o vigia noturno, a quem ela disse que não demoraria, e pediu que cuidasse para que "Tim [Donovan] reserve a cama para mim".

Pelas três horas e meia seguintes, não há informação sobre Annie. Fazia frio para a época do ano, e as ruas estavam molhadas de chuva, uma noite desagradável para estar fora, sobretudo para quem não estava bem. Às 5h30, uma mulher foi vista conversando com um homem na rua, a poucos metros da Hanbury Street, 29, onde o corpo foi encontrado, e a testemunha, Elizabeth Long, tinha certeza de que a mulher era Annie, embora não a conhecesse. Mais tarde, ela declarou que o casal estava falando alto, mas parecia estar se entendendo, e ela ouviu o homem dizer "Você quer?" e a mulher responder "Sim".

A senhora Long descreveu o homem como tendo aparência "pobre, mas honrada" e disse que ele parecia um "estrangeiro", palavra que no East End era usada como eufemismo para judeu. Ela calculava que teria uns 40 anos e usava um sobretudo escuro e um chapéu tipo *deestalker*.[5] Porém ele estava de costas para ela, que não conseguiu ver-lhe a face.

---

[5] Chapéu de duas abas, que mais tarde seria associado popularmente ao detetive Sherlock Holmes, personagem de Sir Arthur Conan Doyle. [N.T.]

Mais ou menos na mesma hora, Albert Cadosch, que vivia na casa vizinha ao número 29, saiu para o quintal, provavelmente para se aliviar, e ouviu vozes no quintal ao lado. Ele ouviu a voz de uma mulher dizendo "Não!" e então o som de alguma coisa caindo de encontro à cerca de um metro e meio de altura que separava os dois quintais. Como todo mundo que vivia na área, Cadosch estava acostumado com bêbados e prostitutas nos quintais, e não deu atenção. É mais do que possível que ele tenha ouvido o assassinato de Annie Chapman ocorrendo, e, se tivesse olhado por cima da cerca, talvez o tivesse testemunhado.

Meia hora depois, John Davis encontrou o corpo. Em estado de choque, tendo entrevisto os ferimentos pavorosos, ele saiu correndo para a Hanbury Street e encontrou Henry Holland, que ia a caminho do trabalho. Ali perto estavam mais dois homens, James Green e James Kent, parados do lado de fora do *pub* Black Swan, na Hanbury Street, 23, esperando para ir trabalhar na fábrica de engradados, nos fundos.

"Venham aqui!", gritou Davis. "Tem algo horrível aqui, acho que uma mulher foi assassinada!"

Depois de verem por si mesmos o corpo, os homens se espalharam, em busca de ajuda; no final da Hanbury Street estava o inspetor Joseph Chandler, que os acompanhou de volta ao número 29. Chandler imediatamente isolou o corredor que levava da frente da casa aos fundos e mandou chamar reforço policial e o cirurgião da área, o doutor George Bagster Phillips, que morava na Spital Square, ali perto.

No exame inicial do cadáver de Annie, o doutor Phillips notou os ferimentos óbvios em seu corpo, bem como os hematomas no peito e no olho, da briga de dias antes. Removidos do corpo, mas ainda presos a ele e colocados sobre o ombro direito, estavam o intestino delgado e uma aba do abdome. Dois outros pedaços do abdome foram colocados sobre o ombro esquerdo, com uma grande quantidade de sangue. O útero, a parte superior da vagina e a maior parte da bexiga tinham sido removidos e estavam ausentes.

Havia também abrasões nos dedos, indicando que os dois anéis de latão que Annie sempre usava tinham sido tirados à força. O doutor Phillips também notou que, a despeito dos ferimentos extensos no pescoço e no torso, não havia uma quantidade significativa de sangramento do corpo, e que a língua dela projetava-se para fora da cabeça inchada, indicando que ela havia sido estrangulada antes de ser mutilada.

O doutor Phillips disse que ele próprio, um cirurgião, não teria levado menos de 15 minutos para executar semelhante mutilação.

O estilo do assassinato de Annie era claramente semelhante ao de Mary Ann Nichols, ocorrido oito dias antes. No inquérito, o doutor Phillips não revelou muita coisa quanto aos ferimentos sofridos por Annie Chapman, mas suas descobertas foram publicadas no periódico médico *The Lancet*, algumas semanas depois. Ele afirmou que o assassino deveria ter algum tipo de conhecimento médico ou anatômico: "Obviamente, foi um trabalho de especialista – ao menos de alguém com conhecimento suficiente de exames anatômicos ou patológicos para ser capaz de seccionar os órgãos pélvicos com um só movimento de faca". A autópsia também revelou as causas da aparente enfermidade de Annie: ela sofria de uma avançada doença nos pulmões, que havia começado a afetar as membranas do cérebro; em outras palavras, ela já era uma paciente terminal. Teria morrido em pouco tempo, embora não de modo tão violento.

O inquérito, como sempre, gerou novas informações e revelou mais testemunhas. Um pedaço de avental de couro foi encontrado no quintal, levando a uma pequena onda sensacionalista quanto à conexão com o misterioso personagem "Avental de Couro". Logo se soube que a peça não tinha nenhum significado concreto, pois havia sido deixada ali por Amelia Richardson, uma moradora que mantinha na casa sua própria fábrica de engradados. O testemunho de seu filho John foi bem mais interessante. Tendo o hábito de checar a segurança das portas do porão (no quintal), após um furto anterior, John estivera sentado nos degraus que desciam da porta dos fundos às 4h45 daquela manhã, e não havia visto nada. Ele também comentou que já estava clareando.

Uma história que apareceu em vários jornais afirmava que Annie havia sido vista no *pub* Ten Bells, na Commercial Street, entre 5 e 5h30 da manhã. Alguns relatos diziam que estava bebendo com um homem, outros que estava sozinha e que um homem, usando um gorro e sem casaco, colocou a cabeça para dentro e chamou-a, indo embora de imediato, sendo seguido por ela. A descrição da mulher parecia conferir com a de Annie Chapman, sobretudo quanto à idade, ao cabelo e às roupas. Essa história, porém, não é confiável: eram muitas as mulheres que se encaixariam em uma descrição tão vaga.

Mais ou menos às 7 horas daquela mesma manhã, uma tal senhora Fiddymont, que cuidava do *pub* Prince Albert, na Brushfield Street, disse que um homem entrou no estabelecimento e despertou muita desconfiança. Vestia um casaco escuro e um chapéu rígido marrom, que estava baixado para esconder os olhos. Ele pediu meio caneco de cerveja barata, e a senhora Fiddymont de imediato se deu conta de que havia respingos de sangue na mão direita dele, em seu colarinho e sob a orelha, e que ele se comportava de maneira muito suspeita, como se não quisesse atrair a atenção para si. O homem tomou a cerveja de um só gole e saiu apressado; uma amiga da senhora Fiddymont, Mary Chapell, seguiu-o até a Brushfield Street. Ela indicou o homem para um passante, Joseph Taylor, que o seguiu na direção de Bishopsgate antes de perdê-lo de vista.

Foi esse tipo de testemunho vago que a polícia se acostumou a receber, pois os assassinatos criaram uma tremenda tempestade de publicidade. O assassino de Mary Ann Nichols não tinha sido pego, e outro assassinato violento envolvendo mutilações horríveis criou uma onda de fúria, frustração e pânico entre a comunidade do East End. O assassino tinha conduzido Annie através do corredor de uma casa movimentada, em um momento quando pelo menos alguns dos 17 moradores do imóvel com toda a certeza estavam acordando para ir trabalhar, e depois tinha voltado pelo mesmo caminho, presumivelmente ensanguentado e carregando os órgãos que removera do corpo, tudo isso sem ser visto, e isso contribuiu para o medo e a histeria crescentes. Notícias de jornal relatavam a ocorrência de tumultos na área, e de homens inocentes sendo acusados de ser o "Avental de Couro". A polícia precisou usar pessoal e recursos preciosos apenas para manter a paz.

A despeito de seus problemas, houve um breve lampejo de esperança quando, em 10 de setembro, o sargento William Thick foi a Whitechapel, à casa de John Pizer, um sapateiro judeu, e o prendeu como suspeito do assassinato de Annie Chapman, e de ser o próprio "Avental de Couro". Para sorte de Pizer, apesar de estar na mira da polícia havia algum tempo, ele provou ter estado em outro lugar quando Mary Ann Nichols e Annie Chapman foram assassinadas. Em 31 de agosto, ele estava em Holloway, no norte de Londres, em uma hospedaria chamada Crossman's (pouco mais de um século depois, em 1989, eu me mudei para Holloway, mais um dos pequenos pontos em que minha história se sobrepõe à história que pesquisei). Ele até havia conversado com um policial sobre o clarão de um incêndio nas docas de Londres, que podia ser visto até àquela distância. Em 8 de setembro, ele estava em casa, mantido lá por sua família, que achava que, com os boatos de que seria o "Avental de Couro", seria conveniente que ele agisse com discrição. Com os álibis robustos de Pizer, a polícia não tinha nada mais palpável para seguir, e havia um sentimento crescente de insatisfação com eles. Os jornais sensacionalistas resumiam a situação em termos extravagantes, em especial o *Star*:

Londres jaz hoje sob o feitiço de um grande terror. Um degenerado não identificado – meio animal, meio homem – está à solta, dia a dia satisfazendo seus instintos assassinos com as classes mais miseráveis e indefesas da comunidade... Maldade repugnante, astúcia mortífera, sede insaciável por sangue – são todas marcas desse homicida desequilibrado. A criatura demoníaca que caça pelas ruas de Londres, perseguindo suas vítimas como um índio Pawnee, está simplesmente embriagada de sangue, e quer mais.

Esse tipo de matéria apenas criava mais fúria e pânico. Relatos da reação pública ao assassinato de Annie Chapman fazem parecer que todo o East End de Londres deu férias ao bom senso e foi dominado pela histeria. Na manhã do assassinato, a Hanbury Street e todas as vias vizinhas estavam apinhadas de curiosos nervosos, alguns dos quais se aproveitaram da multidão para vender comida e bebida. Talvez ainda mais macabro tenha sido o "aluguel" de janelas das casas que davam para o quintal do número 29. Os moradores tiveram bom lucro cobrando um *penny* por pessoa, de modo que os interessados podiam olhar para o local do crime lá embaixo e quem sabe ter um vislumbre das manchas de sangue.

Episódios de agitação popular ocorreram, em geral relacionados com o avistamento de homens que pareciam suspeitos. Não precisava muita coisa para alguém ser tachado de suspeito, e bastava o boato de que o assassino tinha sido visto em algum ponto do distrito para que multidões de linchadores se juntassem para perseguir sua presa. Uma história muito contada era que o criminoso local apelidado de "Squibby" estava sendo procurado por dois policiais em Spitalfields no dia do assassinato de Annie Chapman; quando as massas viram aquilo, acharam que os guardas estavam atrás do assassino e se juntaram às buscas. Parece que "Squibby" era um personagem truculento, e que em geral era necessário mais de um policial para prendê-lo, mas naquela ocasião ele praticamente implorou para que o levassem para algum lugar seguro, enquanto a turba clamava por seu sangue.

Para cúmulo do absurdo, uma mulher chamada Mary Burridge, que vivia em Blackfriars, depois de ler uma das notícias tipicamente horripilantes dos jornais, teve um ataque em sua casa. Ela se recobrou brevemente, mas teve uma recaída e morreu logo em seguida. Ao que parece, ela efetivamente morreu de medo.

Em meados de setembro, ante a ausência do doutor Robert Anderson, ainda afastado por motivo de saúde, o inspetor-chefe Donald Swanson recebeu a tarefa importante de supervisionar toda a informação referente aos assassinatos de Whitechapel. Policial muito respeitado, Swanson foi autorizado pelo comissário-chefe Charles Warren, da Polícia Metropolitana, a ser os "olhos e ouvidos" do comissário, e ficar "a par de cada detalhe... Ele deve ter uma sala só para si, e cada papel, cada documento, cada relatório, cada telegrama devem passar por suas mãos. Ele deve ser consultado por cada fonte".

Por conta disso, nunca é demais enfatizar a importância de Swanson no caso, e é justo dizer que seu conhecimento sobre os crimes excedia o de qualquer outro policial, mesmo que não estivesse nas ruas, envolvido com trabalhos de campo. Por sua mesa passavam os depoimentos das testemunhas, os relatórios da patologia e todas as suspeitas, por menores que fossem, de cada policial envolvido, e por isso era ele quem tomava ou vetava as decisões quanto a todo o trabalho forense. O inspetor Abberline, que se juntara à caçada ao Estripador pouco antes, tradicionalmente recebeu a honra de ser o policial responsável pelo caso; no entanto, tal papel recaiu de fato sobre Swanson. Sua experiência faria com que seus comentários sobre os assassinatos, e mesmo sobre a identidade do próprio assassino, fossem levados muito a sério anos depois. Eu com certeza sinto que suas palavras deveriam carregar, como de fato carregam, um peso enorme: ninguém conhecia cada dimensão do caso tão bem quanto Swanson.

CAPÍTULO 4

UM ASSASSINO INTERROMPIDO

A morte de Elizabeth Stride

O assassino estava agora desenvolvendo seu estilo ritual: os corpos estavam sendo mutilados de modo específico, órgãos eram levados como *souvenirs*, havia um teor altamente sexualizado nas mutilações. Ele escolhia como vítimas mulheres que trabalhavam no comércio do sexo e, depois de matá-las, lacerava os corpos com brutalidade, mas em particular os órgãos genitais e reprodutores. Ele atacava à noite, e a intervalos aparentemente ao acaso. Não é de surpreender que o medo e a histeria se intensificassem – mas nunca o suficiente para que algumas das desafortunadas, as infelizes mulheres que precisavam de trocados para conseguir uma cama e para pagar o gim, deixassem de exercer seu trabalho.

Os jornais estavam cheios de teorias e relatos de capturas em potencial e incidentes que de imediato eram tratados como relacionados com o "monstro de Whitechapel". Em 27 de setembro de 1888, a Central News Agency, uma agência de notícias sediada próxima à ponte de Blackfriars, recebeu uma carta supostamente enviada pelo próprio assassino e escrita em tinta vermelha.

25 de setembro de 1888

Caro Chefe

Ouço o tempo todo que a polícia me capturou, mas eles ainda não vão me prender. Tenho rido quando eles parecem tão espertos e dizem que estão na pista certa. Aquela piada sobre o Avental de Couro me deu ataques de riso. Estou aborrecido com as putas e não vou parar de estripá-las até me fartar. O último trabalho foi grandioso. Não dei à dama nem tempo para gritar. Como vão me pegar agora? Adoro meu trabalho e quero recomeçar. Logo vão ouvir falar de mim com meus joguinhos divertidos. Guardei um pouco da coisa vermelha do último trabalho em uma garrafa de cerveja de gengibre para escrever, mas ela ficou espessa como cola e não posso usá-la. Tinta vermelha também serve, espero, ha-ha. No próximo trabalho que eu fizer vou cortar as orelhas da dama e mandar para a polícia só por farra, que tal? Guarde esta carta até que eu trabalhe um pouco mais, então a publique de imediato. Minha faca é tão boa e afiada [...] eu quero entrar em ação agora mesmo se eu tiver uma chance. Boa sorte.
Sinceramente, seu
Jack, o Estripador

Não se incomode por eu dar meu nome profissional.

Escrito em um ângulo reto com o texto principal, havia mais uma mensagem, a lápis:

Não foi conveniente enviar esta carta antes que eu limpasse toda a tinta vermelha das mãos, maldita seja Ainda não tive sorte. Eles agora dizem que sou um médico, ha-ha

Esta não foi a primeira carta que afirmava ter sido escrita pelo assassino, pois o comissário Charles Warren havia recebido uma em

24 de setembro, enviada por alguém que dizia ter sido quem realizara os ataques, e afirmando que faria outros, antes de se entregar. Ela foi ignorada, ao contrário dessa nova carta, que a Central News mandou para a polícia dois dias depois de recebê-la, com uma carta de encaminhamento sugerindo que deveria ser falsa. A polícia parece ter concordado, mas atentaram ao menos em parte para seu conteúdo, decidindo não divulgá-la ao público até que o assassino tivesse, como prometeu, "trabalhado um pouco mais". Esse momento não tardou a chegar.

Os assassinatos seguintes ocorreram na madrugada de 30 de setembro de 1888, menos de três semanas depois da morte brutal de Annie Chapman. Duas prostitutas foram mortas no espaço de uma hora, e em dois locais diferentes; mais tarde, este seria chamado, dentro do folclore do Estripador, o "Evento Duplo". Fica claro, examinando os detalhes, que o assassino foi interrompido em sua primeira tentativa de assassinato e não teve tempo suficiente para a mutilação ritual do corpo, tendo sido compelido a atacar de novo: apenas matar não era suficiente. Qualquer que fosse a satisfação que obtinha a partir de sua obra, ela não vinha no momento da morte, mas estava associada ao que ele fazia ao retalhar o cadáver.

Sua primeira vítima naquela noite foi Elizabeth Stride, em geral conhecida como "Long Liz" ("Liz Comprida"), embora seja um mistério o motivo do apelido, já que ela não era particularmente alta. Nascida Elizabeth Gustafsdottir, em 1843, em Stora Tumlehead, na costa oeste da Suécia, ela havia sido registrada pela polícia de seu país natal como prostituta profissional aos 22 anos de idade. Foi afligida por doenças venéreas e deu à luz uma filha natimorta em 1865, pouco depois de sua mãe morrer. Com o dinheiro herdado da mãe, conseguiu emigrar para Londres em 1866 e se estabeleceu no distrito de Whitechapel. Sua vida atribulada pareceu endireitar-se quando se casou com John Stride, em 1869, mas, devido a suas bebedeiras, e às prisões frequentes por embriaguez e arruaça, o casal se separou em

1881. John morreu três anos depois por problemas cardíacos, em um sanatório em Bromley.

Sem o amparo do marido, Elizabeth voltou à prostituição para se sustentar. Daí em diante foi extremamente difícil para ela escapar da dura vida de uma desafortunada, mas era dada a arroubos de fantasia e exagerava sua triste história, talvez tentando escapar, ao menos em suas bravatas, do abismo em que mergulhara. Ela dizia ter trabalhado para uma família rica, dizia que seu marido e dois de seus nove filhos tinham morrido em um famoso naufrágio de um barco no rio Tâmisa (na verdade, o marido morreu seis anos depois do incidente, e eles nunca tiveram filhos). Ela mentia sobre sua idade, dizendo ser dez anos mais nova do que era na verdade, e tinha vergonha de ter perdido os dentes da frente, afirmando que tinham sido quebrados, e seu palato ferido, durante o naufrágio do barco. A autópsia mostrou que não havia dano em sua boca, exceto a ausência dos dentes. Mas consigo entender a necessidade dela de construir um passado melhor para si mesma: talvez ela até acreditasse em parte daquilo, depois de contar com tanta frequência tais mentiras.

Como tantas outras desafortunadas, ela tentou ganhar a vida sem percorrer as ruas à noite atrás de clientes: trabalhou como faxineira e chegou a costurar. Mas, como aconteceu com tantas outras, simplesmente não havia trabalho suficiente com que manter-se, sobretudo com seu hábito de beber. Ela vivia, como quase todas as vítimas, em acomodações temporárias das pensões, que era tudo pelo que podia pagar. Estava morando em Brick Lane em meados de dezembro de 1881, mas passou o Natal e o Ano-Novo no Hospital de Whitechapel, sofrendo de bronquite.

Depois de se mudar de Brick Lane, Elizabeth viveu numa *dosshouse*, na Flower and Dean Street, 32, ficando lá até 1885, quando conheceu Michael Kidney, um estivador. Passaram a viver juntos na Devonshire Street, 38, em Commercial Road, mas a relação dos dois era volátil:

discutiam com frequência e viviam se separando, até que, em 25 de setembro de 1888, Elizabeth deixou Kidney pela última vez e voltou a sua antiga pensão na Flower and Dean Street. Nos anos de 1887 e 1888, ela recebeu oito condenações por embriaguez na Corte dos Magistrados do Tâmisa.

No sábado, 29 de setembro de 1888, Elizabeth fez seu trabalho regular de limpeza dos quartos na pensão durante o dia, recebendo um pequeno pagamento. Às 18h30 ela estava no Queen's Head Pub, na esquina da Commercial Street com a Fashion Street, e logo depois voltou para a Flower and Dean Street com uma amiga, para arrumar-se para a noite. Seus movimentos seguintes estão razoavelmente bem documentados.

A colega de pensão Catherine Lane, faxineira, afirmou ter visto Elizabeth entre 19 e 20 horas daquela noite na cozinha da pensão, usando um casaco longo e chapéu preto e parecendo relativamente sóbria. Charles Preston, barbeiro, afirmou também ter visto Elizabeth na cozinha naquela noite, tendo lhe emprestado sua escova de roupas, pois ela se preparava para sair e queria ficar um pouco mais arrumada. Ele descreveu o casaco dela como tendo um acabamento em pele e disse que ela levava no pescoço um lenço de seda listrado.

Várias horas depois, John Gardner e John Best viram Elizabeth deixar o Bricklayers Arms, na Settles Street pouco antes das 23 horas, com um homem que descreveram como tendo por volta de 1,68 m, com bigode preto, cílios ralos e claros, e usando fraque e chapéu-coco. Gardner e Best notaram que o casal estava se abrigando momentaneamente de um aguaceiro repentino e brincaram com ela: "É o Avental de Couro te conquistando", antes que Elizabeth e o homem fossem embora.

Mathew Packer, vendedor de frutas residente na Berner Street, 44, disse ter vendido meia libra de uvas escuras, por volta das 23 horas, para um jovem aparentado 25 a 30 anos de idade, que estava acompanhado de uma mulher que trajava um vestido preto e um casaco com barra de pele e um chapeuzinho preto de crepe. Ela também usava uma flor no casaco, parecendo um gerânio, branca por fora e vermelha por dentro. O homem tinha cerca de 1,70 metro de altura e usava um longo casaco preto abotoado até em cima, e um chapéu mole de feltro, que ele descreveu como algum tipo de chapéu "ianque". Ele tinha ombros largos e falava meio apressado, com voz áspera. Packer mais tarde identificou a mulher como Elizabeth Stride no necrotério de St George-in-the-East, mas seu testemunho foi depois questionado, e não havia evidência, a partir do conteúdo do estômago, de que a falecida tivesse comido uvas. Todos os crimes atraem *"groupies"*, pessoas que querem estar no centro das atenções, e provavelmente Packer era um desses. O inspetor-chefe Swanson escreveu em um relatório que Packer "deu depoimentos diferentes [...] qualquer depoimento feito por ele se tornaria quase inútil como evidência".

Às 23h45, William Marshall, trabalhador braçal que morava na Berner Street, 64, testemunhou um homem beijando Elizabeth Stride (ele a identificou com certeza no necrotério) enquanto estavam perto do alojamento dele. Ele ouviu o homem falar: "Você é capaz de dizer qualquer coisa, menos suas orações". Ele descreveu o homem como de meia-idade, usando um gorro redondo com aba pequena, por volta de 1,68 metro de altura, um tanto corpulento e decentemente trajado. Como esse avistamento se deu uma hora antes da hora provável do assassinato, o homem devia ser um cliente anterior de Elizabeth.

À 0h35, o PC William Smith estava fazendo sua ronda pela Berner Street quando viu um homem e uma mulher parados na rua, na calçada em frente a uma passagem estreita conhecida como Dutfield's Yard. O homem tinha cerca de 1,70 m de altura, por volta de 28 anos, um bigodinho escuro e tez morena. Usava um fraque negro, um chapéu de feltro rígido, colarinho branco e gravata, e carregava um pacote embrulhado em jornal, com cerca de 45 centímetros de comprimento e 15 a 20 centímetros de largura. A mulher usava uma flor vermelha presa ao casaco, que o PC Smith reconheceu mais tarde no necrotério quando foi ver o corpo de Elizabeth Stride.

Outra testemunha, a senhora Fanny Mortimer, que morava a apenas algumas casas da cena do crime, contou histórias diferentes para os jornalistas, mas no fim ela não tinha visto mais do que um casal jovem na esquina da rua, a uns 18 metros de distância.

Na esquina de Berner Street e Dutfield's Yard ficava o Clube Educativo Internacional dos Homens Trabalhadores, um edifício de dois andares que abrigava um clube de socialistas e anarquistas judeus, na maioria de origem russa ou polonesa, que naquela noite havia promovido um encontro e palestra sobre as infames *"sweaters"*, as oficinas onde os pobres eram obrigados a trabalhar por pagamentos miseráveis. No final do encontro, os membros ficaram por ali, bebendo e cantando músicas em russo.

Morris Eagle, um membro do clube, percorreu o Dutfield's Yard à 0h40, tendo se ausentado do clube por pouco menos de uma hora, para levar sua namorada para casa, e não viu nada fora do normal antes de voltar a entrar no local.

Apenas cinco minutos mais tarde, a testemunha mais importante da noite, e em minha opinião do caso inteiro, Israel Schwartz, presenciou o que acredito ser o único avistamento verdadeiro do Estripador. Muito pouco se sabe sobre Schwartz, exceto que era um húngaro que mal falava inglês e que tinha "a aparência de que trabalhava no teatro". Ele com certeza era casado na época, porque foi declarado que ele e a mulher tinham se mudado de suas acomodações em Berner Street para um novo endereço em Helen Street, perto de Backchurch Lane, no dia do incidente.

Schwartz estava indo para sua nova casa e ia na direção do portal de entrada do Dutfield's Yard por volta de 0h45 da madrugada. O relato do que viu está registrado por escrito no depoimento tomado pelo inspetor-chefe Donald Swanson, e eu o reproduzo na íntegra por ser tão vital:

0h45, dia 30, Israel Schwartz, residente à Helen Street, 22, Backchurch Lane, declarou que a esta hora, ao entrar na Berner Street, vindo da Commercial Road e tendo chegado até o portão de acesso onde o assassinato foi cometido, viu um homem parar e conversar com uma mulher que estava parada no portão. O homem tentou puxar a mulher para a rua, mas ele a virou e jogou-a no chão e a mulher gritou três vezes, mas não muito alto. Ao cruzar para o outro lado da rua, ele viu um segundo homem parado, acendendo o cachimbo. O homem que jogou a mulher no chão gritou, aparentemente para o homem do outro lado da rua, "Lipski", e então Schwartz se afastou, mas, achando que tinha sido seguido pelo segundo homem, correu até o arco da ferrovia, porém o homem não o seguiu até lá.

Schwartz não pôde dizer se os dois homens estavam juntos ou se se conheciam. Ao ser levado ao necrotério, Schwartz identificou o corpo como sendo o da mulher que tinha visto. Ele descreve assim o primeiro homem, que jogou a mulher: idade, por volta de 30; alt. 1,65 m; compl. [tez], clara; cabelo escuro; bigodinho castanho; rosto cheio; ombros largos; roupa, paletó e calças pretas, um gorro com aba, e nada nas mãos.

Ele então descreveu o segundo homem como tendo 1,80 de altura, 35 anos, com rosto jovem, cabelo castanho claro e um bigode castanho. Usava um sobretudo escuro e um velho chapéu rígido de feltro com aba larga.

De acordo com o inspetor, "Lipski" havia se tornado um termo insultante para os judeus naquela parte de Londres, desde a prisão de Israel Lipski no ano anterior. Lipski, que tinha ascendência judaico-

-polonesa, havia sido acusado de assassinar Miriam Angel na Batty Street, ali perto, tendo-a forçado a tomar ácido nítrico. Lipski tinha sido encontrado embaixo da cama dela com queimaduras de ácido na boca e foi preso, levado a julgamento, considerado culpado e enforcado, apesar de seus protestos de que era inocente.

A princípio, a polícia teve esperanças de que "Lipski" fosse o nome do segundo homem, e de que ele pudesse ser rastreado e interrogado, mas a busca foi infrutífera e eles aceitaram que aquele era um insulto, provavelmente dirigido a Schwartz por conta de sua aparência judaica.

O *Star* foi o único jornal a cobrir a história de Schwartz com alguma profundidade, em 1º de outubro. Há discrepâncias entre o relato policial e o que saiu publicado no jornal, talvez por conta de algum jornalismo entusiasmado demais (todos os jornais tentavam fazer o máximo possível de sensacionalismo com os assassinatos), mas outra possibilidade é que isso tenha ocorrido por conta do inglês ruim de Schwartz, que tornava necessária a ajuda de um tradutor. Como acredito que Schwartz seja de extrema importância para o caso, creio que é relevante reproduzir o artigo completo:

> Informação que pode ser importante foi fornecida ontem à polícia de Leman Street por um húngaro, referente a este assassinato. O estrangeiro estava bem-vestido e tinha a aparência de trabalhar no teatro. Ele não sabia falar uma palavra em inglês, mas veio à delegacia acompanhado por um amigo, que atuou como intérprete. Ele deu seu nome e endereço, mas a polícia não os divulgou. Uma pessoa do *Star*, porém, ficou sabendo de sua visita e seguiu-o em Backchurch Lane. O húngaro do repórter é tão imperfeito quanto o inglês do estrangeiro, mas um intérprete estava disponível e a história do homem foi recontada exatamente como tinha sido contada à polícia. E ela revela, na verdade, que ele viu tudo.

Parece que ele tinha ficado fora o dia inteiro, e que a esposa deveria se mudar, durante sua ausência, das acomodações da Berner Street para outras em Backchurch Lane. Ao ir na direção de casa, por volta de 24h45, ele primeiro passou pela Berner Street para ver se a esposa havia se mudado. Quando virou na Commercial Road, ele notou, alguma distância à sua frente, um homem andando como se estivesse um pouco embriagado. Ele continuou caminhando, atrás do homem, e então notou uma mulher parada na entrada do beco onde o corpo foi encontrado. O homem meio bêbado parou e falou com ela. O húngaro viu-o colocar a mão no ombro dela e empurrá-la para trás, para o beco, mas, sem querer envolver-se em brigas, ele cruzou para o outro lado da rua. Antes de avançar mais do que alguns metros, porém, ele ouviu o barulho de uma briga e virou-se para ver o que estava acontecendo; no entanto, assim que colocou o pé fora da calçada, um segundo homem saiu pela porta de uma casa pública a algumas portas de distância e, gritando algum tipo de aviso para o homem que estava com a mulher, correu para diante, como se quisesse atacar o intruso. O húngaro afirma com certeza que havia uma faca na mão do segundo homem, mas não esperou para ver. Ele fugiu de imediato para suas novas acomodações.

    Ele descreveu o homem que estava com a mulher como tendo cerca de 30 anos de idade, um tanto robusto, e com um bigode castanho. Vestia-se de modo respeitável, com roupas escuras e um chapéu de feltro. Ele também descreve o homem que veio para cima dele com a faca, mas com menos detalhes. Diz que era mais alto que o outro, mas não tão robusto, e que seus bigodes eram ruivos. Ambos os homens pareciam pertencer ao mesmo tipo social. A polícia prendeu um homem que corresponde à descrição fornecida pelo húngaro. O prisioneiro não foi acusado, mas continua detido para interrogatório. A veracidade do depoimento do homem não é aceita de todo.

As maiores diferenças entre as duas versões do depoimento de Schwartz são a embriaguez do primeiro homem; o fato de que ele tenta empurrar Elizabeth Stride para dentro da passagem, e não puxá-la para a rua; que na versão do *Star* é o segundo homem que grita uma advertência; e o segundo homem tem uma faca, não um cachimbo. Como a polícia teve mais cuidado do que o repórter ao escrever o depoimento, a versão dela é a mais amplamente aceita. Quaisquer que sejam as diferenças, a história principal permanece a mesma, e Schwartz foi considerado na época, como agora, uma testemunha muito importante. Infelizmente, o segundo homem não se apresentou como testemunha para corroborar, ou contradizer, a versão de Schwartz dos eventos.

O corpo de Elizabeth Stride foi encontrado à 1 hora da madrugada, quando Louis Diemschutz voltou com seu cavalo e sua carroça para o Clube Educativo Internacional dos Homens Trabalhadores. Ele havia passado o dia trabalhando no mercado de Westow Hill, no Palácio de Cristal, onde vendia bijuterias com um carrinho de mão. Era também o mordomo do clube, que administrava com a esposa. Quando entrou pelo portão do Dutfield's Yard, seu cavalo desviou para a esquerda, fazendo com que Diemschutz baixasse o olhar para o chão perto da parede do clube, para ver o que estava espantando o animal. Percebendo que havia algo ali, desceu da carroça, cutucou o vulto com o cabo do chicote e riscou um fósforo para ter alguma luz com que enxergar. O vento de imediato apagou o fósforo, e ele subiu correndo os degraus para entrar no clube e pegar uma lâmpada, pois havia vislumbrado o que achou que fosse uma mulher bêbada deitada no chão. Diemschutz disse à esposa e a alguns membros do clube que havia uma mulher caída no pátio e que "não saberia dizer se estava bêbada ou morta". Pegou uma vela e desceu de novo para o pátio, com um dos membros do clube. Quando se aproximaram do corpo, puderam ver sangue, uma grande poça nas pedras junto ao cadáver, que tinha um profundo ferimento no pescoço. Diemschutz deu um grito que atraiu mais membros do clube, incluindo sua esposa, que berrou quando viu o sangue e o "rosto horrendo" da mulher.

Os homens saíram correndo gritando "Polícia!". Morris Eagle conseguiu encontrar dois policiais, Henry Lamb e Edward Collins, na Commercial Road. Quando voltaram a Dutfield's Yard, viram que uma multidão já se juntava no portão do pátio. O PC Lamb conseguiu mantê-los afastados, alertando-os que, se ficassem com as roupas sujas de sangue, isso só lhes criaria problemas. Ele iluminou o corpo com a lanterna e tocou o rosto da mulher; ainda estava levemente quente. Viu que o sangue ao redor do corpo ainda estava líquido, mas quando procurou a pulsação não achou nada. O PC Collins foi buscar o doutor Frederick Blackwell, que morava na Commercial Road, mas, como este não estava vestido, seu assistente Edward Johnston foi na frente. Ele declarou que o corpo ainda estava quente quando chegou – exceto pelas mãos, que estavam bem frias – e que o sangue havia parado de escorrer do ferimento no pescoço.

O doutor Blackwell chegou à 1h16, de acordo com seu relógio de bolso. Ele relatou que:

> A falecida jazia sobre seu lado esquerdo, obliquamente através da passagem, o rosto voltado para a parede direita. Suas pernas estavam encolhidas, os pés muito perto da parede do lado direito da passagem. A cabeça jazia além do sulco das rodas das carroças, o pescoço posicionado sobre o sulco. Os pés estavam a 2,7 metros do portão. O vestido estava aberto no pescoço. Pescoço e peito estavam bastante quentes, bem como as pernas, e a face estava levemente quente. As mãos estavam frias.

A mão direita estava aberta e sobre o peito, e estava suja de sangue. A mão esquerda, jazendo no chão, estava parcialmente fechada e continha um pacotinho de pastilhas para a garganta envolto em papel fino. Não havia anéis nem marcas de anéis nas mãos. A aparência do rosto era bastante plácida. A boca estava ligeiramente aberta. A falecida tinha ao redor do pescoço um lenço de seda xadrez, cujo laço estava virado para a esquerda e bem apertado. No pescoço havia uma longa incisão, que correspondia exatamente ao bordo inferior do lenço. O bordo estava ligeiramente esgarçado, como se tivesse sido cortado por uma faca afiada. A incisão do pescoço começava do lado esquerdo, 6 centímetros abaixo do ângulo da mandíbula, e quase alinhada a ela, quase seccionando os vasos desse lado, cortando a traqueia completamente ao meio e terminando do lado oposto, 4 centímetros abaixo do ângulo direito da mandíbula, mas sem seccionar os vasos desse lado. Não pude verificar se a mão ensanguentada havia sido movida. O sangue estava escorrendo pela sarjeta até o ralo na direção oposta dos pés. Havia cerca de uma libra de sangue coagulado junto ao corpo e um filete que escorria dali à porta traseira do clube.

O senhor George Bagster Phillips também foi chamado e chegou ao local por volta das 2 horas da madrugada. Ele concordou com o relato do doutor Blackwell. Às 4h30, em meio à crescente agitação na área, o corpo de Elizabeth Stride foi levado para o pequeno necrotério de St George-in-the-East. À época da morte, ela foi descrita como tendo por volta de 42 anos, 1,57 de altura, cabelo encaracolado castanho-escuro e tez pálida, com olhos verde-claros. Vestia um casaco longo preto com acabamento em pele preta, que ela usava ao deixar a pensão, uma saia velha, um corpete de veludo marrom-escuro, duas anáguas leves de sarja, uma camisa branca, um par de meias longas brancas, um par de botas pretas com elástico na lateral e um chapeuzinho de crepe preto.

No inquérito, a causa da morte de Elizabeth Stride foi dada como "perda de sangue da artéria carótida esquerda e do corte da traqueia". Em outras palavras, ela morreu quando o Estripador cortou sua garganta. Alguns especialistas acreditam que ela na verdade teve um ataque do coração antes de sua garganta ser cortada, porque foi, de acordo com o doutor Blackwell, "puxada para trás" por seu lenço de seda, e a pressão na garganta pode ter causado uma parada cardíaca reflexa. Qualquer que seja a versão correta, a morte dela foi rápida.

A descrição feita por Israel Schwartz do ataque à mulher, que ele depois identificou como sendo Elizabeth Stride, e sua descrição do homem que a atacou apenas quinze minutos antes de ela ser encontrada morta, foi uma pista importante. Levando em conta a opinião do doutor Blackwell de que a morte teria ocorrido entre 0h46 e 0h56 da madrugada, é altamente provável que Schwartz tenha visto o homem que a matou. É também uma opinião geral que, como o corpo de Stride não apresentava nenhuma das mutilações abdominais evidentes nos casos anteriores, o assassino pode muito bem ter sido interrompido pela chegada de Louis Diemschutz com seu cavalo e sua carroça e fugido antes que Diemschutz chegasse perto o suficiente para ver a entrada ou, creio que o mais provável, se escondido nas sombras do pátio, escapando durante o breve momento em que Diemschutz entrou no clube pela primeira vez. Se Diemschutz tivesse trancado o portão, o reinado do Estripador poderia ter chegado ao fim.

Outro elemento interessante do depoimento de Israel Schwartz é que o suposto atacante gritou "Lipski!". Israel Schwartz foi descrito na imprensa como tendo aparência "semítica", levando à possibilidade de que a exclamação do homem tivesse sido dirigida a ele. Curiosamente, o inspetor-chefe Donald Swanson, com cuja letra o depoimento de Schwartz está escrito, fez uma nota no documento dizendo que ele acreditava que o uso da palavra sugeria que o atacante de Stride fosse judeu, embora seja difícil imaginar por que ele gritaria um insulto a si mesmo, a menos que estivesse se referindo a si mesmo como um judeu, e talvez apelando para alguém, que supunha também ser judeu, que ignorasse o ataque. Não parece racional, mas "racional" é uma palavra que dificilmente alguém aplicaria a um assassino enlouquecido e sádico.

O que é incomum quanto a Israel Schwartz como testemunha é que ele não parece ter sido chamado ao inquérito para dar depoimento, talvez porque o inglês dele fosse ruim. Matthew Packer, o vendedor de frutas que alegava ter vendido uvas para Stride e um homem, pouco antes do assassinato, não foi chamado porque seu depoimento não era confiável. Schwartz, no entanto, tinha uma história importante para contar, e a despeito de como ela foi coberta na imprensa, suas afirmações teriam considerável influência na caçada ao Estripador nos anos seguintes e poderiam ter esclarecido as discrepâncias entre o depoimento oficial e o relato jornalístico. Poderia ser que a polícia não o tivesse chamado porque ele era a única testemunha que parecia de fato ter presenciado o ataque a uma das vítimas. Podem ter tomado o depoimento dele de forma privada, para evitar que a descrição do homem que ele viu fosse publicada em todas as matérias da imprensa sobre o inquérito (os detetives estavam numa batalha permanente contra as pistas falsas que a imprensa introduzia na investigação). É também possível que ele se recusasse a testemunhar por ser judeu, uma teoria à qual eu voltarei mais tarde.

Por ter sido o assassinato do Estripador com maior número de testemunhas, ou testemunhas potenciais, o destino de Elizabeth Stride tem sido a parte mais debatida de todo o caso ao longo dos anos; é um dos poucos ataques que apresenta possíveis pistas vitais. Até eu encontrar minha prova, que pertence a uma categoria muito diferente da especulação que era tudo o que tínhamos até então, era de ampla aceitação que seria este o assassinato que mais provavelmente teria a chave para a solução do mistério. Acredito que, com Israel Schwartz, chegamos o mais perto possível de um verdadeiro relato do que aconteceu antes que a desafortunada Elizabeth encontrasse seu fim, e não temos nenhuma pista comparável para nenhuma das outras mortes. É uma das bases mais importantes de meu caso, mas por sorte apenas uma base: a substância da estrutura é a ciência incontestável.

Mas aquela noite, 30 de setembro de 1888, veria um segundo assassinato, até então o mais violento da série. Parece que a chegada de Louis Diemschutz interrompeu o assassino de Whitechapel em pleno ato e deixou-o frustrado e desapontado, por não ter a oportunidade de executar suas mutilações rituais, e levando-o a matar de novo, com renovada ferocidade, dali a quarenta e cinco minutos.

CAPÍTULO 5

DO INFERNO

A morte de Catherine Eddowes

Mais ou menos na mesma hora em que o corpo de Elizabeth Stride foi descoberto na Berner Street, Catherine Eddowes, 46 anos, estava sendo liberada da delegacia de Bishopsgate, na City of London. Às 20h30 daquela noite, ela havia sido encontrada caída na frente da Aldgate High Street, 29, em um estado de profunda embriaguez, mas ainda consciente. As pessoas haviam se amontoado à sua volta, o que atraiu a atenção do PC da City Louis Robinson. Em vão ele tentou erguer Catherine apoiando-a na fachada do número 29, pois ela de imediato desabou de novo. Quando lhe perguntou o nome, ela respondeu "nada". Logo o PC George Simmons se juntou a Robinson, e juntos eles ergueram Catherine e a conduziram, talvez com alguma dificuldade, à delegacia de Bishopsgate.

Lá, o sargento James Byfield, que estava no plantão interno naquela noite, deu entrada a Catherine, e ela foi levada até uma cela para dormir até que a bebedeira passasse. Durante a noite, o PC George Hutt verificou regularmente a cela e, à 0h55, depois de ouvir Catherine cantando baixinho para si mesma, fez uma última checagem. Ele achou que ela já estava sóbria o suficiente para ser libertada. Antes de partir, ao ser indagada sobre seu nome, ela respondeu "Mary Ann Kelly", e disse que vivia na Fashion Street, 6. É estranho que tenha escolhido como pseudônimo um nome tão parecido ao de duas outras vítimas, Mary Jane Kelly e Mary Ann Nichols. Ela também perguntou as horas, ao que Hutt respondeu que era tarde demais para voltar a beber. Catherine resmungou que levaria uma tremenda sova quando chegasse em casa, e Hutt respondeu com algo que parecia uma repreensão: "E vai ser bem feito, você não tem o direito de ficar bêbada".

Era 1h0 da madrugada quando Catherine foi colocada na rua; o policial Hutt pediu-lhe que encostasse a porta ao sair. Ela o fez, dizendo "Boa noite, meu velho", e ele a viu ir em direção a Houndsditch. Quarenta e cinco minutos depois, ela estava morta, a mais recente vítima de Jack, o Estripador.

O assassinato de Catherine Eddowes, o mais violento na série até então, fornece a chave para toda a história apresentada neste livro, de modo que vou narrar em detalhes sua vida e os eventos que culminaram na sua morte.

Ela nasceu em 14 de abril de 1842, em Graisely Green, Wolverhampton, filha de George Eddowes, um latoeiro, e sua esposa Catherine, e foi a sexta de 12 filhos. Quando tinha 2 anos de idade, sua família tomou a grande decisão de se mudar para Londres, provavelmente viajando a pé, e se estabeleceu em Bermondsey, um dos vários bairros pobres ao sul do rio Tâmisa. Catherine estudou na St John's Charity School, mas a tragédia em breve a atingiu, com a morte da mãe em 1855, quando ela estava com 13 anos, seguida pela morte do pai, dois anos depois. As crianças, agora órfãs, separaram-se, muitas indo para a Bermondsey Workhouse, mas Catherine retornou a Wolverhampton e ficou com uma tia, conseguindo trabalho em uma estamparia em folha de lata, emprego que pode ter conseguido através de contatos da família.

No início da década de 1860, começou um relacionamento com um homem chamado Thomas Conway, que recebia pensão do 18º Regimento Real Irlandês. Juntos conseguiam levar a vida nas Midlands, muitas vezes vendendo folhetins baratos escritos por Conway, o conteúdo do qual em geral era constituído de histórias curtas, cantigas de ninar ou relatos de eventos recentes. Um dos folhetins era uma balada comemorando a execução de um primo de Catherine, Christopher Robinson, e foi vendido no meio da multidão que se formou para o enforcamento dele por assassinato.

Em 1863, a primeira filha de Thomas e Catherine, Catherine Anne (ou "Annie"), nasceu em Norfolk, onde Thomas estava empregado como trabalhador braçal. Em 1868, a família já havia se mudado para Londres, alojando-se em Westminster. Por essa altura, Catherine estava usando o sobrenome Conway, procedimento bastante comum quando um casal vivia como marido e mulher – ela exibia no braço uma tatuagem tosca com as iniciais de Thomas –, mas não há qualquer registro de que tenham se casado. Foi em Westminster que o segundo filho deles, Thomas, nasceu. Sempre se mudando, os Conway foram para Southwark, onde seu último filho, Alfred, nasceu em 1873.

A essa altura, as coisas não estavam indo bem; o crescente gosto de Catherine pelo álcool se tornou um problema, da mesma forma que o comportamento violento de Thomas para com ela. No Natal de 1877, a irmã mais velha de Catherine, Emma, viu-a pela última vez e notou que o olho dela estava roxo. Com os problemas domésticos se agravando, o inevitável aconteceu: Catherine se separou de Thomas em 1881. Sua filha Annie já havia saído de casa, e os dois meninos ficaram com o pai.

Outra irmã mais velha de Catherine, Eliza, vivia em Spitalfields, e Catherine também foi para lá, instalando-se na pensão da Flower and Dean Street, 55, onde começou um relacionamento com um trabalhador braçal chamado John Kelly. Eles permaneceriam como casal na pensão pelo resto da vida dela. Logo depois, Catherine se tornou avó, quando sua filha Annie deu à luz um menino, Louis. Entretanto, embora ela não morasse longe, em Bermondsey, a relação de Annie com os pais era tensa. Thomas tinha vindo morar com ela uma vez e foi embora brigado, e as visitas regulares de Catherine para pedir empréstimos fizeram com que Annie e sua família se mudassem de casa sem informar à mãe dela o novo endereço.

Durante o mês de setembro de 1888, Catherine e John Kelly, agora um casal estável, resolveram ir colher lúpulo, uma forma comum de escapar da imundície da cidade. Todos os anos, muitas famílias dos distritos mais pobres de Londres iam para Kent para colher lúpulo, ganhando algum dinheiro com o trabalho temporário e ao mesmo tempo desfrutando do ar mais limpo do campo. Infelizmente, o mau tempo naquele verão resultou em uma colheita ruim, e logo o casal, junto de muito mais gente na mesma situação, foi forçado a fazer a longa caminhada de volta de Kent para Londres sem um centavo. Durante a viagem a pé, Catherine e John fizeram amizade com a senhora Emily Burrell e seu companheiro, que estavam a caminho de Cheltenham. A senhora Burrell deu a Catherine um recibo de penhora de uma camisa de homem, que não tinha utilidade para o companheiro, pois eles não estavam indo para Londres.

Quando chegaram à cidade, em 27 de setembro, cansados e com os pés machucados, Catherine e John separaram-se à noite: John ficou na Flower and Dean Street, 52, e Catherine foi para a Shoe Lane, na City, para ficar em um albergue, onde os sem-teto eram acolhidos por um curto tempo, em geral apenas por uma noite. No total, tinham apenas quatro *pence*, e isso pagava a cama para John. Quando ela deixou o albergue na manhã seguinte, disse a outras pessoas que havia voltado a Londres para "ganhar a recompensa oferecida pela captura do Assassino de Whitechapel. Acho que o conheço". O superintendente do albergue alertou-a para que ela própria não acabasse assassinada, e ela respondeu: "Ah, eu não corro esse risco".

Na manhã de 29 de setembro, Catherine e John voltaram a se encontrar e foram até a loja de penhores de Jones, perto de Christ Church Spitalfields, para penhorar um par de botas de John; com os dois *shillings* e seis *pence* que receberam, compraram alguns mantimentos e tomaram o café da manhã na cozinha da Flower and Dean Street, 55. A última vez que o casal esteve junto foi mais ou menos às 14 horas, em Houndsditch, e a essa altura já estavam novamente sem dinheiro. John disse que iria encontrar um trabalho ocasional em algum lugar, e Catherine disse que cruzaria o rio e iria visitar a filha em um endereço em Bermondsey (ela não sabia, mas a filha havia se mudado de lá) e ver se conseguia algum dinheiro com ela. Ela não chegou a ir à casa de Annie, mas às 20h30, de algum modo, havia conseguido ficar totalmente bêbada – não está claro de onde veio o dinheiro para pagar a bebida, mas a prostituição poderia muito bem ser uma opção, embora mais tarde John Kelly dissesse que ele não tinha conhecimento de que Catherine alguma vez tivesse ganhado dinheiro por meio de "propósitos imorais". E assim Catherine Eddowes foi encontrada caída, bêbada, diante de uma porta em Aldgate High Street, presa e colocada nas celas da delegacia de Bishopsgate.

Sua liberação, à 1 hora da manhã seguinte, esteve carregada de uma trágica fatalidade: estando sob a custódia da Polícia da City, ela teve permissão para sair assim que pareceu sóbria o suficiente para cuidar de si, como era o procedimento seguido por essa polícia. Se tivesse caído bêbada a alguma distância dali, mais para leste, ela provavelmente teria sido localizada por alguém da Polícia Metropolitana e levada para as delegacias da Leman Street ou da Commercial Street. O procedimento da Polícia Metropolitana era reter os bêbados até a manhã seguinte – e, nesse caso, Catherine não teria encontrado o assassino de Whitechapel.

É uma anomalia histórica que a City of London tenha sua própria força policial dentro dos limites da Polícia Metropolitana. Isso remonta a séculos atrás, quando a City, o coração de Londres, teve os primeiros agentes da lei pagos. Quando a Polícia Metropolitana foi fundada, em 1829, Sir Robert Peel tentou encampar a área da City, mas a corporação local resistiu, e apesar de uma nova tentativa ocorrida dez anos depois, a Polícia da City recebeu poder legal de permanecer como uma força independente, como é até hoje.

Foi má sorte para Catherine ter sido encontrada bêbada na área da City e, 45 minutos depois de ser liberada, seu corpo brutalmente mutilado foi encontrado na Mitre Square, pelo policial da City Edward Watkins. Mitre Square era uma praça pequena rodeada, sobretudo, por galpões, exceto por duas casas (uma ocupada, a outra vazia) e os fundos de imóveis da Mitre Street. Havia três entradas, uma a partir da Mitre Street, outra a partir de St James's Place (hoje chamada Mitre Court) e a Church Passage, que vinha da Duke Street. A ronda de Watkins em geral levava 15 minutos para ser completada, e naquela noite ele estava trabalhando na direção contrária, isto é, percorrendo sua rota ao inverso, uma tática muito usada por guardas de plantão para confundir qualquer malfeitor em potencial que tivesse se acostumado com o trajeto da ronda. Quando passou pela Mitre Square à 1h30, ele não viu nada fora do comum e seguiu seu caminho. Mas voltou à praça à 1h44 e, virando-se para o canto sudoeste, escuro, ele viu um corpo caído no chão. Ao iluminá-lo com a lanterna, percebeu que a mulher tinha sido morta e que seu cadáver fora mutilado. Mais tarde, ele contou ao repórter do *Daily News* que:

> ... as roupas dela haviam sido erguidas até o peito e o estômago estava exposto, com um rasgo horrendo da boca do estômago ao peito. Ao examinar o corpo, encontrei as entranhas removidas e dispostas ao redor da garganta, que tinha um corte terrível,

de orelha a orelha. Na verdade, a cabeça estava quase separada do corpo. Havia sangue onde quer que se olhasse. Era difícil distinguir os ferimentos na face, tal a quantidade de sangue que a cobria. O assassino havia inserido a faca logo abaixo do nariz, amputando-o por completo e ao mesmo tempo infligindo um corte horrível da face esquerda até o ângulo da mandíbula. O nariz foi colocado sobre a face. Jamais tive uma visão mais horrível; aquilo me abalou muito.

Watkins de imediato correu os mais ou menos 70 metros através da praça até o grande galpão da Kearley and Tonge para pedir ajuda ao vigia noturno de lá, George Moore, um policial metropolitano aposentado. Depois de ver por si mesmo a cena repugnante, Morris deixou Watkins com o corpo, saiu correndo da praça, através da Mitre Street até Aldgate, o tempo todo soprando seu velho apito policial; os agentes de polícia da City não recebiam apitos naquela época.

Ele conseguiu encontrar os PCs James Harvey e James Holland e todos correram de volta para a Mitre Square. Holland foi de imediato enviado para a Jewry Street, ali perto, para chamar o doutor George Sequeira, que chegou ao local à 1h55. Ao mesmo tempo, o inspetor Edward Collard, da delegacia de Bishopsgate, foi informado sobre o crime e partiu para a Mitre Square, depois de mandar um policial buscar o doutor Frederick Gordon Brown, cirurgião da Polícia da City, que morava em Finsbury Circus. Chegando ao local aproximadamente às 2h18 da madrugada, o doutor Brown percebeu que vários policiais estavam lá, junto ao doutor Sequeira, mas ninguém ainda havia tocado no corpo.

De acordo com o relatório do doutor Brown:

O corpo jazia de costas, a cabeça voltada para o ombro esquerdo, os braços ao longo do corpo, como se houvessem caído nessa posição. As palmas das mãos estavam para cima, e os dedos levemente curvados. Um dedal jazia no chão, junto à mão direita, as roupas estavam erguidas acima do abdome, a perna esquerda estava esticada, na mesma linha do corpo, e a perna direita estava dobrada no quadril e no joelho, a face estava bastante desfigurada, a garganta cortada, sob o corte havia um lenço de pescoço, a parte superior do vestido estava entreaberta, o abdome estava totalmente exposto, boa parte dos intestinos havia sido retirada e colocada sobre o ombro direito, eles estavam lambuzados com matéria fecal, um pedaço de cerca de 60 centímetros estava praticamente separado do corpo e colocado entre o corpo e o braço esquerdo, aparentemente de propósito, o lobo e o pavilhão auricular estavam cortados obliquamente, havia grande volume de sangue coagulado no calçamento, no lado esquerdo do pescoço, ao redor do ombro e na parte superior do braço, e soro líquido da cor do sangue que havia escorrido sob o pescoço até o ombro direito, pois o calçamento estava inclinado naquela direção, o corpo estava ainda quente, o enrijecimento pós-morte não havia se instalado, ela devia estar morta havia menos de meia hora, procuramos hematomas superficiais e não encontramos, não havia sangue na pele do abdome ou qualquer tipo de secreção nas coxas, não havia nenhum jorro de sangue nos tijolos ou no calçamento ao redor, nem marcas de sangue abaixo do meio do corpo, vários botões foram encontrados no sangue coagulado depois que o corpo foi removido, não havia sangue na parte da frente das roupas, não havia traços de conexão recente [isto é, relação sexual].

O doutor Brown afirmou que a causa da morte foi "hemorragia da artéria carótida esquerda. A morte foi imediata e as mutilações foram infligidas depois da morte". Foi a mesma causa da morte dada a Elizabeth Stride, tão pouco tempo antes, o que confirma que o Estripador estava a ponto de mutilar Elizabeth quando foi interrompido, e então se sentiu compelido a atacar de novo.

Um esboço a lápis da cena do crime, com o corpo *in situ*, também foi feito antes que Catherine Eddowes fosse levada para o necrotério, na Golden Lane. O rosto tinha sido horrivelmente mutilado; um pedaço da orelha caiu de entre suas roupas quando ela foi despida no necrotério, o nariz tinha sido cortado fora e dois cortes em V invertido eram visíveis sob cada olho. Como se não fosse suficiente, descobriu-se que o rim esquerdo e o útero estavam ausentes. O doutor Brown mais tarde comentou que alguém que conhecia a posição do rim deveria ter feito aquilo. Ele afirmou que o assassino devia ter "um bom conhecimento sobre a posição dos órgãos na cavidade abdominal e a forma de removê-los".

Uma lista completa das roupas de Catherine e dos pertences encontrados com ela foi feita no necrotério por um inspetor de polícia. Por ser uma sem-teto, ela usava tudo o que tinha e carregava todas as suas posses. Assim como tudo listado aqui, o doutor Brown também fez uma observação em seu relatório sobre o corpo que, perto dali, havia uma lata de mostarda com dois recibos de penhora: um referente aos sapatos de John Kelly, e outro, ao que ela ganhara durante a viagem a pé desde as plantações de lúpulo. Esta é a lista:

- Chapéu de palha preto, com acabamento em veludo verde e preto e contas pretas, cordões pretos. O chapéu estava amarrado frouxamente e havia caído parcialmente da parte traseira da cabeça, sem sangue na frente, mas a parte de trás jazia em uma poça de sangue, que havia escorrido do pescoço.
- Casaco preto de tecido, com debruado imitando pele em volta da gola, pele ao redor das mangas, sem sangue no lado externo da parte frontal, grande quantidade de sangue por dentro

e no lado externo das costas, lado externo das costas muito sujo com sangue e terra, dois bolsos externos debruados com trança de seda preta e imitação de pele.
- Saia de *chintz*, três babados, botão marrom na cintura. Corte irregular de 17 centímetros de comprimento a partir da cintura, parte frontal à esquerda. Bordas levemente manchadas de sangue, também com sangue na barra, nas costas e na frente da saia.
- Corpete marrom de droguete, gola de veludo preto, botões metálicos marrons ao longo da frente, sangue dentro e fora por trás do pescoço e dos ombros, corte reto na parte de baixo do lado esquerdo, com 13 centímetros de comprimento, da direita para a esquerda.
- Anágua cinza, com cós branco, corte com 4 centímetros de comprimento a partir dele, na frente. Bordas manchadas de sangue, manchas de sangue na frente e na parte de baixo da anágua.
- Saia de alpaca verde, muito velha. Corte irregular de 27 centímetros de comprimento na frente, da cintura para baixo, manchada de sangue por dentro, na frente sob o corte.
- Saia azul muito velha e gasta, com babados vermelhos, forro de sarja fina, corte irregular de 27 centímetros de comprimento, através do cós, para baixo, manchada de sangue, por dentro e por fora, atrás e na frente.
- Camisa branca de algodão, toda ela muito manchada de sangue, aparentemente rasgada no meio da parte da frente.
- Colete masculino branco, botões combinando na frente, dois bolsos externos, rasgado nas costas, muito manchado de sangue nas costas, sangue e outras manchas na frente.
- Sem ceroulas ou espartilho.

- Par de botas masculinas de amarrar, com cadarços de *mohair*. A bota direita foi consertada com linha vermelha, seis marcas de sangue na bota direita.
- Uma peça de gaze de seda vermelha, com vários cortes, encontrada no pescoço.
- Um lenço de bolso branco grande, manchado de sangue.
- Dois bolsos de algodão não branqueado, atados com fita, cortados de través, também os cantos superiores esquerdos, um deles seccionado.
- Um bolso de algodão grosso riscado de azul, atado na cintura, os cordões seccionados, (todos os três bolsos) manchados de sangue.
- Um lenço de bolso de algodão branco, com pássaros em vermelho e branco na borda.
- Um par de meias marrons caneladas, pés remendados com branco.
- 12 retalhos de tecido branco, alguns levemente manchados de sangue.
- Um pedaço de linho rústico branco.
- Um pedaço de algodão grosso azul e branco (três cantos).
- Duas sacolinhas de algodão grosso azul.
- Dois cachimbos curtos de barro (pretos).
- Uma caixa de lata contendo chá.
- Um idem açúcar.
- Um retalho de flanela e seis pedaços de sabão.
- Uma escova de dentes pequena.
- Uma faca de mesa de cabo branco e uma colher de chá de metal.
- Uma cigarreira de couro vermelha, com detalhes em metal branco.
- Uma caixa de fósforos de lata, vazia.

- Um retalho de flanela vermelha, com alfinetes e agulhas.
- Um novelo de cânhamo.
- Um pedaço de um avental branco velho.

Em discordância com a lista da polícia, um relato do jornal *East London Observer* informava: "O vestido dela era feito de *chintz* verde, o padrão consistindo de ásteres". Essa descrição foi repetida por outros periódicos e jornais da época. Esta é uma peça de informação vital, e é neste item de vestuário que se baseia toda a minha investigação quanto à identidade de Jack, o Estripador. Então por que não constava na lista de seus pertences feita pela polícia? Como descobri, e como vou mostrar mais tarde, enquanto o corpo estava sendo transportado para o necrotério, o sargento Amos Simpson, que o acompanhava, solicitou a outro policial, mais graduado, ficar com aquela peça de vestuário, que na verdade era um xale e não uma saia; ele o queria para sua esposa, porque a seda era claramente de boa qualidade, e ele achou que ela poderia usá-lo em algum vestido.

Pelos padrões policiais de hoje, é impensável remover uma possível peça de evidência. Mas, naqueles dias, não era dada importância aos pertences de uma vítima porque, sem o benefício dos modernos exames forenses que realizamos hoje, eles não contribuíam em nada para a investigação. Em termos da solução desses crimes, mais de um século depois, foi a melhor coisa que poderia ter acontecido. Se o xale tivesse ficado com o resto dos pertences de Catherine, ele teria sido destruído junto a tantas outras evidências. Sempre serei imensamente grato ao sargento Simpson por pegá-lo e a seus descendentes por mantê-lo a salvo. Minha investigação exigiu muito trabalho duro e paciência, mas também foi abençoada com muita sorte: este único fato, a preservação cuidadosa de um xale que esteve no local de um dos assassinatos, deve ser considerado a maior sorte de todas.

Só podemos supor que a imprensa incluiu a descrição do vestido ou da saia de *chintz* com barra de ásteres em seus relatos porque algum jornalista esteve no local do crime e viu o material (e, apesar dos esforços da polícia, as cenas de crimes não ficavam isoladas como acontece hoje) ou porque falou com os policiais que estavam lá e que também confundiram o xale de estampa tão marcante com uma saia ou um vestido.

O "avental branco velho" foi também descrito como muito sujo e faltando um pedaço. O pedaço que faltava foi encontrado às 2h55, pelo PC Alfred Long, caído diante da porta aberta que levava para as escadas das Residências-Modelo Wentworth, 108-109, a menos de 400 metros de distância, na Goulston Street, em Whitechapel. O pedaço de avental estava manchado de sangue. Enquanto Long verificava se havia algum outro sinal de sangue nos arredores, viu um escrito na parede diretamente acima de onde o pedaço de avental estivera. Ele dizia: "The Juwes are the men that will not be blamed for nothing".[1]

Depois de vasculhar as escadas e não achar mais nada significativo, ele encontrou outro policial para vigiar o local e rumou, com o pedaço de avental ensanguentado, para a delegacia de Commercial Street, chegando lá por volta das 3h10. Pouco depois de sua descoberta, policiais tanto da Polícia Metropolitana quanto da Polícia da City foram para o local na Goulston Street. Os detetives da City Daniel Halse e Baxter Hunt chegaram primeiro. Halse, junto ao sargento detetive Robert Outram e o detetive Edward Marriott, havia estado perto da Mitre Square quando o alarme foi disparado, e naquele momento fazia parte de uma varredura na área que se seguiu ao alerta referente ao assassinato de Elizabeth Stride.

---

[1] Em inglês, "os judeus [escrito errado na pichação] são os homens que não serão acusados pela culpa de nada". [N.T.]

Halse se encarregou de montar guarda ao escrito e Hunt voltou à Mitre Square. Enquanto outros policiais chegavam à Goulston Street, era opinião geral dos membros da Polícia da City que os dizeres deveriam ser fotografados. No entanto seus colegas da Metropolitana já estavam se sentindo inquietos por deixarem a mensagem à vista. Era uma manhã de domingo, e o movimentado mercado de Petticoat Lane, do qual Goulston Street era uma ramificação, logo estaria repleto de comerciantes e visitantes judeus e não judeus. O superintendente metropolitano Thomas Arnold tinha a preocupação de que a mensagem fosse provocadora o bastante para desencadear uma perturbação, em particular após o pânico em massa associado ao "Avental de Couro", e achou que seria necessário apagá-la. Os policiais da City pressionaram para que fosse apagada apenas a palavra "Juwes", mas como a Goulston Street não estava dentro de sua jurisdição, não eram eles que tomariam a decisão.

Quando o comissário-chefe Charles Warren chegou ao local, às 5h30, ele concordou com as preocupações de Arnold e fez com que o escrito fosse totalmente apagado.

Foi uma decisão controvertida à época, e ainda o é para os estudiosos do caso hoje em dia. É possível que a mensagem pudesse ter resultado em uma perturbação que poderia redundar em danos a propriedades e até na morte de judeus inocentes, e nesse caso a decisão correta foi tomada. Jamais saberemos. Acredito que poderia ter sido bem guardada, até que ao menos uma foto tivesse sido tirada. Houve, inevitavelmente, um intenso debate sobre o significado do que se tornou conhecido como o *"Graffiti da Goulston Street"*, com algumas pessoas acreditando que o próprio Estripador o escreveu e outros achando que, em uma área povoada por tantos imigrantes judeus, *graffitis* ofensivos seriam comuns. Eu acho que ele *realmente* escreveu aquilo, porque os dizeres não estavam em um local proeminente, que um agitador teria escolhido para estampar sua mensagem incendiária, e o pedaço de avental abandonado ali indicaria sua importância. Mas o que significava? A negativa dupla (não/nada) significa que poderia ser uma defesa dos judeus, não um ataque a eles. Poderia ser uma tentativa de despistar a polícia.

No fim, foi só mais um evento extraordinário em uma noite de horrores, e mesmo sem a mensagem na parede o pedaço de avental nos indica o rumo que o Estripador tomou depois de deixar o corpo mutilado de Catherine, indo em uma direção que levaria o homem que acredito ser o Estripador até sua casa em cerca de dez minutos.

No entanto, para os investigadores de polícia à época, e centenas de pesquisadores desde então, a questão permanece: como o Estripador conseguiu assassinar e mutilar Catherine Eddowes em tão pouco tempo, e tão pouco tempo depois de matar Elizabeth Stride? À medida que os depoimentos das várias testemunhas apareciam, a tremenda audácia do assassino de Whitechapel tornou-se bem evidente.

Enquanto o PC Watkins checava a Mitre Square à 1h30 da madrugada, sem encontrar nada fora do comum, três homens, Joseph Lawende (pronuncia-se Lavender, e às vezes é escrito dessa forma), Harry Harris e Joseph Hyam Levy preparavam-se para deixar o Imperial Club, na Duke Street, perto da Mitre Square. Tendo esperado que uma chuvarada passasse, eles saíram poucos minutos depois da 1h30 e começaram a caminhar ao longo da Duke Street em direção a Aldgate. Ao passarem diante da estreita entrada da Church Passage pela calçada oposta da rua (que dava direto na Mitre Square), eles notaram um homem e uma mulher parados ali. Levy, referindo-se ao casal, disse a Harris: "Veja ali, não gosto de ir sozinho para casa quando vejo umas figuras como essas por aí". Mais tarde, ele disse que achava que "pessoas paradas naquela hora da noite em uma passagem escura não podiam estar pensando em nada bom".

Nem Harris nem Levy atentaram muito para o casal, mas Lawende, um negociante de cigarros polonês que viera para a Grã-Bretanha em 1871, pareceu ter prestado mais atenção. Ele descreveu o homem à polícia como tendo "aparência pobre, cerca de 30 anos de idade e 1,75 m de altura, tez clara, com um bigodinho claro e usando um lenço vermelho no pescoço e um gorro com aba". Ele também disse que o homem tinha a aparência de um "marinheiro". A mulher estava parada de costas para os três homens e usava um casaco preto e chapéu preto. A descrição detalhada de Lawende não foi divulgada para a imprensa, e tampouco os detalhes foram repetidos no inquérito, onde ele deu um depoimento breve. Porém o relato à polícia com a descrição foi mais tarde publicado no *Police Gazette*. É provável que a polícia deliberadamente o tenha retido a princípio, da mesma forma como possivelmente manteve as informações de Schwarz longe do público e da imprensa, não as incluindo no inquérito.

A polícia mostrou a Lawende as roupas de Catherine Eddowes, e ele disse acreditar que eram as mesmas que tinha visto sendo usadas pela mulher. Ele disse que ela parecia ser um pouco mais baixa que o homem e que estava com a mão no peito dele. O casal não parecia estar discutindo ou bêbado. O provável avistamento, por parte de Lawende, de Catherine Eddowes com um homem pouco antes da morte dela tornou-se o segundo avistamento potencial do assassino (depois de Israel Schwartz) naquela noite. Infelizmente, Lawende também disse, no inquérito, que ele não seria capaz de reconhecer o homem se fosse confrontado com ele de novo.

Há discrepâncias entre as descrições do homem visto naquela noite por Schwartz, Lawende e o PC Smith, mas também há vários pontos em comum, e, pelo que sabemos da imprecisão (involuntária) dos relatos das testemunhas oculares, parece provável que todos os três tenham visto o mesmo homem.

O avistamento por Lawende e seus dois amigos ocorreu aproximadamente à 1h35. Cinco minutos depois, o PC James Harvey, o único PC cuja ronda passou perto de Mitre Square naquela noite, seguiu pela Church Passage a partir da Duke Street. Ele não viu ninguém àquela hora, e, como sua ronda não incluía a Mitre Square, ele parou por um instante na entrada da praça. Sem notar nada fora do comum, deu meia-volta e retornou pelo caminho por onde viera. É bem provável que, enquanto fazia isso, o assassinato de Catherine Eddowes estivesse ocorrendo na esquina escura da Mitre Square, na outra extremidade. Quatro minutos depois, Watkins encontrou o corpo.

Mas não foram só os PCs Watkins e Harvey que chegaram muito perto do assassino. George Morris, o vigia no galpão da Kearley and Tonge, do lado oposto da praça àquele onde o corpo foi encontrado, afirmou ter deixado a porta da frente do imóvel aberta enquanto limpava a escada interna. O policial da City Richard Pearce, que estava de folga, morava em uma das duas casas na Mitre Square e estava dormindo com a família no quarto, e não houve qualquer perturbação naquela noite. Da mesma forma, George Clapp, que dividia sua casa na Mitre Street, 5, com a esposa e uma enfermeira que cuidava da senhora Clapp, não ouviu nada incomum, mesmo com as janelas do quarto abrindo-se exatamente acima do ponto onde o assassinato ocorreu. E, finalmente, James Blenkinsop, vigia noturno que tomava conta de obras de reparo da via em St James's Place (conectado com a Mitre Square por uma pequena passagem) não teve nada a relatar a não ser sobre um homem bem-vestido, que parecia de passagem, à 1h30, e perguntando se ele tinha visto um homem e uma mulher passando por ali.

Era como se o Estripador fosse um fantasma. Ele conseguiu atrair sua vítima para a praça, cometer um assassinato brutal, colocar o corpo e as vísceras de uma maneira específica, roubar partes do corpo e desaparecer na noite, dentro de um espaço de tempo de oito ou nove minutos.

Por coincidência, os locais de ambos os crimes são hoje escolas. Segui as duas rotas possíveis que ele poderia ter tomado entre um e outro. Fiz os trajetos devagar, esperando junto a portas como ele deve ter feito, para evitar os transeuntes, e ambas as rotas levaram cerca de seis minutos, bem dentro do tempo disponível. Com um passo normal de caminhada, levei três minutos, e andando depressa, levei apenas dois minutos.

Tentei imaginar como deve ter sido para Catherine Eddowes o encontro com o Estripador. Estaria ele muito agitado? Teria fracassado em realizar seus rituais no primeiro assassinato? Estaria coberto de sangue? Como escapou a toda a polícia que andava pela área, não só considerando o primeiro assassinato, mas também levando em conta que naquela noite mais homens haviam sido mobilizados devido ao receio de turbulências causadas pelos manifestantes fenianos[2] em apoio a uma Irlanda livre? Embora tivesse sido liberada da delegacia por ter ficado sóbria, Catherine ainda estava sob o efeito da bebida, e talvez não tenha notado nada estranho no homem que a levou para a Mitre Square. Parece, a julgar por todos os assassinatos, que ele preferia matar rapidamente as vítimas, antes de começar as mutilações – há pouquíssimos relatos de sons emitidos pelas vítimas.

Para mim, o caso de Catherine é o mais interessante, pois foi o xale tirado do local do crime que finalmente solucionou o caso. Espero que ela tenha morrido de imediato, e que não tenha sofrido depois do primeiro corte no pescoço, que a matou.

A noite do "evento duplo" causou, como se pode bem imaginar, uma tremenda explosão de interesse da imprensa e do público, com multidões de visitantes sendo atraídas aos locais dos assassinatos no dia seguinte, embora a polícia impedisse as pessoas de chegarem perto.

---

[2] Membros de organizações que lutavam pelo estabelecimento de uma Irlanda independente. [N.T.]

No dia seguinte aos dois assassinatos, um cartão-postal, de novo assinado como "Jack, o Estripador", chegou à *Central News*:

Eu não estava brincando, caro e velho Chefe, quando lhe dei a dica, você vai ouvir falar do trabalho do Insolente Jacky amanhã, evento duplo dessa vez, a número um guinchou um pouco, não consegui terminar logo de cara. Não tive tempo de tirar as orelhas para a polícia, obrigado por não divulgar a carta anterior até que eu entrasse em ação de novo.
Jack, o Estripador

Ela foi obviamente escrita pelo mesmo autor da carta anterior, "Caro Chefe", que não tinha sido publicada, como menciona o conteúdo do postal. Foi a chegada deste que levou à publicação da carta, e pela primeira vez o público ouviu o nome Jack, o Estripador. É tentador supor que, como o postal chegou no dia seguinte ao evento duplo, ele deve ter sido postado antes, e, portanto, foi escrito pelo assassino, que está contando à imprensa sobre sua mais recente atrocidade, antes que esta chegue às notícias. Mas o correio da época era muito mais frequente do que hoje e incluía serviços aos domingos; o autor do postal poderia muito bem ter ouvido falar dos assassinatos pelo boca a boca na tarde de domingo, escrito a carta, e ela ter sido entregue no dia seguinte.

Cartazes foram feitos, e *fac-símiles* da carta e do postal saíram publicados na imprensa, com a intenção de encorajar qualquer um que reconhecesse a letra a apresentar-se com informação. O nome foi adotado quase de imediato como uma substituição adequada para "Avental de Couro". Havia um problema, porém: isso inspirou um grande número de cartas de imitadores, que começaram a chegar em várias instituições às centenas durante as semanas seguintes. A Polícia Metropolitana com certeza teve sua cota e, depois do assassinato de Catherine Eddowes em sua jurisdição, a Polícia da City também virou um alvo. Muitas cartas usavam o tom arrogante e zombeteiro da carta e do postal originais, e uma delas fez até uma ameaça direta a uma pessoa, supostamente uma das testemunhas relacionadas ao evento duplo, que havia falado com as autoridades:

> *Você se achou muito esperto eu sei quando falou com a polícia. Mas você cometeu um erro se achou que não vi você. Agora sei que você me conhece e sei qual é o seu joguinho, e vou acabar com você e mandar suas orelhas para sua mulher se você mostrar esta carta para a polícia ou ajudá-los se fizer isso vou acabar com você. Não vai adiantar fugir de mim. Porque eu pego você quando não estiver esperando e eu mantenho a minha palavra como você logo vai descobrir e estripo você.*
> *Sinceramente seu Jack, o Estripador.*

Uma carta, mandada para a *Central News* e aparentemente escrita pela mesma pessoa que escreveu a carta "Caro Chefe", dava uma explicação um tanto perturbadora para os assassinatos, e também prometia aumentar a carnificina:

> *Caro amigo*
> *Em nome de Deus, me escute, eu juro que não matei a mulher cujo corpo foi encontrado em Whitehall [provavelmente uma referência a um dos assassinatos dos Torsos do Tâmisa, em 1888].[3] Se ela era uma mulher honesta, vou perseguir e destruir seu assassino. Se era uma prostituta, Deus abençoe a mão que a sacrificou, pois as mulheres de Moabe e*

---

[3] Os crimes dos "Torsos do Tâmisa" referem-se a uma série de quatro mulheres mortas de 1887 a 1889, cujos corpos foram encontrados esquartejados; em três casos, os torsos foram achados no rio Tâmisa. A carta faz referência a um caso específico, conhecido como o "Mistério de Whitehall": em 11 de setembro de 1888, foi achado um braço no rio Tâmisa, e em 2 de outubro, foi encontrado o torso correspondente, sem a cabeça, no terreno onde estava sendo construída a nova sede da Scotland Yard. Ironicamente, a vítima jamais foi identificada e tampouco o crime foi solucionado. [N.T.]

*Midiã[4] deverão morrer e o sangue delas deverá misturar-se à poeira. Eu nunca faço mal às outras ou o poder Divino que me protege e ajuda em meu grande trabalho me abandonaria para sempre. Faça o que eu faço e a luz da glória o iluminará. Devo trabalhar amanhã evento triplo dessa vez sim, sim três devem ser estripadas. Vou lhe mandar um pedaço de um rosto pelo correio, eu lhe prometo, caro e velho Chefe. A polícia agora acha que meu trabalho é uma brincadeira de mau gosto ora ora Jacky adora pregar peças ha ha ha. Mantenha esta carta em segredo até que três tenham sido eliminadas e você possa mostrar a carne fria.
Sinceramente, seu
Jack, o Estripador*

Mesmo na época, e ainda mais com o correr dos anos, as cartas foram consideradas pela polícia como falsificações. Atualmente, a maioria dos historiadores e pesquisadores concorda que as primeiras foram, com toda a probabilidade, escritas por um jornalista ávido, apimentando ainda mais uma história já dramática. Ele pode ter enganado todo mundo, mas de qualquer forma inventou o nome Jack, o Estripador, que acompanhou o caso ao longo dos anos.

A investigação policial foi intensa. Oitenta mil folhetos solicitando informações foram distribuídos:

AVISO POLICIAL
AO MORADOR

Na manhã de sexta-feira, 31 de agosto, sábado 8, e domingo, 30 de setembro, de 1888, mulheres foram mortas em Whitechapel ou nos arredores, supostamente por alguém que mora nas vizi-

---

[4] Segundo a Bíblia, Moabe e Midiã opunham-se à expansão de Israel liderada por Moisés, e suas mulheres teriam tentado seduzir os homens israelitas. [N.T.]

nhanças. Se souber de alguma pessoa sobre a qual alguma suspeita possa recair, pedimos encarecidamente que entre imediatamente em contato com a delegacia mais próxima.

Por conta da sugestão de que o Estripador conheceria os órgãos internos do corpo bem o suficiente para realizar suas mutilações rituais, açougueiros e abatedores foram identificados e interrogados, bem como os marinheiros que trabalhavam nos barcos do Tâmisa. Por duas ou três semanas, cães farejadores foram utilizados, até que o experimento de empregá-los foi cancelado. Dois mil moradores das pensões locais foram entrevistados.

Nos dias que se seguiram aos dois assassinatos, muitas das desafortunadas ficaram longe das ruas, e o East End ficou praticamente deserto depois do anoitecer. Lojas e negócios foram afetados, pois os clientes se mantiveram afastados da área. Praticamente a única atividade nas ruas depois do escurecer eram as patrulhas policiais, que foram intensificadas, e houve até relatos de policiais vestidos como prostitutas, em uma aposta para atrair o Estripador de volta a seu território, mas parece que eles se denunciavam pelas botas com tachões na sola.

As ruas ainda eram movimentadas durante o dia, porém, e quando o corpo da pobre Catherine Eddowes foi levado para seu local de repouso final, oito dias depois da morte, foi uma ocasião e tanto. *The Times* descreveu "uma quantidade imensa de pessoas" reunida para ver o cortejo simples deixar o necrotério da polícia. Embora no fim Catherine fosse colocada em uma cova não identificada, no cemitério Ilford, a procissão pelas ruas parecia a de um famoso dignitário, com uma carruagem repleta de repórteres seguindo o cortejo. O avanço através de Whitechapel foi muito lento, pois milhares de pessoas foram às ruas para ver o cortejo, incluindo famílias inteiras, com as crianças sendo erguidas por seus pais. As quatro irmãs de Catherine, duas sobrinhas e John Kelly, o homem com quem ela vivia, estavam junto ao túmulo. Em contraste, Elizabeth Stride recebeu um funeral muito pobre dois dias antes, com poucos presentes.

Frustrados pelo insucesso da polícia, e sentindo que os assassinatos estavam começando a afetar suas vidas, grupos de comerciantes locais reuniram-se para criar "comitês de vigilância". Não apenas eles começaram uma campanha para que a Polícia Metropolitana oferecesse recompensas pela captura do Estripador, mas também pagaram a homens, armados com apitos e bastões rijos, para ficarem bem em evidência nas ruas depois do escurecer, basicamente tentando tornar-se olhos e ouvidos extras para a polícia, que estava sob tremenda pressão.

A mais destacada dessas organizações era o Comitê de Vigilância Mile Ende, cujo presidente era o pintor e decorador de Mile End, George Lusk. Com seu nome aparecendo nos jornais com frequência, Lusk se tornou alvo de alguns incidentes estranhos, incluindo o recebimento de supostas cartas do assassino. A mais famosa, e com certeza a mais notória já recebida por alguém, em todos os tempos, chegou a sua casa na tarde de 16 de outubro. A carta veio com um pacote contendo meio rim humano.

Do inferno
Sr. Lusk
Caro,
    Envio-lhe metade do rim que tirei de uma mulher e preservei para o senhor, a outra parte eu fritei e comi, estava muito bom. Posso mandar a faca ensanguentada que tirou ele se o senhor só esperar um pouco mais.
    Assinado Pegue-me quando puder senhor Lusk

À luz da remoção de um rim de Catherine Eddowes, apenas duas semanas antes, isso torna o pacote todo altamente discutível. Fora o fato de que, sem qualquer dúvida, o rim era humano, os especialistas médicos de então não conseguiram nem sequer afirmar se ele havia pertencido a uma mulher, quanto mais a Eddowes; existe a possibilidade de que tenha vindo de um cadáver de alguma sala de dissecção. Muitos boatos têm circulado desde então acerca do pedaço de rim, incluindo a conhecida sugestão, apresentada em relatos técnicos, de que, assim como o órgão restante no corpo de Catherine Eddowes, ele tinha traços da doença de Bright, condição que aflige os alcoólicos. Embora o rim tenha sido analisado várias vezes, infelizmente os relatórios e as notas oficiais há muito foram perdidos. Em minha opinião, esta é uma das cartas que poderia ser genuína, sobretudo por causa da referência ao rim, e porque o autor não usa o nome de Jack, o Estripador. Porém não tenho provas, e pode muito bem ser outra fraude.

Outubro foi um mês agitado para a polícia, mas um período tranquilo para o Estripador, sem novos assassinatos até 9 de novembro de 1888. Os especialistas aventaram diferentes teorias para aquela que foi, para ele, uma longa pausa. Foi sugerido que os *serial killers* com frequência passam períodos mais longos afastados de seu "trabalho", de tempos em tempos. Mas acredito que agora solucionei o mistério da interrupção de cinco semanas e meia em suas atividades. Antes que eu explique, aqui estão os detalhes do último assassinato, que ultrapassa em brutalidade qualquer coisa que tenha ocorrido antes. Desta vez, o Estripador retornou a Spitalfields, no coração do distrito mais pobre do East End.

CAPÍTULO 6

O ASSASSINATO MAIS HORRENDO

A morte de Mary Jane Kelly

O quinto e último assassinato do Estripador é o que eu chamo de sua *Mona Lisa*. É aquele em que ele teve tempo para satisfazer completamente aos seus impulsos pervertidos e sádicos, o apogeu de todas as fantasias que havia desenvolvido na crescente complexidade das mutilações anteriores. Ele podia se esbaldar, livre do risco de ser descoberto, e o fez.

Novamente, graças a Deus, a vítima morreu depressa. É difícil imaginar o terror que ela deve ter sentido quando percebeu que o homem que havia levado para seu quarto não estava lá para uma rápida satisfação sexual, mas ao menos ele a matou antes de começar a desmembrá-la e mutilá-la.

O corpo de Mary Jane Kelly foi encontrado em suas acomodações em Miller's Court, 13, Dorset Street, na manhã de sexta-feira, 9 de novembro de 1888. Foi uma manhã de grande atividade policial em Londres, pois era o dia do desfile do Lord Mayor, quando multidões sairiam para saudar o novo prefeito da City of London, e então 2 mil pessoas pobres receberiam de graça um "substancioso chá da tarde", seguido por atrações. Muitas das desafortunadas da área estavam na expectativa de conseguir algum dinheiro dos homens que desfrutavam do clima de feriado. Mas as festividades foram eclipsadas quando as notícias sobre outro assassinato se espalharam pelo East End.

Mary era uma prostituta de 25 anos, descrita como tendo 1,70 m de altura, tez clara, um tanto robusta, com olhos azuis e cabelo bonito. Pelas descrições dadas, tinha boa aparência: "atraente" era a palavra mais usada, e "uma garota bonita, exuberante" é outra descrição dela.

O que sabemos a respeito do histórico de Mary é polêmico, pois se origina da própria Mary e é o que ela contava a amigos e conhecidos. Mesmo hoje, com tanto acesso a bancos de dados genealógicos, a confirmação dos fatos é difícil. Seu nome era muito comum, e poderia não ser o nome com que nasceu; muitas das desafortunadas chegavam às ruas do East End enquanto fugiam de seu passado. O que vem a seguir é sua própria versão de sua vida, nada da qual jamais foi provado ser verdadeiro ou falso.

Ela nasceu em Limerick, na Irlanda, e se mudou com a família para Carmarthenshire, em Gales, quando era muito nova. Aos 16 anos, casou-se com um mineiro de carvão de nome Davies, mas, tragicamente, seu marido morreu em um acidente de mineração dois anos após o casamento. Mary aparentemente se mudou para Cardiff, onde, sob a influência de uma prima, envolveu-se com a prostituição. Daí em diante, sua vida tomou um rumo incomum. Mudando-se para Londres em 1884, ela trabalhou no exclusivo bordel West End, o que, dada a sua aparência, bem poderia ser verdade.

Ela contou a amigos que havia viajado para a França com um "cavalheiro". Decidindo que isso não era o que queria da vida, voltou para a Inglaterra depois de duas ou três semanas. A viagem à França pode ter inspirado Mary a vez ou outra chamar a si mesma de "Marie Jeannette". Por volta de 1884, Mary se estabeleceu no East End, próximo às docas de Londres, morando com uma senhora chamada Buki, até que seu apreço cada vez maior pelo álcool fez com que tivesse de se mudar. Então ficou na casa de uma mulher conhecida como senhora Carthy até 1886, quando saiu de lá para viver com ao menos dois homens diferentes em Stepney, durante breves períodos, antes de acabar nas *dosshouses* em Spitalfields, onde ficou na pensão de Cooney, na Thrawl Street. Sua queda, como a de tantas outras desafortunadas, parece ter sido causada pelo álcool. De acordo com os que a conheceram, quando sóbria, ela era uma garota calada e agradável, mas ao embebedar-se tornava-se ruidosa e vulgar.

Na Sexta-Feira Santa de 1887, ela conheceu Joseph Barnett, 29 anos, carregador de pescado em Billingsgate, e depois de apenas um dia tomaram a decisão de morar juntos, o que vieram a fazer em cômodos de várias casas em George Street, Brick Lane e Little Paternoster Row, antes de encontrarem um quarto na Dorset Street, Spitalfields. Dorset Street tinha notória reputação de crime e vício; o filantropo e reformador social Charles Booth, que lutou por mais ajuda governamental para os pobres, descreveu-a em seus cadernos de anotações, em 1888, como "a pior rua que vi até agora – ladrões, prostitutas, rufiões, tantas pensões de uso comum". O quarto 13, no Miller's Court, ficava ao final de uma viela entre os números 26 e 27 da Dorset. Na verdade, era um quarto dos fundos do número 26 que tinha sido separado do resto da propriedade com uma parede falsa pelo senhorio, John McCarthy, que tinha uma loja de velas no número 27. O Miller's Court era conhecido como "McCarthy's Rooms" porque John McCarthy era o senhorio da maior parte do pátio. Mary e Joe se mudaram para lá no começo de 1888, pagando 4 *shillings* e 6 *pence* por semana por um quartinho parcialmente mobiliado e miserável.

Joe Barnett sustentava o casal financeiramente, mas no começo de agosto ele perdeu o emprego como carregador de pescado, e aos poucos eles foram atrasando o aluguel. O que Joe ganhava vendendo laranjas não lhes proporcionava o suficiente para a subsistência, e assim Mary sentiu que não tinha opção a não ser voltar à prostituição. Isso, juntamente com seu hábito de permitir que outras prostitutas dormissem no quarto em noites frias, fez com que Joe a deixasse em 30 de outubro e se mudasse para uma pensão na New Street, Bishopsgate.

Mary aparentemente estava fascinada pelos crimes do Estripador, como acontecia com muitas das mulheres trabalhadoras do East End. Costumava pedir a Joe Barnett que lesse para ela todas as histórias dos jornais, e seu medo pode explicar por que ela chamava outras garotas para dividir o quarto, tanto para sua proteção quanto para a delas.

Apesar da separação, Mary e Joe obviamente ainda se relacionavam bem, e Barnett a visitava com regularidade para dar-lhe algum dinheiro quando conseguia alguma coisa em trabalhos ocasionais. Ele a visitou pela última vez entre às 19 e as 20 horas de 8 de novembro, dessa vez para pedir desculpas por não ter dinheiro algum para lhe dar. Essa foi a última vez em que a viu com vida.

Depois da morte dela, os vizinhos no Miller's Court prestaram depoimento sobre o que tinham visto e ouvido na última noite da vida de Mary. A senhora Mary Ann Cox, viúva que também sobrevivia por meio da prostituição, vivia no quarto 5, Miller's Court, e conhecia Mary Kelly fazia cerca de oito meses. Ela entrou no Miller's Court atrás de Mary, que estava com um homem, por volta das 22h45 daquela noite de quinta-feira. O casal entrou no quarto 13 e, enquanto Mary cruzava a porta, a senhora Cox lhe disse boa-noite; Mary estava muito bêbada e mal pôde responder, mas conseguiu dar um "boa--noite" enrolado. O homem que a acompanhava carregava um baldinho de cerveja e foi descrito como tendo cerca de 36 anos, 1,65 m de altura, com manchas vermelhas nas faces, costeletas pequenas e um espesso bigode ruivo; estava vestido com roupas escuras modestas, um sobretudo preto e chapéu de feltro preto.

Ela prosseguiu dizendo que logo ouviu Mary cantando "Só uma violeta que colhi do túmulo de minha mãe". A senhora Cox entrou e saiu de seu quarto várias vezes naquela noite e, quando finalmente retornou, às 3 horas, tudo estava escuro no quarto 13, e ela não ouviu ruído algum durante o resto da noite.

Elizabeth Prater vivia no quarto 20, do Miller's Court, o quarto acima do de Mary. Por volta das 3h30 ou 4 horas, ela foi despertada por seu gatinho e por gritos de "assassinato", numa voz feminina, repetidos duas ou três vezes. Como a Dorset Street era considerada a rua mais barra-pesada na área naquela época, ela estava acostumada com esse tipo de grito, e assim os ignorou e voltou a dormir, não despertando até as 11 horas da manhã. Sarah Lewis, que estava alojada com amigos no quarto 2, do Miller's Court, pode ter ouvido os mesmos gritos por volta da mesma hora. Lewis, no entanto, tinha mais a relatar. Quando chegou em casa, no Miller's Court, por volta das 2h30, ela viu um homem parado diante da pensão do outro lado da rua, em frente ao Miller's Court. Foi descrito como não sendo alto, mas robusto, usando um chapéu preto com copa baixa e aba larga. O homem que Sarah Lewis descreve era provavelmente George Hutchinson, um amigo de Mary Kelly. Ele não se apresentou como testemunha senão depois do inquérito, quando foi à delegacia da Commercial Street, às 18 horas de 12 de novembro de 1888. Ele tinha uma história interessante para contar.

Ele disse que ia caminhando pela Commercial Street, entre Thrawl Street e Flower and Dean Street, por volta das 2 horas daquela madrugada. Foi abordado por Mary, que disse: "Hutchinson, você me emprestaria seis *pence*?". Ele disse que não tinha, pois havia gastado tudo indo a Romford, e Mary se foi. Ela seguia na direção de Thrawl Street quando um homem que vinha na direção oposta bateu-lhe no ombro e disse algo, e então ambos começaram a rir. Hutchinson disse que a ouviu dizer "Tudo bem" para o homem, que respondeu: "Você vai ficar bem, pelo que lhe contei". Então ele passou o braço direito ao redor dos ombros dela. Hutchinson se apoiou no poste de luz do *pub* Queen's Head, na esquina da Fashion Street, e ficou olhando enquanto o casal passava por ele. O homem abaixou a cabeça com o chapéu sobre os olhos, e Hutchinson inclinou-se para poder olhá-lo no rosto; o homem reagiu a isso com um olhar duro.

O casal foi na direção da Dorset Street, e Hutchinson os seguiu. Mary e seu novo conhecido ficaram parados na entrada do Miller's Court por alguns minutos e o homem disse algo para ela, ao que ela respondeu: "Tudo bem, meu caro, venha, você vai ficar confortável". O homem então colocou o braço ao redor dos ombros dela e lhe deu um beijo, e ambos desapareceram juntos no pátio sombrio. Hutchinson ficou do outro lado da rua por cerca de quarenta e cinco minutos, e foi nesse período que foi visto por Sarah Lewis. Quando percebeu que nem Mary nem seu companheiro sairiam por algum tempo, ele se foi para encontrar acomodações para si mesmo.

Hutchinson descreveu o homem como tendo por volta de 34 ou 35 anos, 1,68 metro de altura, com tez pálida, olhos e cílios escuros e um bigode fino, curvado nas pontas. Usava um casacão longo com acabamento em astracã, com um paletó escuro por baixo, colete claro, calças escuras, um chapéu escuro de feltro com o centro do topo afundado, botas com botões e polainas com botões brancos. Ao que parece, ele usava uma grossa corrente de ouro, um colarinho branco de linho e uma gravata preta com um alfinete em forma de ferradura de cavalo, uma indumentária que sugeria que ele tinha dinheiro. Pela aparência, era judeu, e caminhava "muito decidido". Hutchinson também notou que ele estava carregando um pacote. Era uma descrição incomum, mas o inspetor Abberline em pessoa questionou Hutchinson e sentiu que ele dizia a verdade.

Mary Kelly também foi vista mais duas vezes na Dorset Street naquela manhã, mas há controvérsias nos depoimentos referentes a isso. Caroline Maxwell a viu na esquina do Miller's Court entre 8 e 8h30. Elas conversaram, e Mary disse que tinha os "horrores da bebida sobre si", provavelmente querendo dizer que estava com uma tremenda ressaca. A senhora Maxwell sugeriu que ela fosse beber algo, mas Mary respondeu que já tinha feito isso e que havia vomitado na rua, apontando para uma pequena poça de vômito ao lado do meio-fio. Maxwell viu Kelly de novo entre 8h45 e 9 horas na esquina da Dorset Street, falando com um homem que teria por volta de 30 anos e tinha a aparência de um carregador do mercado. O outro avistamento importante foi feito por Maurice Lewis, que acreditava ter visto Mary Kelly sair de seu quarto por volta das 8 horas, e então ele a viu de novo no *pub* Britannia, na esquina da Dorset Street com a Commercial Street. O grande problema com ambos os avistamentos é que, de acordo com declarações posteriores feitas por médicos, Mary Kelly já estaria morta faria algum tempo quando Maxwell e Lewis a viram. É possível que, não a conhecendo bem, ela tivesse sido confundida com outra mulher, ou que as testemunhas tivessem simplesmente errado a data.

Às 10h45 daquela manhã, o senhorio John McCarthy enviou seu assistente, um homem já de idade chamado Thomas Bowyer, para tentar receber ao menos parte do aluguel de Mary, já atrasado seis semanas. Bowyer percorreu a passagem para o quarto 13 e bateu à porta, mas não houve resposta. Ele tentou abrir a porta, mas ela não se moveu, como se estivesse trancada por dentro, e então, em vez de se afastar de mãos abanando, ele deu a volta e foi até a janela lateral, que tinha um vidro quebrado, enfiou a mão pelo buraco no caixilho e afastou a cortina de musselina que impedia que se visse o interior. Na escuridão do quartinho, ele distinguiu o corpo de Mary Jane Kelly: ela estava deitada na cama e tinha sido literalmente reduzida a pedaços. Em choque, na mesma hora ele correu para chamar John McCarthy e, juntos, eles correram depressa à delegacia de Commercial Street, onde alertaram o inspetor Walter Beck e o sargento Edward Badham. Depois de chegar ao Miller's Court e ver por si mesmo a cena sangrenta, o inspetor Beck mandou pedir ajuda do superintendente de divisão Thomas Arnold e do cirurgião de divisão doutor George

Bagster Phillips. O inspetor Abberline também visitou o Miller's Court, da mesma forma que o comissário assistente Robert Anderson; esta foi a primeira vez que ele conseguiu visitar um local do crime, tendo retornado de sua licença médica no começo de outubro.

O Miller's Court foi fechado para o público por volta das 11 horas da manhã. Ao chegar, o doutor Phillips olhou a cena pela janela e teve a certeza de que a mulher no quarto já não precisava de ajuda imediata. Tomou-se a decisão de usar cães farejadores na tentativa de encontrar o rastro do assassino, e assim seguiu-se uma longa espera antes que o quarto fosse aberto; às 13 horas, os cães não haviam chegado e, não havendo chave, John McCarthy recebeu ordem de arrombar a porta do quarto de Mary com uma picareta. A cena que recebeu aqueles que entraram no quartinho chocou até os calejados policiais e médicos, como o experiente doutor Thomas Bond, cirurgião da Divisão A (Westminster), deixou claro em seu relatório *post-mortem*:

> O corpo jazia despido no meio da cama, os ombros apoiados no colchão, mas o eixo do corpo estava inclinado para o lado esquerdo da cama. A cabeça estava apoiada na face esquerda. O braço direito estava junto ao corpo com o antebraço flexionado em ângulo reto e apoiado sobre o abdome, o braço direito estava ligeiramente afastado do corpo e repousava sobre o colchão, o cotovelo dobrado, o antebraço virado para cima com os dedos fechados. As pernas estavam muito abertas, a coxa esquerda em ângulo reto com o corpo e a direita formando um ângulo obtuso com o púbis.
>
> Toda a superfície do abdome e das coxas havia sido removida e toda a cavidade abdominal esvaziada das vísceras. Os seios haviam sido cortados, os braços foram mutilados com vários cortes irregulares e a face estava tão retalhada que as feições eram totalmente irreconhecíveis. Os tecidos do pescoço

haviam sido seccionados a toda a volta, até o osso. As vísceras haviam sido encontradas em vários locais, a saber: o útero e os rins, com um seio debaixo da cabeça, o outro seio ao lado do pé direito, o fígado entre os pés, os intestinos ao lado direito, e o baço ao lado esquerdo do corpo.

As abas removidas do abdome e das coxas estavam sobre uma mesa.

As roupas de cama no canto direito estavam saturadas de sangue, e no piso por baixo havia uma poça de sangue cobrindo cerca de dois pés quadrados. A parede do lado direito da cama e na mesma linha do pescoço estava marcada com sangue que a atingira em várias manchas separadas.

O doutor Bond entrou em mais detalhes:

O rosto estava cortado em todas as direções, o nariz, faces, sobrancelhas e orelhas foram parcialmente removidos. Os lábios estavam exangues e cortados por várias incisões que corriam obliquamente até o queixo. Havia também diversos cortes se estendendo de forma irregular em todo o rosto.

O pescoço foi cortado, através da pele e de outros tecidos, até as vértebras, e a quinta e a sexta vértebras tinham uma profunda endentação. Os cortes na pele na parte anterior do pescoço mostravam uma equimose bem distinta.

A passagem de ar foi cortada na parte inferior da laringe, através da cartilagem cricoide.

Ambos os seios foram removidos por incisões mais ou menos circulares, os músculos até as costelas ficaram presos aos seios. Os intercostais entre as costelas 4, 5 e 6 foram seccionados, e o conteúdo do tórax era visível através das aberturas.

A pele e os tecidos do abdome, do arco costal ao púbis, foram removidos em três grandes abas. A coxa direita foi desnudada até o osso na frente, a aba de pele incluindo os órgãos genitais externos e parte da nádega direita. A coxa esquerda foi despida de pele, fáscia e músculos, até o joelho.

A panturrilha esquerda exibia um longo talho através da pele e dos tecidos até a musculatura profunda, que ia do joelho até 13 centímetros acima do tornozelo.

Ambos os braços e antebraços tinham ferimentos extensos e irregulares. O polegar direito exibia uma pequena incisão superficial de cerca de 2,5 centímetros de comprimento, com o sangue extravasando na pele, e havia várias abrasões no dorso da mão, mostrando a mesma condição.

Ao abrir o tórax, descobriu-se que o pulmão direito estava minimamente aderente por antigas adesões resistentes. A parte inferior do pulmão tinha sido partida e arrancada.

O pulmão esquerdo estava intacto: estava aderente no ápice e havia algumas adesões nas laterais. Nas substâncias do pulmão havia vários nódulos de consolidação.

O pericárdio estava aberto por baixo e o coração estava ausente.

Na cavidade abdominal havia uma refeição parcialmente digerida de peixe e batatas, e alimentos semelhantes foram encontrados nos restos do estômago presos aos intestinos.

Tendo feito esse relatório *post-mortem* sobre Mary Kelly, o doutor Bond teve acesso aos que haviam sido escritos sobre as vítimas anteriores e produziu um resumo sobre o tipo de pessoa que o Estripador deveria ser, o qual frequentemente é considerado o primeiro perfil criminal a ser produzido. À época, o doutor Bond era cirurgião policial já fazia vinte anos e também era um catedrático destacado em medicina forense. Ele cometeu suicídio aos 60 anos, em 1901, quando sofria de uma condição muito dolorosa e incurável da bexiga.

Ele afirmou que os ferimentos de Mary Kelly eram tão severos que tornavam impossível supor qualquer conhecimento anatômico da parte da pessoa que a matara: "em minha opinião, ele nem sequer dispõe do conhecimento técnico de um açougueiro ou abatedor de cavalos, ou de qualquer pessoa acostumada a cortar animais mortos". Ele afirmou:

> O assassino deve ser um homem de força física e grande sangue-frio e ousadia. Não há evidência de que tenha tido um cúmplice. Em minha opinião, deve ser um homem sujeito a ataques periódicos de mania homicida e erótica. O caráter das mutilações indica que o homem pode estar em uma condição sexual que pode ser chamada de satiríase. É possível, claro, que o impulso homicida tenha se desenvolvido a partir de uma condição de desejo de vingança ou de rancor persistente, ou que uma mania religiosa tenha sido a doença original, mas não creio que nenhuma dessas duas hipóteses seja provável. Na aparência externa, é bem provável que o assassino seja um homem pacato, parecendo inofensivo, provavelmente de meia-idade e vestindo-se de forma cuidada e respeitável. Creio que deve ter o hábito de usar uma capa ou um sobretudo, ou dificilmente teria passado despercebido nas ruas se o sangue em suas mãos e roupas fosse visível.
>
> Supondo que o assassino seja uma pessoa como a que descrevi, ele provavelmente seria solitário e excêntrico em seus hábitos, e também é mais provável que seja um homem sem ocupação regular, mas com alguma pequena fonte de renda ou pensão. É possível que viva entre pessoas respeitáveis, que saibam algo sobre sua personalidade e seus hábitos, e que podem

ter motivo para suspeitar de que por vezes ele não seja muito certo da cabeça. Tais pessoas provavelmente não se disporiam a informar suas suspeitas à polícia, receando problemas ou notoriedade, mas se houvesse uma perspectiva de recompensa, ela poderia sobrepujar seus escrúpulos.

Antes de ser removido para o necrotério de Shoreditch, o corpo de Mary Kelly foi fotografado duas vezes, uma vista total tomada da lateral, e outra a partir do pé da cama. Essas imagens, talvez os primeiros exemplos de fotografias do local do crime feitas pela polícia britânica, mostram todo o horror do que aconteceu naquele dia e nos permitem, mais de um século depois, entender o choque que esses assassinatos geraram. É difícil imaginar que o assassino pudesse ter feito algo pior.

No inquérito, o doutor Phillips atribuiu a causa da morte ao "corte da artéria carótida".

O funeral de Mary Jane Kelly foi um evento maciço, com milhares de pessoas reunidas em uma grande demonstração de solidariedade e pesar, ao longo do trajeto da procissão até o Cemitério Romano Católico de St Patrick, em Leytonstone. Em um curto espaço de tempo, os assassinatos de Whitechapel haviam revelado o coração negro do East End de Londres, transformando desafortunadas esquecidas em vítimas trágicas e paralisando todo o distrito com o medo. Em novembro de 1888, ninguém sabia que o assassinato de Miller's Court seria a última atrocidade do Estripador (de acordo com a maioria dos especialistas e, em minha opinião, com certeza). Em vez disso, foi considerado apenas um novo patamar de violência na série; a própria rainha Vitória aparentemente estava atenta aos acontecimentos que se desdobravam no East End e, depois do assassinato de Kelly, sentiu-se compelida a enviar um telegrama a seus ministros, demonstrando grande preocupação:

> Este recente e mais horrendo assassinato demonstra a absoluta necessidade de uma ação muito firme. Todos esses pátios devem receber iluminação, e nossos detetives devem melhorar. Eles não são o que deveriam ser. Vocês prometeram, quando os primeiros assassinatos ocorreram, fazer consultas junto a seus colegas quanto a isso.

Mary Kelly não foi a única vítima em 9 de novembro. Quando as notícias de seu assassinato se espalharam por Londres, também se divulgou a informação de que Sir Charles Warren, comissário da Polícia Metropolitana, havia pedido demissão. Warren tinha sido muito atacado pelos jornais radicais ao longo dos crimes de Whitechapel e estava constantemente se confrontando com Henry Matthews, o secretário de Estado. Depois de ter escrito um artigo franco sobre a polícia no *Murray's Magazine*, Warren foi duramente criticado por Matthews, e nesse ponto ele sentiu que já era o bastante e apresentou sua demissão, que foi devidamente aceita. Embora a demissão de Warren tivesse pouco a ver com o fracasso da polícia em capturar o Estripador, a crença popular continuou promovendo a ideia de que os crimes de Jack, o Estripador, tivessem afetado de forma desastrosa escalões muito altos das autoridades.

Hoje sabemos que Jack, o Estripador, terminou seu trabalho sangrento com o assassinato de Mary Jane Kelly, mas a histeria à época fez com que qualquer ato de violência contra mulheres fosse, por alguns anos, atribuído ao Estripador. Dois crimes em particular foram considerados parte de sua obra, os de Alice Mackenzie, que guardava certas semelhanças, e de Frances Coles, que foi totalmente diferente. Ambos ocorreram pouco tempo depois que o Estripador interrompeu sua atividade. Alice Mackenzie morreu no verão seguinte, em julho de

1889, com dois golpes de faca na garganta. Como as vítimas do Estripador, ela era uma prostituta que vivia na miséria nas pensões do East End, e seu corpo foi achado em um beco decrépito junto à Whitechapel High Street. O assassino havia tentado remover sua roupa rasgando-a, mas apenas a puxou de lado o suficiente para infligir cortes superficiais no estômago e na área genital. Na época, as opiniões se dividiram quanto a ela ser ou não uma vítima do Estripador, com Sir Robert Anderson, o inspetor Abberline e um dos cirurgiões da polícia, doutor George Bagster Phillips, todos dizendo que o crime tinha sido obra de outro assassino, e o doutor Thomas Bond e o comissário de polícia James Monro afirmando que Alice era outra vítima do Estripador. As opiniões têm estado divididas desde então.

Frances Coles foi assassinada em janeiro de 1891, mais de dois anos após o último assassinato cometido pelo Estripador. Como as outras vítimas, era uma prostituta. Seu corpo foi encontrado sob um arco de estrada de ferro, entre Chamber Street e Royal Mint Street, em Whitechapel, e sua garganta tinha sido cortada. Mas, ao contrário das outras, o ferimento havia sido feito com uma faca sem corte, e não havia outras mutilações. Havia um suspeito, um foguista de navios a vapor chamado James Sadler, que passara com ela boa parte da tarde e da noite, os dois aparentemente muito bêbados. Tinham se separado depois de uma discussão, e Sadler tentou voltar a seu navio nas docas de Londres, mas foi impedido por estar bêbado demais. Foi preso e por um breve período foi suspeito de ser o Estripador. Mas ele estava no mar quando os outros crimes foram cometidos, e não havia evidência suficiente para julgá-lo pelo assassinato de Frances Coles.

Por que o Estripador parou? Eu tenho minha própria teoria, que vou expor mais tarde neste livro. Mas também vale notar que as ruas se tornaram realmente mais seguras para as desafortunadas, devido à enorme percepção pública e à existência dos Comitês de Vigilância.

Então, como agora, diferentes especialistas e autoridades tinham suas próprias e diversas ideias sobre quem Jack, o Estripador, havia matado e quem ele era. Em fevereiro de 1894, o jornal *The Sun* afirmou saber quem era Jack, o Estripador, mas não divulgou seu nome. Em resposta, Sir Melville Macnaghten, que tinha sido nomeado chefe assistente da Polícia Metropolitana em 1889, rapidamente escreveu um memorando, e não se sabe bem para quem, inocentando o homem em questão, que ele chamou de Thomas Cutbush. Em seu longo relatório, ele repassou os crimes e fez uma declaração definitiva, de que "o Assassino de Whitechapel fez cinco vítimas, e apenas cinco". Estas eram Nichols, Chapman, Stride, Eddowes e Kelly, e embora outras fossem citadas, foram excluídas de imediato. Foi a descoberta e publicação dessas notas, no início da década de 1960, que estabeleceu o que agora é chamado de "as cinco vítimas canônicas". Martha Tabram *pode* ter sido a primeira incursão do Estripador no mundo do assassinato brutal, e em minha opinião ela foi, mas não posso afirmar com toda certeza; no entanto estou mais do que certo que as cinco de Macnaghten são realmente as vítimas de Jack, o Estripador.

Entretanto há um significado mais importante do memorando de Macnaghten. Ele deu o nome de três suspeitos, pois acreditava que um deles tinha muito mais probabilidade de ser o assassino do que Cutbush: eram eles Montague Druitt, Michael Ostrog e "Kosminski". Seria um deles Jack, o Estripador?

CAPÍTULO 7

A HISTÓRIA DO XALE

Conhecer as histórias das vítimas e ver a relação de suspeitos somente aumentava meu fascínio pelo caso. Por que ele nunca foi solucionado? Como esse homem, Jack, o Estripador, conseguiu perpetrar os crimes que o tornaram o assassino mais famoso do mundo, havendo tanta atenção concentrada nele, e ainda assim ser capaz de evitar a sua identificação não apenas na época, mas até agora? As perguntas ficavam dando voltas em minha cabeça. Eu tinha uma vida ocupada, com um negócio difícil para administrar e agora um filhinho que mantinha a Sally e a mim atarefados o tempo todo, como toda criança. Mas sempre havia algum tempo livre, depois que Alexander adormecia, para eu mergulhar nos livros e navegar pela Internet, procurando por algo que tivesse sido ignorado. Eu tinha uma sensação constante e irritante de que havia uma ponta solta em algum lugar e que, se eu a encontrasse e puxasse, todo o mistério se desvendaria.

Sempre que eu ia a Londres a trabalho, ia comer no East End, percorrendo as mesmas ruas que costumava percorrer como estudante, mas agora com uma perspectiva diferente. Sim, eu ainda adorava o clima da área por si, só que agora havia imagens em minha cabeça sobrepostas a ela. Imagens de como tinham sido aquelas ruas em tempos vitorianos; de como os carros dos quais me desviava ao cruzar a Commercial Road no passado tinham sido cavalos e carroças; como as prostitutas que via agora, com suas minissaias e seus cigarros, haviam no passado sido as desafortunadas, que, como Catherine Eddowes, vestiam todas as roupas que tinham enquanto procuravam por um homem que lhes pagasse a quantia necessária para terem onde dormir por uma noite.

Nos fins de semana, quando ia para Cambridge com minha família, eu visitava as livrarias, procurando por relatos que ainda não tivesse lido, e ficava exasperado com algumas das teorias mais loucas, notava anomalias nos depoimentos e ficava sempre fascinado com as tentativas de entrar na cabeça do assassino. Era aí que eu sentia que deveria estar a pista; se pudesse começar a entendê-lo, eu encontraria o caminho até ele. Foi uma jornada solitária. Nunca me senti atraído a juntar-me à comunidade de interessados no Estripador, os especialistas e entusiastas que trocam opiniões e teorias na Internet, vão a conferências e partilham pequenos detalhes de informação, mas eu lia suas dissertações e teses quando eles as publicavam.

Na época, havia um suspeito que me interessava mais que os outros, pela única razão de que ele tinha uma ligação com Birkenhead, minha cidade natal, e havia morado a duas ruas de distância de onde minha avó tinha morado. Frederick Deeming foi enforcado na Austrália, em 1892, pelo assassinato de sua segunda mulher. Os corpos da primeira mulher e dos quatro filhos foram encontrados sob o piso de uma casa que ele havia alugado em Merseyside, todos com as gargantas cortadas. Embora Deeming tivesse morado na África do Sul e na Austrália, havia uma possibilidade de que estivesse na Inglaterra em 1888. Desfrutando a notoriedade, ele havia contado a outros presos, enquanto esperava que a sua sentença de morte fosse cumprida, que era Jack, o Estripador.

Eu acredito no poder das coincidências e do acaso, e o fato de que eu conhecia a área onde ele havia matado sua família o tornava interessante. Os crimes selvagens, com gargantas cortadas, tinham ecos do *modus operandi* do Estripador, mesmo que os corpos não tivessem sido mutilados. Ele era um homem mau, sem nada que o redimisse: era um trapaceiro, ladrão, um fanfarrão, bígamo. Na época, tudo isso fazia com que me parecesse um candidato adequado.

No entanto, em seis anos de busca em livros e registros, fui incapaz de encontrar algo que levasse adiante a história do Estripador e estava determinado a não ser apenas mais um *nerd* do Estripador, acompanhando cada detalhe, mas nunca acrescentando nada. Eu tinha praticamente chegado à conclusão de que o caso era insolúvel.

"Ninguém nunca vai identificar esse homem", eu disse a mim mesmo. Decidi pôr de lado o assunto e seguir em frente. Eu tinha me dedicado com afinco, mas no fim talvez não houvesse realmente nada novo a ser descoberto.

Estava nesse estágio em 2007 quando um amigo que sabia do meu interesse pelo assunto me mandou uma mensagem dizendo que no *Daily Mirror* daquele dia havia uma notinha sobre uma antiguidade que seria colocada em leilão: um xale que se acreditava ter pertencido a Catherine Eddowes.

Eram 21 horas, tarde demais para sair correndo e conseguir comprar o jornal, então eu assisti ao noticiário e no dia seguinte comprei os jornais locais que também mencionavam o leilão. Vi que ocorreria dali a poucos dias. A princípio, não me interessei: uma busca rápida entre as fontes de sempre revelou pouca coisa sobre o xale, e eu não estava convencido de que fosse genuíno. Menções ocasionais a ele nas listas de discussão da Internet o citavam por alto, muito de passagem, como se houvesse pouquíssima informação disponível para discutir. Alguns dos comentários o denunciavam como uma fraude, sem mais explicações. Porém, ainda assim, algo me fez querer descobrir mais. Como já disse, embora eu seja realista nos negócios, acredito em palpites e em seguir meus pressentimentos; meus instintos nem sempre estão certos, mas é muito mais comum estarem certos do que errados, e muitas vezes tive a oportunidade de ser grato a eles, e mais do que nunca durante a busca por Jack, o Estripador.

Nos dias seguintes, entrei na Internet para repassar toda a informação sobre o assassinato de Catherine Eddowes, procurando qualquer coisa que me fizesse acreditar que o xale tinha algo a ver com ela e que pudesse ser um bom investimento. Então notei o padrão no xale, uma ampla borda de ásteres.

Olhei novamente o inventário policial das roupas e posses de Catherine Eddowes, que incluía as saias que ela estava usando:

> Saia de *chintz*, três babados, botão marrom na cintura. Corte irregular de 17 centímetros de comprimento a partir da cintura, parte frontal à esquerda. Bordas levemente manchadas de sangue, também com sangue na barra, nas costas e na frente da saia.

Porém os relatos de muitos jornais referentes ao inquérito de Eddowes consistentemente mencionavam que "seu vestido era feito de *chintz* verde, o padrão que consistia de ásteres". Será que isso significava algo? Sou um entusiasta da jardinagem, mas surpreendentemente não tinha ideia do que era um áster até procurar na Internet e ver uma foto, e então eu o reconheci de imediato. Eu simplesmente não sabia o nome. Essa flor é muito popular entre os jardineiros que querem um pouco de cor nas bordaduras dos canteiros quando as outras flores já estão perdendo o viço, porque ela floresce no fim do verão e começo do outono; daí vem o nome dela em inglês, *Michaelmas daisy* (margarida de Michaelmas), porque ela floresce na época da festa de Michaelmas.

Eu nem sequer sabia quando era a festa de Michaelmas, ou o que ela era. Procurei na Enciclopédia Britânica e descobri que é a festa cristã de São Miguel Arcanjo, celebrada pelas igrejas ocidental e oriental (ortodoxa). Na fé católica romana, é conhecida como a Festa de São Miguel, Gabriel e Rafael, os arcanjos, e na igreja anglicana é a Festa de São Miguel e Todos os Anjos. Nas igrejas ocidentais, é celebrada em 29 de setembro, enquanto nas igrejas orientais (ortodoxas) é celebrada em 8 de novembro.

Em tempos já idos, um homem de negócios como eu estaria muito atento ao dia de Michaelmas: na Grã-Bretanha, era um dos quatro dias trimestrais do ano, quando legalmente todos os aluguéis e todas as dívidas deviam ser pagos, ações judiciais deveriam ser acertadas, empregados poderiam ser contratados. Essa prática remonta à Idade Média, mas caiu em desuso nos últimos cem anos ou algo assim, embora ainda existam alguns arrendamentos muito tradicionais que se refiram a ela, e o nome esteja sacramentado nos períodos letivos de universidades tradicionais e nos cronogramas das *Inns of Court*, associações de advogados da Inglaterra. Um aspecto significativo é que esta deveria ser uma data importante e muito conhecida no final do século XIX.

Foi enquanto lia sobre isso que algo me ocorreu, e foi um baque. Como se eu tivesse sido derrubado. Um dos momentos intensos nesta jornada, algo que me fez cambalear de surpresa. Chequei, chequei de novo e então chequei ainda mais uma vez. Como eu poderia ter visto isso, quando ninguém mais vira?

Foram as duas datas de Michaelmas que me chamaram a atenção. Eram as noites dos últimos três assassinatos, primeiro o evento duplo no Michaelmas tradicional celebrado no Reino Unido, e depois o último assassinato, de Mary Jane Kelly, na noite do Michaelmas da igreja ortodoxa. As mortes do evento duplo aconteceram depois da meia-noite, então tecnicamente ocorreram em 30 de setembro, mas e se Jack, o Estripador, tivesse partido em sua missão na noite do dia de Michaelmas? Sabemos que Elizabeth Stride foi assassinada por volta de 0h45, não muito depois da mudança de data, e ele presumivelmente permitiu-se o tempo suficiente para encontrar uma vítima adequada.

Tenho uma habilidade natural para lembrar-me das datas; meus amigos e familiares brincam comigo dizendo que tenho memória de elefante no que se refere a elas. Enquanto converso, costumo rechear o diálogo com referências a datas; por algum motivo, elas sempre foram importantes para mim. Creio que isso talvez explique por que fui eu, e nenhum outro pesquisador antes de mim, quem percebeu essa conexão.

Foram os ásteres no xale que me fizeram pesquisar o dia de Michaelmas, e então o xale assumia uma importância muito maior do que antes. Haveria uma conexão?

Parecia que eu sabia algo que ninguém mais sabia. Fiquei muito agitado, mas, como sempre, não havia ninguém próximo com quem dividir a informação. Sally me ouviria, mas ela não compartilhava meu interesse e deixava bem claro que aquele era meu *hobby*, não o dela. Ela não estava convencida da minha teoria de Michaelmas.

No entanto agora eu realmente queria o xale. Era importante para mim. Eu ainda estava trabalhando com base apenas em meu palpite, e aquilo era suficiente para me fazer querer ter o xale, mas eu queria descobrir se havia algum indício corroborando. Eu sabia, pelo catálogo do leilão, que o xale em algum momento estivera abrigado no "Museu Negro" da Scotland Yard, nome popular do Museu do Crime de Polícia Metropolitana, onde é mantida uma coleção fascinante de objetos e itens relacionados a notórios casos policiais ocorridos desde o século XIX.

O título Museu Negro, aparentemente cunhado em 1877, é apropriado, pois a coleção inclui armas usadas em assassinatos reais, peças fundamentais de evidências de sequestros, cercos, roubos e, o mais macabro, máscaras mortuárias de vários prisioneiros enforcados na prisão de Newgate, bem como *souvenirs* de uma infinidade de outros crimes reais. Entre os mais bem conhecidos casos policiais representados na coleção estão os de John Christie, Ruth Ellis, o Grande Assalto ao Trem Pagador,[1] Doutor Crippen, Dennis Nilsen, os Gêmeos Kray e – sem surpresa alguma – Jack, o Estripador.

Com a data do leilão cada vez mais próxima, decidi contatar o Museu Negro para ver se conseguia descobrir algo mais sobre a história do xale e sobre a probabilidade de ele ser genuíno (embora eu estivesse cada vez mais convencido de que era). Liguei para a Scotland Yard e fui transferido para Alan McCormack, curador do Museu do Crime. Percebi de imediato que ele era cordial e muito prático, de modo que lhe expliquei que pensava em comprar o xale e perguntei se poderia me dizer qualquer coisa sobre a peça.

Não consigo me lembrar da conversa *exata*, mas, parafraseada, foi mais ou menos assim:

RE: Gostaria de saber se você poderia me fornecer qualquer informação que tenha sobre o xale de Jack, o Estripador, que foi recolhido do corpo de Catherine Eddowes na noite do assassinato.

AM: Bem, nunca foi provado que tivesse alguma ligação com o caso, porque nunca fizemos nenhum exame de DNA nele. De fato, nós o tivemos ao longo dos anos como parte do nosso museu de treinamento. A maioria das pessoas o cha-

---

[1] Ocorrido em 1963, contou com a participação de Ronald Biggs, que fugiu da cadeia e veio para o Brasil, onde morou de 1970 a 2001. Biggs morreu na Inglaterra, em 2013. [N.T.]

ma de Museu Negro, mas não é certo. Ele é o museu de treinamento da Scotland Yard.

RE: Você diria que ele é genuíno?

AM: Não posso dizer nem sim nem não; foi um empréstimo feito a nós pelo descendente de um dos nossos policiais à época dos assassinatos. Se em algum momento tivesse sido exibido ao público, teria de ser chamado de *suposto*, para não haver nenhuma contestação.

RE: OK, e se eu dissesse que descobri algo sobre a estampa do xale que se relaciona de forma significativa com as datas de três dos assassinatos?

AM: Bem, isso seria uma novidade para nós, e estaríamos bem interessados.

RE: Quando fiquei sabendo que o xale estava à venda, dei uma olhada na Internet e vi que o *East London Observer* publicou no sábado, 6 de outubro de 1888, que a vítima estava usando um vestido verde-escuro de *chintz* com ásteres, ou *Michaelmas daisies*, com um padrão de lírios dourados. Vi também que muitos jornais publicaram a mesma coisa, de modo que me concentrei na estampa e tentei descobrir uma pista quanto ao seu significado.

AM: Você descobriu algo?

Contei a ele sobre a relevância das datas de comemoração do dia de Michaelmas para os assassinatos de Elizabeth Stride, Catherine Eddowes e Mary Kelly, e ele disse: "Nós nunca soubemos disso, é novidade".

Eu me senti satisfeito de verdade; era a primeira confirmação de que eu havia encontrado algo, vinda de alguém que conhecia bem o caso. Agora eu *sabia* que deveria comprar o xale.

Entretanto, antes que eu pudesse saborear meu sucesso, Alan falou algo de importância vital. Ele disse que não conseguia entender por que as pessoas ainda continuavam a falar sobre quem era o Estripador, porque – ele afirmou – a Scotland Yard sempre soube quem ele era, e tinham documentos para provar isso. Perguntei-lhe se ele se importaria em dizer-me o nome, então seguiu-se uma conversa mais ou menos assim:

AM: Bem, eu posso dizer o nome, mas você vai ter que ir e fazer o trabalho. Considerando que você me forneceu a primeira informação, em anos, que eu ainda não tinha, eu lhe conto: o assassino sempre foi Aaron Kosminski.

RE: Sério? Ele sempre foi um dos três suspeitos declarados publicamente.

AM: Sim, mas as pessoas ganham dinheiro demais com os documentários e livros para de fato dizerem quem é o verdadeiro culpado!

RE: E o que você acha sobre o xale?

AM: Bem, não sei, ele é bem antigo. Sei que a Sotheby's o examinou e descobriu que poderia ser do comecinho do século XX, mas também poderia ser mais antigo. Se você pensa mesmo em comprá-lo, me mantenha informado sobre como as coisas vão. A gente nunca sabe... de repente ele pode ser verdadeiro.

RE: Eu o mantenho informado. Então Aaron Kosminski era Jack, o Estripador?

AM: Sim, temos toda a informação aqui, mas o museu não está aberto ao público. Sabe de uma coisa? Se você comprar o xale, nós temos interesse em tê-lo de volta. Vou deixar você vir e ver os documentos se você for escrever um livro e me der um exemplar autografado.

RE: Seria incrível. Muito obrigado mesmo. Mantenho você informado.

Assim, em dois dias inacreditáveis, eu tinha descoberto o significado do xale e, incrivelmente, a verdadeira identidade de Jack, o Estripador – ao menos de acordo com o entendimento de Alan McCormack das evidências policiais.

E foi assim que acabei presente no leilão em Bury St Edmunds, em março de 2007, e dois dias depois decidi comprar o xale.

Quando cheguei em casa, eu o estendi em um grande banco de apoio de pés revestido de veludo de cor creme, em nossa sala de estar, para olhá-lo melhor. Era surpreendentemente grande, e estava dividido em duas partes, a maior com 1,87 metro de comprimento e 65 centímetros de largura. O pedaço menor tinha sido mais cortado e tinha 61 centímetros de comprimento e 48 centímetros de largura. O colorido predominante era marrom-escuro, com um marrom meio dourado no avesso. Em ambas as extremidades havia seções azuis, medindo cerca de 60 centímetros, estampadas com um padrão de ásteres e lírios dourados em tons de vermelho, ocre e dourado. Esse padrão também corria pelas bordas da seção principal central. Em algum momento haviam sido cortados pedaços do xale, em uma das extremidades de cada peça. A outra ponta de ambas as seções tinha uma franja de pequenas borlas.

Havia inúmeras manchas em ambas as seções; na maior, uma infinidade de pontinhos podia ser vista perto da franja, e havia manchas escuras maiores mais para dentro. Na parte central marrom, viam-se manchas escuras semelhantes, assim como algumas manchas brancas menores onde a cor havia desbotado. A peça menor tinha manchas escuras menores e, novamente, perto da franja, mais marquinhas pequenas. Eu estava fascinado pelas manchas. Podia ver claramente o que parecia ser sangue, mas estava surpreso por não haver mais sangue e desprezei as manchas brancas como sendo nada mais significativo do que um processo de envelhecimento. Outra mancha clara me pareceu que teria sido causada por alvejante. Mal sabia eu.

Guardei o xale em um antigo armário com frente de vidro, que eu havia comprado especificamente com esse propósito, em uma loja de antiguidades em The Lanes, em Brighton, e então o escondi cuidadosamente sob uma exibição de prataria que Sally e eu também tínhamos escolhido; achei que, se fôssemos roubados, os ladrões levariam a prata e não se incomodariam com folhas velhas de cartão e um tecido esfarrapado que revestiam o fundo do armário. Deixar o xale ali guardado também o mantinha longe da luz do sol e de contaminação.

Eu li e reli a carta de procedência do dono anterior:

A Quem Possa Interessar

Confirmo que eu, David Melville-Hayes, sou o sobrinho-bisneto do sargento Amos Simpson, que se tornou proprietário do dito xale de Catherine Eddowes depois que ele foi retirado do corpo dela.

O xale foi dado a minha bisavó, que era Mary Simpson, e que morreu em 1927. A posse do xale passou para minha avó Eliza Mary Smith (1875 a 1966). Com sua morte, o xale foi deixado para minha mãe, Eliza Elise (Mills), mais tarde Hayes (1902 a 1997). O xale foi dado a mim na época em que minha mãe foi morar na Austrália, em 1986. No entanto minha mãe voltou para a Inglaterra em 1989. Toda a informação sobre este histórico está disponível em minha Árvore Genealógica, que eu disponibilizarei; esses detalhes cobrem aproximadamente 17 páginas de tamanho Foolscap.[2]

---

[2] Corresponde a uma folha de 34,3 × 43,2 centímetros. [N.T.]

Para mais informações, eu sugeriria entrar em contato com Andrew Parlour, em (número de telefone), que tem muita informação sobre os registros da Polícia Metropolitana.

Sinceramente, seu

David Melville-Hayes

27/3/07

To Whom it may Concern

I would confirm that I David Melville-Hayes am the Great Great Nephew of Acting Sergeant AMOS SIMPSON.who became the owner of the said Catherine Eddowes Shawl after it was taken from her body.

The shawl was then given to my Great Grandmother who was Mary Simpson who died about 1927. The ownership of the Shawl then passed to my Grandmother Eliza Mary Smith(1875 to 1966) On her death the shawl was left to my Mother Eliza Elise (Mills) later Hayes(1902 to 1997) The shawl was given to me at the time my Mother went to live in Australia in 1986. However my Mother returned to England in about 1989. Full information on this background is available on my Family Tree which I will make available to,these details cover approx Seventeen Pages of Foolscap

For further information I would suggest contacting: Andrew Parlour on who has much information on the Metropollitan Police Records

I am,

Yoursfaithfully,

David Melville-Hayes.

A carta incluía seu endereço e um número de telefone.

Eu já havia encontrado Andy Parlour no leilão e sabia, por aquele contato, que ele e Sue sabiam mais sobre a história do xale do que qualquer outra pessoa. Eles tinham apenas uma cópia do livro deles no leilão e, além do mais, eu não tinha querido abrir o jogo me mostrando ansioso demais, naquele momento. Porém agora eu tinha o número de telefone deles, e depois de alguns dias liguei para eles, contei que tinha o xale e combinamos uma visita deles à minha casa.

Andy e Sue têm me ajudado e sido bons amigos ao longo dessa minha jornada. Eles não contaram a ninguém quem tinha o xale e agiram como uma espécie de cordão de isolamento entre mim e várias pessoas que queriam ter acesso a ele: muita gente supõe que ele está com eles. Sou e sempre fui muito grato a eles.

Foi com eles, e com o livro deles, que descobri toda a história do xale. Em dezembro de 1993, o então curador do Museu do Crime, Bill Waddell, publicou *The Black Museum: New Scotland Yard*, no qual escreveu:

> Recentemente adquiri um xale de seda com estampa em serigrafia. Ele esteve de posse do doador por muitos anos, e uma grande seção foi cortada por sua mãe, porque ela não gostava das manchas de sangue que havia nele. Fui informado que era o xale usado por Catherine Eddowes quando ela foi morta. Quem pode saber o que virá à luz a seguir?

Waddell não foi a primeira pessoa a mencionar em uma publicação a existência do xale. Essa honra foi para Paul Harrison, em seu livro de 1991, *Jack the Ripper: the Mystery Solved*, no qual ele apresenta sua teoria de que o antigo amante de Mary Kelly, Joseph Barnett, seria o Estripador. Durante sua pesquisa para o livro, Harrison, que à época servia como sargento na polícia de Nottinghamshire, recebeu um telefonema inesperado do inspetor-chefe Mick Wyatt, sediado em

Londres, que havia ouvido falar da pesquisa de Harrison sobre o Estripador, e achou que ele gostaria de saber sobre um artefato possivelmente genuíno, ligado aos assassinatos. Harrison estava completamente convencido de que o item seria uma faca e ficou surpreso quando Wyatt disse que era um xale que tinha pertencido a uma das vítimas do Estripador, embora ele não pudesse ter certeza de qual delas. Ele deu a Harrison o endereço, em Clacton-on-Sea, em Essex, onde estava o xale.

No fim de novembro de 1989, cerca de um ano depois de ter falado com Wyatt, Harrison seguiu a pista dada e descobriu que o endereço que recebera era de uma videolocadora de propriedade de John e Janice Dowler. Por fim, Harrison encontrou os Dowler em sua loja, em St Osyth Road, e descobriu que eram bastante prestativos, mas também muito céticos quanto à autenticidade do xale, que àquela altura haviam devolvido ao seu proprietário original. A história que os Dowler conheciam era que o xale pertencia a Catherine Eddowes. Ou o xale tinha sido pego no local do crime ou no caminho para o necrotério. Um amigo do ramo de antiguidades o havia oferecido aos Dowler alguns anos antes, sabendo que eles eram de Londres e achando que podiam estar interessados em um pedaço da história londrina.

O suposto histórico do xale fez com que se sentissem um pouco desconfortáveis, mas eles aceitaram o presente. Foram informados de que a parte que faltava havia sido removida por causa das manchas de sangue, mas elas ainda estavam visíveis no tecido restante, o que os perturbou o suficiente para que pedissem ao seu amigo que o levasse de volta. Eles foram então presenteados com dois fragmentos cortados do xale, que foram montados e emoldurados e que eles exibiam em sua loja. Na parte de trás da moldura havia a seguinte inscrição:

Duas amostras de seda, tiradas do xale usado por Catherine Eddowes quando seu corpo foi descoberto por Amos SIMPSON, em 1888. (Fim de setembro). Vítima de Jack, o Estripador.

>Arabella Vincent (Belas Artes)
>Ilustrações emolduradas feitas à mão.
>UK Studio, Tel. Clacton –
>Seda estampada
>Cerca de 1886
>Emoldurada 100 anos depois
>(A. Vincent)

O amigo em questão era David Melville-Hayes, que na verdade trabalhava para Arabella Vincent Fine Art e que se especializara na pintura à mão de imagens impressas. É uma tradição de família: tanto o pai quanto o avô de David foram coloristas, e ele acredita que a linha de coloristas remonte a 1764. O próprio David fez trabalhos para a Rainha Mãe. Ele é o sobrinho-bisneto do sargento Amos Simpson, que ficou com o xale, e a história do xale foi passada de geração para geração. O que se segue é o que David ouviu de sua família, e que ele, por sua vez, passou para mim. É importante apresentar essa versão específica dos eventos, pois a história das origens do xale ficou obscura com o passar do tempo.

Simpson, estando em "operações especiais" na época do duplo assassinato, havia ido para a Mitre Square com vários outros policiais, tanto das forças da City quanto metropolitanas, e com outro policial acompanhou o corpo de Catherine Eddowes enquanto este era conduzido numa carroça para o necrotério da City. Vendo o xale, ele perguntou a um dos policiais mais graduados se podia ficar com ele, pois achava que sua esposa Jane poderia achar a seda útil para usar em algum vestido. David acredita que foi sua patente, sargento, que lhe permitiu ficar com o xale. Quando Simpson mostrou o xale manchado de sangue a Jane, ela compreensivelmente não quis saber dele. Apesar da opinião de Jane, o xale não foi jogado fora, e esse é um dos primeiros e mais importantes golpes de sorte nessa sequência de eventos. Algum tempo antes de sua morte, em 1917, Simpson passou o xale para sua irmã, Mary Simpson, a bisavó de David Melville-Hayes, e com a morte desta, em 1927, ele foi dado a sua filha Eliza Mary Smith. Quando esta por sua vez morreu, em 1966, o ano em que eu nasci, o xale uma vez mais passou para outra geração, para sua filha Eliza Elise Hayes, a mãe de David Melville-Hayes. Com a idade de 84 anos, em 1986, Eliza Elise se mudou para a Austrália e, antes de partir, ofereceu o xale para os dois irmãos de David. De novo, o xale escapou por sorte, pois os irmãos, sem interesse em sua história, pretendiam queimá-lo, o que motivou David a tirá-lo das mãos deles e resgatar o que ele sentia ser uma importante peça histórica.

Essa é a versão básica relatada por David, de acordo com a história original da família, mas com o passar dos anos ele foi obtendo novas informações; por exemplo, ele acreditava que foi possivelmente sua avó, Eliza Mary, quem cortou o grande pedaço do xale para se livrar das grandes manchas de sangue, e que ela pode também ter tentado usar alvejante em outras manchas menores. Ele também se lembra de ter visto o xale pela primeira vez quando tinha 8 ou 9 anos, e que ele era mantido em um grande baú de madeira de "alças enceradas", usado também para guardar as melhores "roupas de domingo" da família, e que David ainda possui. Um elemento da história é mais problemático: David afirma que Amos Simpson teve acesso ao xale porque foi o primeiro policial no local do crime, em Mitre Square, e até foi dito que ele próprio descobriu o corpo. Essa versão dos eventos também surgiu na mídia de tempos em tempos. Que ele tenha sido o primeiro no local parece improvável.

Recordando, os relatórios policiais afirmam que, como já vimos, foi o PC Edward Watkins quem encontrou o corpo de Catherine Eddowes naquela manhã e pediu ajuda a George Morris, o vigia noturno em Kearley and Tonge. Depois que Morris, ex-membro da Polícia Metropolitana, deu o alarme, um grande número de policiais prontamente chegou ao local, incluindo o policial James Harvey, que estivera na entrada para a Mitre Square apenas cinco minutos antes, e o policial Frederick Holland. Também tinham sido alertados os detetives da City Edward Marriott, Robert Outram e Daniel Halse, que haviam estado no final da Houndsditch, ali perto.

Quando a notícia de outro assassinato brutal de uma prostituta correu pelos canais de comunicação da polícia, oficiais graduados chegaram ao local e mais reforços policiais teriam sido mandados de Bishopsgate e outras delegacias da City para realizar tarefas variadas. Por causa da perda dos arquivos da Polícia da City sobre o caso do Estripador, é impossível saber exatamente quantos policiais estariam presentes em um dado momento, e é provável que, fora aqueles diretamente envolvidos logo após a descoberta do corpo, não tenha havido nenhum registro de todos eles. Com efeito, o fato de o nome de Amos Simpson não aparecer em nenhum dos poucos relatórios remanescentes não necessariamente significa que ele não esteve lá em algum momento, inclusive logo no início. O corpo de Catherine Eddowes foi removido da Mitre Square às 2h20 da manhã e, de acordo com a história transmitida a seus descendentes, Amos Simpson o acompanhou. Porém Simpson era da Polícia Metropolitana, portanto, o que ele estava fazendo na jurisdição da Polícia da City?

Amos Simpson nasceu em 1847, em Acton, Suffolk, o quarto dos 11 filhos do agricultor John Simpson e de sua esposa, Mary. Descobri, conversando com seu descendente, David Melville-Hayes, que a maltaria onde Sally e eu vivíamos ficava a apenas três vilas de distância do local em que Amos nasceu. Amos trabalhava com o pai em uma fazenda em Barrow Hill quando tinha 14 anos de idade, mas o desejo de sair de lá e ir para a cidade grande deve ter sido forte, e ele entrou para a Polícia Metropolitana em 1868, aos 21 anos, sendo lotado a princípio na Divisão Y (Holloway). Em 1874 ele se casou com Jane Wilkins (nascida em 1848, em Bourton-on-the-Water, Gloucestershire) na antiga igreja de Old St Pancras, em Londres, e juntos tiveram dois filhos, Ellen e Henry. Simpson foi promovido a sargento em 1881 e cinco anos depois foi transferido para a Divisão N (Islington), onde ainda estava lotado à época dos assassinatos do Estripador. Mais tarde, em sua carreira policial, ele se mudou para Cheshunt, em Hertfordshire, e serviu na polícia de Hertfordshire até sua aposentadoria, quando parece que ele e Jane, com a filha Ellen e os filhos dela, voltaram à fazenda em Barrow Hill para continuar o trabalho do pai dele, que havia morrido em 1892. No censo de 1911, Amos está registrado como pensionista da Polícia Metropolitana e trabalhador rural aposentado, administrando a fazenda com a ajuda da numerosa família Stearns (a família de sua filha).

Amos Simpson foi relembrado por sua família como um homem justo e de moral, e foi muito respeitado na comunidade. A nota sobre sua morte no *Suffolk and Essex Free Press* de 18 de abril de 1917 dizia:

> Sua esposa morreu cinco anos atrás e desde então ele recebeu a atenção de sua devotada filha, que perdeu o marido (morto em ação) em 13 de setembro de 1916, deixando cinco crianças pequenas. Seu filho e sua nora vieram passar a Páscoa com ele e tiveram momentos agradáveis. O senhor Simpson estava bastante alegre na manhã de segunda-feira e cantou "The Last Rose of Summer" ao telefone. Ele ficou subitamente doente à

tarde e morreu na terça-feira de manhã, às 8 horas, deixando um filho, uma filha viúva, uma nora, cinco netos e muitos familiares e velhos amigos que lamentam sua perda.

Sua falta será muito sentida por todos, tendo sido um marido devotado, um pai amoroso e um bom amigo.

De acordo com a história da família referente ao xale, na noite do assassinato de Catherine Eddowes, Simpson estava em "operações especiais", nas quais os policiais regulares eram transferidos temporariamente para assumirem responsabilidades específicas, como a proteção de repartições e edifícios públicos, instalações portuárias, estações militares, bem como propriedades de indivíduos particulares e empresas públicas. Assim, embora Simpson estivesse lotado na Divisão N (Islington), a execução de "operações especiais" com frequência significava ir de uma divisão de polícia a outra, e ele poderia muito bem ter estado no território da Divisão H, que chega muito perto da Mitre Square, ao alcance auditivo de um apito de polícia. Outro policial que sabemos que estava em situação semelhante era o PC Alfred Long, que encontrou o pedaço do avental de Catherine Eddowes e o *graffiti* dos "Juwes" na parede das Residências Wentworth, na Goulston Street, na manhã do evento duplo. O PC Long na verdade pertencia à Divisão A (Westminster) e era um dos muitos policiais que haviam sido enviados para a Divisão H (Stepney) durante os assassinatos, para aumentar o número de homens nas ruas.

Sabemos, a partir dos relatórios e registros preservados, que houve policiais que cruzaram o limite City/East End, um bom exemplo sendo o detetive Daniel Halse, da City, que percorria a área de Goulston Street, Whitechapel (território metropolitano), não muito antes que o PC Long encontrasse ali o pedaço do avental de Eddowes e a inscrição na parede. Parece que, durante aqueles tempos difíceis, os limites entre as áreas das polícias da City e metropolitana estavam, por necessidade, tornando-se fluidos.

Há uma possibilidade alternativa de que tal trabalho de vigilância não fizesse parte da investigação do Estripador; antes eu havia suposto que a presença de Simpson perto da Mitre Square devia-se ao fato de que sua operação especial tivesse relação com a caça ao Estripador. No entanto, quando conversei sobre o assunto com David Melville--Hayes, ele afirmou categoricamente que Amos Simpson estivera lá em busca de terroristas fenianos. Era essa a história como a família a conhecia, e ele tinha certeza de que era verdadeira. Os anos 1880 foram um período de grande turbulência política e social, particularmente no East End, onde as condições levavam as massas de desempregados e pobres crônicos a, vez ou outra, revoltarem-se e causarem grande agitação e dano no West End. Em conjunto com isso havia o crescimento do socialismo como força política válida, assim como o anarquismo, ambos tendo seguidores entre as ondas de europeus orientais que, de forma rápida e recente, tinham feito do leste de Londres seu lar.

Assim como essa turbulência, a ascensão do movimento *Home Rule*[3] em meados do século XIX havia levado a uma erupção de atos terroristas por parte dos fenianos (termo coletivo para as organizações irlandesas Irmandade Feniana e Irmandade Republicana Irlandesa) durante toda a década, em protesto contra o fato de a Irlanda ser governada pelo Reino Unido. Os atos mais extremos foram cometidos pelos "Dinamitadores", que usavam explosivos para criar pânico; danos significativos foram feitos à prisão de Clerkenwell, em 1867, quando membros dos Republicanos Irlandeses tentaram libertar um de seus integrantes que era mantido ali em prisão preventiva.

---

[3] O movimento articulava o desejo dos irlandeses de que a Irlanda tivesse mais autonomia dentro do Reino Unido. [N.T.]

Depois de uma trégua nos ataques durante a década de 1870, os fenianos intensificaram sua campanha na década de 1880, atacando muitos edifícios importantes, como os principais terminais ferroviários, o Palácio de Buckingham e a Trafalgar Square. Em 1885, dois homens, James Gilbert Cunningham e Harry Burton, estiveram envolvidos em tentativas de colocar explosivos em várias estações de trem na capital: Victoria, Ludgate, Paddington e Charing Cross. Apenas a bomba em Victoria explodiu, mas diversos erros na instalação do artefato tornaram-no ineficaz. Em 24 de janeiro, uma bomba explodiu na Torre de Londres, que já então era uma concorrida atração turística. Cunningham foi o responsável, enquanto na mesma hora Burton tentava fazer o mesmo na Câmara dos Comuns.

A Torre estava dentro da jurisdição da Divisão H, e Frederick Abberline estava no caso; por meio de um impressionante trabalho de investigação, ele concluiu que Cunningham era o culpado e o prendeu. Logo Burton também foi capturado, e chamou-me a atenção o fato de que, durante a trama, Burton tivesse se hospedado em vários endereços no East End, incluindo a Prescott Street, em Whitechapel, e a Mitre Square, número 5. Como resultado dessas prisões, Abberline, que seria tão importante para o caso do Estripador alguns anos mais tarde, recebeu como prêmio 20 libras e ganhou um dos muitos elogios de sua carreira, por esforços empreendidos.

Pode não haver testemunhos escritos da época, que provem de modo cabal a história familiar de como Simpson obteve o xale, mas da mesma forma isso não pode ser refutado, e não parece haver nenhuma tentativa deliberada de fraude. De fato, a história permaneceu basicamente a mesma ao longo dos anos, e se ignorarmos o equívoco de que Simpson teria encontrado o corpo de Eddowes, e nos ativermos à história como foi passada aos descendentes de Amos Simpson, então sua presença na Mitre Square e em seus arredores, naquela fatídica manhã de 30 de setembro de 1888, não é impossível e, inclusive, de forma alguma improvável.

Mas, antes que eu trace os movimentos posteriores do xale, quero mencionar duas referências interessantes, que sugerem que sua existência já era conhecida bem antes da informação transmitida a Paul Harrison pelo inspetor-chefe Mick Wyatt, em 1988. A primeira, e menos importante, é um artigo bastante curioso sobre um "Clube Whitechapel", em Chicago, e a história data de 1891.

O Clube Whitechapel é interessante porque demonstra o quão longe chegou a história de Jack, o Estripador, e o quanto fascinou as pessoas. O clube foi formado em 1889, por um pequeno grupo de jornalistas, e durou apenas cinco anos. A maior parte dos membros era ligada à imprensa, mas ele também incluía artistas, músicos, médicos e advogados. Por dentro, o clube lembrava uma espécie de Museu Negro, com a decoração incluindo mantas indígenas encharcadas de sangue, forcas e facas que tinham sido usadas em assassinatos. Crânios, com frequência usados para tomar bebidas, estavam por todo canto. O presidente era supostamente o próprio Jack, o Estripador, embora, é claro, ele nunca comparecesse, de modo que todos os encontros eram conduzidos pelo vice-presidente. Tais encontros costumavam ser ocasiões irreverentes, regadas a bebida, durante as quais os membros contavam histórias e piadas, liam poemas ou faziam monólogos, em meio a insultos bem-humorados e zombarias. Menções ao clube apareciam com frequência na imprensa de Chicago; um artigo, escrito por Bill Nye e publicado no *Idaho Statesman*, em 3 de maio de 1891, fazia menção a um artefato de um dos crimes do estripador, em um suposto comunicado enviado de Londres pelo líder nunca presente:

> Talvez eu esteja melhor aqui, entre amigos, eliminando o vício e fugindo do olhar arguto da polícia, do que estaria nos Estados Unidos, onde o mal social ainda não domina a cidade.
>
> Façam de tudo para manter o clube alegre e divertido. Mando neste navio a vapor um xale xadrez cinzento, duro com o sangue da nº 3. Vai ficar ótimo cobrindo o piano, acho. Vocês não poderiam ver com a prefeitura se daria para usar o necrotério da cidade como seu salão de refeições, para economizar o aluguel e dar ao salão um ar caseiro que dinheiro algum conseguiria comprar?

Obviamente era só mais uma das brincadeiras que os membros do clube faziam uns com os outros, mas a referência a um xale, embora da "nº 3" – pode-se supor que se trate de Elizabeth Stride, a outra metade do evento duplo –, é interessante, de qualquer modo, mesmo que a descrição de "xadrez" seja muito diferente de meu xale de seda!

A segunda referência quase contemporânea, e certamente mais intrigante, foi de um artigo em uma revista norte-americana chamada *The Collector: A Current Record of Art, Bibliography, and Antiquarianism*, publicação especializada que continha relatos regulares sobre coleções e colecionadores, enviados de Londres, Paris, Berlim e outros locais. O artigo publicado em 2 de novembro de 1892 era do correspondente em Londres e dizia respeito a um encontro que ele tivera com um colecionador londrino cujo nome não era citado.

> No entanto a extravagância mais sinistra dentre as coleções locais que recentemente vieram à luz é a de um nativo que está montando um museu de objetos ligados a Jack, o Estripador... Eu o conheci por acidente. Há alguns dias, tendo alguns negócios a tratar na Fleet Street, fui ao The Cheese [o pub Old Cheshire

Cheese, na Fleet Street, supõe-se] para comer uma costeleta, e lá encontrei dois homens que exercem funções editoriais em um de nossos jornais diários. No decorrer da conversa, um deles mencionou uma coisa um tanto estranha que acontecera com ele naquela manhã. Sua senhoria havia pedido permissão para falar-lhe quando mandou subir o café da manhã dele, e tendo ele concordado, ela lhe disse o seguinte: havia alguém em Londres que comprava coisas ligadas aos assassinatos do Estripador, e a faxineira que trabalhava para ela possuía um xale que fora usado por uma das vítimas. Ela desejava desfazer-se dele e, partindo do princípio de que jornalistas sabem de tudo, ou deveriam saber, a senhoria perguntou a seu inquilino onde seria possível encontrar esse colecionador. O inquilino prometeu averiguar o assunto quando tivesse algum tempo para buscar semelhante agulha em um palheiro.

Porém ele havia terminado de nos contar aquilo quando um homem corpulento, de meia-idade, barrigudo e rosado, que estivera comendo um filé com molho de tutano na mesa ao lado, veio até nós e se apresentou. Ele nos entregou seu cartão, que informava que ele trabalhava no ramo do carvão, e afirmou que era o colecionador de Jack, o Estripador, e que estava disposto a negociar a relíquia da faxineira. A seu convite, acompanhei-o a sua morada, uma casa antiga onde ele também tinha seu escritório, no início do cais, aonde suas barcaças chegavam carregadas. Ele ocupava apenas a parte superior da casa e era um viúvo sem filhos, como explicou, que mantinha seu museu do Estripador organizado e etiquetado em uma velha estante, por trás de portas de vidro. Era uma coleção nauseante de farrapos e quinquilharias sujas e incluía até algumas pedras e pacotes de terra pegos nos locais dos crimes horrendos por eles celebrados. Quando ele me informou, numa voz densa de orgulho e molho de tutano, que um envelope de terra em particular continha sangue, "Sim, senhor, sangue, genuíno sangue", fiquei satisfeito em me lembrar de um compromisso e deixá-lo entregue ao estudo de sua coleção peculiar e nada invejável.

O nome da "faxineira" que supostamente tinha o xale falta na história. Se o relato for genuíno (e ele é quase bizarro demais para ter sido inventado) e o xale mencionado for, na verdade, o que supostamente foi tirado de Catherine Eddowes, então a "faxineira" poderia ter sido Jane, esposa de Amos Simpson, que como sabemos não gostava do xale e nem o queria.

Registros da situação laboral de Jane são muito escassos; nos registros dos censos para a maior parte de sua vida adulta, a seção correspondente foi deixada em branco, como também em sua certidão de casamento. No entanto, no censo de 1871, Jane (Wilkins), de Bourton-on-the-Water, de 23 anos, é listada como empregada doméstica de John Bundy e sua filha Elizabeth, em sua residência na Crowndale Road, 46, St Pancras. Jane Wilkins iria se casar com Amos Simpson na igreja Old St Pancras, três anos depois, na presença de Elizabeth Bundy; talvez no início de década de 1890, trabalhando como doméstica em algum outro lugar, ela pensasse seriamente em tirar o xale de sua casa, um plano que nunca levou a cabo. Embora estivesse casada com um policial e tivesse dois filhos para cuidar, Jane pode ter trabalhado como faxineira para aumentar a renda deles, como tantas outras mulheres, embora essa seja pura suposição de minha parte. O artigo do *Collector* é uma possível referência quase contemporânea ao xale. Pode ser apenas uma coincidência, mas David Melville-Hayes me contou, quando me encontrei com ele, que ele acreditava que um parente, possivelmente o filho de Amos, trabalhou no *pub* Cheshire Cheese por volta da época em que o xale foi oferecido para venda, em 1891, ficando lá até 1900.

Cem anos depois, à época em que Bill Waddell, do Museu Negro da Scotland Yard, ficou sabendo da existência do xale, David Melville--Hayes havia removido dois pedaços, que emoldurou para John e Janice Dowler. David fez um primeiro contato com o museu no final de 1991: ele sentia que o museu era o lar certo para um item tão bizarro quanto o xale. Waddell ficou interessado em saber mais, e assim Hayes foi convidado a visitar a Scotland Yard para mostrar o xale. Impressionado, Waddell perguntou a Hayes se estaria disposto a permitir que o xale se tornasse parte de sua coleção, e Hayes concordou, com a condição de que fosse estritamente um "empréstimo". Com o museu fechado ao público, o xale passou os seis anos seguintes oculto, a salvo, mas inacessível a todos, exceto aos visitantes privilegiados do museu. Foi em 1997 que Andy e Sue Parlour se envolveram.

O interesse dos Parlour em Jack, o Estripador, foi despertado por volta de 1992, quando, durante uma pesquisa da árvore genealógica de Andy, eles descobriram que ele descendia de George Nichols, primo de Mary Ann Nichols. O próprio Andy havia saído do East End e se mudado com a família para Essex, na década de 1960, como muita gente do East End havia feito antes (e ainda faz). Daí em diante, os Parlour começaram a pesquisar a sério os assassinatos, visitando os locais dos crimes e arquivos por todo o país, além de criarem sua própria agência de pesquisa, a ASP Historical Research, e a editora Ten Bells Publishing, batizada em homenagem ao famoso *pub* de Spitalfields.

Morando em Clacton-on-Sea, os Parlour tinham ouvido falar da história de que um residente local tinha um xale que havia pertencido a uma das vítimas do Estripador. Naquela época, os retalhos emoldurados tinham passado dos Dowler para um negociante de antiguidades em Thetford, e os Parlour conseguiram comprá-los dele. Logo teve início a caçada para encontrar o misterioso proprietário do resto do xale. Eles o encontraram, mas não do modo como teriam esperado.

Em uma manhã de domingo, no início de 1997, os Parlour estavam em uma feira local de antiguidades, procurando fotos antigas de Londres e outros artigos associados, quando começaram a conversar com o dono da banca, um cavalheiro de aparência distinta, que lhes perguntou por que estavam buscando especificamente itens relativos ao East End. Ao ouvir que eles estavam investigando os assassinatos do Estripador, o dono da banca disse que ele tinha uma conexão com a história, acrescentando estar de posse de um artefato diretamente relacionado com Catherine Eddowes. Por um incrível golpe do acaso, os Parlour haviam encontrado David Melville-Hayes. Informando que eram os atuais proprietários dos retalhos emoldurados, eles perguntaram onde estava o resto do xale, e ele lhes disse que estava no Museu Negro, na Scotland Yard.

À época, os Parlour estavam trabalhando em um livro sobre os assassinatos do Estripador, que estava sendo escrito com o autor Kevin O'Donnell, o livro que vi pela primeira vez no leilão. No final de 1997, os Parlour e O'Donnell agendaram uma visita ao Museu Negro para ver o xale por si mesmos, acompanhados por Keith Skinner, respeitado pesquisador do Estripador e de crimes reais, que tinha laços muito estreitos com o museu. Nesse período, o curador era John Ross, ex-policial da Polícia Metropolitana. Ross pegou o xale em seu escritório – ele obviamente não estava em exibição – e mostrou-o aos visitantes. Ele admitiu que não estava convencido de que o xale tivesse pertencido a Catherine Eddowes e disse que o Museu Negro só mantinha artefatos cuja ligação com crimes famosos tivesse comprovação inequívoca. Depois de ser contemplado por alguns minutos, o xale foi levado de volta para qualquer que fosse a obscura área de depósito onde era mantido.

A visita à Scotland Yard naquele dia deixou os Parlour perplexos: eles sentiam que o xale não estava recebendo a devida atenção por parte do museu. De volta a Clacton, eles contaram a David Melville-Hayes que o xale não estava em exibição. Ele ficou desapontado e resolveu que, se o museu não ia fazer nada com ele, seria melhor pegá-lo de volta. Ele encarregou os Parlour de tomar as providências para reaver o xale e, em nome dele, eles entraram em contato com John Ross – que no fim pareceu relutante em deixá-lo ir. No entanto o xale era um "empréstimo", e David Melville-Hayes poderia tê-lo de volta no momento que quisesse, de modo que foi combinada uma data para que fosse apanhado. Os Parlour foram instruídos para trazerem uma carta de confirmação da parte de David, e assim eles fizeram. Antes de irem embora com o xale, Ross perguntou-lhes quando o trariam de volta, e eles responderam com um diplomático "Vamos ter que conversar com o proprietário". Antes de devolver o xale, a Scotland Yard também tirou uma pequena amostra, medindo 5 por 10 centímetros.

Uma vez com o xale de volta a Clacton, David decidiu deixar que os Parlour tomassem conta dele, e eles ficaram mais do que felizes em fazê-lo. O xale foi mantido pelos Parlour por muitos anos e gerou grande interesse. Foi exibido em um gabinete de vidro no London Festival Theatre, na South Bank, e em 2001 foi para Bournemouth, onde foi exibido (com outros itens relacionados ao Estripador, incluindo a famosa carta "Caro Chefe") na conferência anual de Jack, o Estripador. Essas conferências, a primeira delas realizada em Ipswich, em 1996, dá a especialistas e entusiastas do Estripador a oportunidade de reunirem-se, ouvir palestras sobre o assunto e compartilhar informações e ideias. Por muitos anos, o local de realização se alternou entre Grã-Bretanha e Estados Unidos, onde o interesse pelo Estripador nunca diminuiu.

Apesar de todo o interesse no xale, e sua importância potencial para o caso, ele nunca foi autenticado ou examinado cientificamente. Em 2006, a Atlantic Productions, uma companhia de televisão especializada em programas sobre a vida real, perguntou se eles poderiam aparecer em um documentário no qual estavam trabalhando. Os executivos da companhia se encontraram com os Parlour, explicando que gostariam de realizar no xale um exame de DNA, com um especialista, diante das câmeras, para o programa. David Melville-Hayes deu autorização, mas insistiu em estar presente durante os exames.

O exame ocorreu na casa dos Parlour, em Clacton, em 30 de agosto de 2006. Naquela manhã, a equipe de filmagem da Atlantic chegou, seguida de John Gow, um renomado especialista em análise forense de DNA, e sua assistente Jennifer Clugston, que vieram de avião de Glasgow para conduzir os exames. O xale foi estendido em um cômodo vago da casa e John e Jennifer passaram muito tempo examinando-o, surpresos com seu tamanho e concluindo que a mancha grande, em forma de torpedo, parecia ser sangue seco que havia espirrado sobre a superfície. Vários suabes[4] foram obtidos das áreas que John e Jennifer acreditavam estarem manchadas com sangue, humano ou não. Entrevistas com Gow e David Melville-Hayes foram filmadas e no fim a equipe de filmagem desmontou o equipamento e os especialistas foram levados ao aeroporto para seu voo de volta à Escócia.

O documentário já concluído foi ao ar em novembro de 2006 e, estranhamente, embora o xale aparecesse bastante, mal houve discussões específicas sobre ele. Um dos entrevistados, John Grieve, o primeiro diretor de inteligência da Polícia Metropolitana, foi questionado a respeito de sua opinião sobre o xale ser ou não genuíno.

"O exame de DNA não foi conclusivo", ele respondeu.

Essa foi uma grande decepção, e os Parlour e David Melville--Hayes nunca receberam os resultados dos exames de DNA feitos

---

[4] Suabe é um material absorvente, preso a uma haste, que serve para coletar materiais para exame (através de absorção e atrito), aplicar medicamentos ou limpar cavidades e ferimentos. (N.T.)

pela Atlantic. Aparentemente, tinham sido levados por um policial sediado em Glasgow. Nada tinha sido provado, e isso era frustrante; eles não estavam mais perto de saber se o xale havia pertencido a Catherine Eddowes, se tinha sido achado na Mitre Square e inclusive se tinha qualquer vínculo com a história do Estripador.

No começo de 2007, David Melville-Hayes já havia tomado a decisão de vender o xale. Agora com seus 70 anos, a saúde debilitada e dois filhos sem interesse em assumir a custódia do xale, ele sentia que era hora de passar essa peculiar herança de família para um proprietário permanente que, reconhecendo seu significado potencial, cuidasse dela tão bem quanto ele próprio cuidara. Ele me contou que, cada vez que tirava o xale de sua embalagem, sentia um frio se abater sobre a sala, e uma sensação estranha o invadia, e isso reforçou sua decisão de vendê-lo. Um leilão parecia ser o passo avante mais lógico, e Melville-Hayes decidiu que os lucros de qualquer venda iriam para o Royal National Lifeboat Institute.[5] Foi aí que entrei em cena.

Minha crença na importância do xale aumentava à medida que eu descobria mais sobre ele: a procedência parecia autêntica, embora eu sempre seja cauteloso com histórias de família que passam através das gerações. Mas aqui havia suficientes detalhes robustos para me convencerem. O próximo e óbvio passo seria retomar onde o documentário da TV havia falhado: decidi encontrar provas científicas para fundamentar a história do xale. Apesar dos exames não conclusivos, eu estava convencido de que a chave estaria nos avanços científicos de anos recentes.

---

[5] Instituto Real Nacional de Barcos Salva-Vidas, instituição de caridade que opera barcos salva-vidas em águas marinhas da Grã-Bretanha. [N.T.]

Lado externo do xale, mostrando os ásteres.

O avesso do xale, com a seção de ásteres dobrada para dentro.

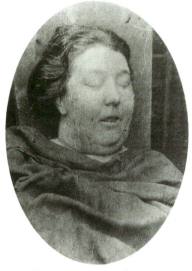
Martha Tabram, possivelmente a primeira vítima do Estripador.

Uma típica pensão de Whitechapel.

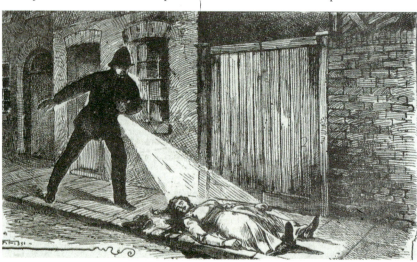
Acima A descoberta de Mary Ann Nichols.

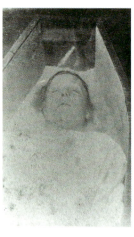
Direita Foto mortuária de Mary Ann Nichols.

Direita Foto mortuária de Annie Chapman.

Centro Fachada da Hanbury Street, 29. A porta exatamente abaixo do "29" era o corredor para o pátio dos fundos, onde Annie Chapman foi assassinada.

Embaixo Pátio dos fundos da Hanbury Street, 29. O corpo de Annie Chapman foi encontrado entre o degrau e a cerca.

AS RUAS FORAM COLORIDAS DE ACORDO CO

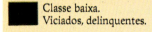 Classe baixa. Viciados, delinquentes.

 Miseráveis. Necessitados.

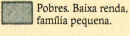 Pobres. Baixa renda, família pequena.

Uma combinação de cores – como azul-escuro e preto, ou rosa e vermelho – ind

SOCIAL GERAL DOS HABITANTES. COMO ABAIXO:

| | Aspirantes à classe média. Renda razoável. | | Classe média. Abastados. | NIL | Classe média alta e classe alta. Ricos. |

m uma boa proporção de cada uma das classes representadas pelas respectivas cores.

O Mapa da Pobreza, de Booth.

Foto mortuária de Elizabeth Stride.

Uma representação artística de Elizabeth Stride, publicada em *The Illustrated Police News*.

Uma representação artística de Louis Diemschutz descobrindo o corpo de Elizabeth Stride.

Berner Street. O portão onde Israel Schwartz viu um homem atacando Elizabeth Stride pouco antes do assassinato dela.

Representação artística de Catherine Eddowes.

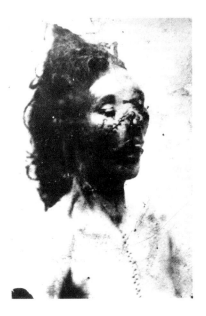

Foto mortuária de Catherine Eddowes mostrando a natureza horrenda de seus ferimentos.

Acima A cena do crime em Mitre Square.

Esquerda Porta na Goulston Street. A frase foi escrita na parede interna e o pedaço de avental ensanguentado foi achado no chão sob ela.

Esquerda Inspetor Frederick Abberline.

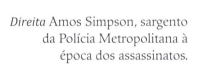

Direita Amos Simpson, sargento da Polícia Metropolitana à época dos assassinatos.

Inspetor chefe Donald Swanson.

Representação artística de Mary Jane Kelly.

Dorset Street, onde Mary Kelly morava à época de seu assassinato.

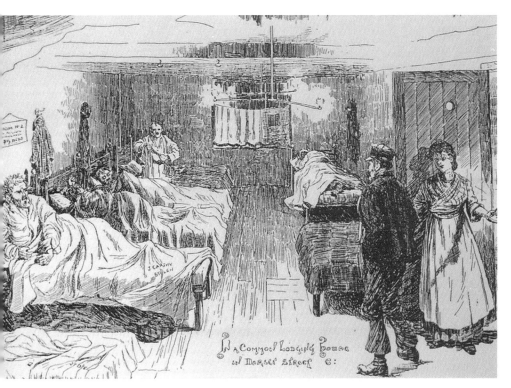

Esboço de uma pensão na Dorset Street.

Cena do crime de Mary Jane Kelly. Esta é a única foto de uma vítima do Estripador da forma como foi encontrada.

Miller's Court, 13

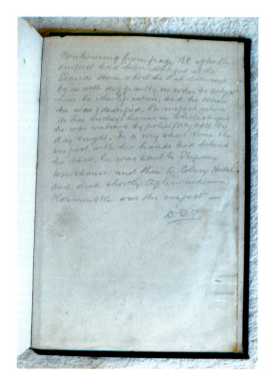

Marginália de Swanson, citando Aaron Kosminski como um suspeito.

Manicômio de Colney Hatch.

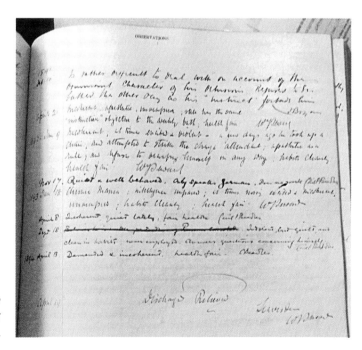

Observações do Manicômio de Colney Hatch sobre Kosminski.

Jari no laboratório.

Jari tirando amostras do xale manchado de sangue.

O xale estendido no laboratório para análise.

Russell e Jari olham as manchas do xale sob luz ultravioleta.

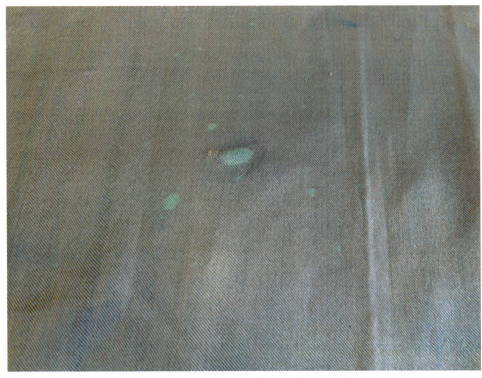

Detalhe de várias manchas sendo testadas.

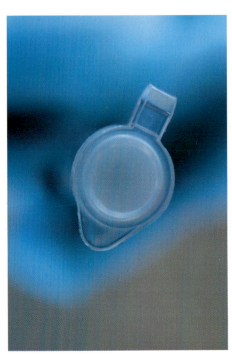

Frasco contendo uma célula capturada, pronta para ser testada.

Russell e Karen.

CAPÍTULO 8

ENCONTRANDO SANGUE HUMANO

Eu estava viajando pela M6, rumo a Gales do Norte, onde estava sediada minha companhia. Precisei dar um telefonema importante às 18h30, e então parei no posto de gasolina na estrada que circunda Birmingham, e fiz a chamada.

"Não podemos ter um resultado enquanto não testarmos algum descendente vivo de Catherine Eddowes", disse Ian Barnes, professor de Paleobiologia Molecular na Universidade de Londres. Eu havia entrado em contato com Ian logo depois que comecei a procurar um cientista que pudesse investigar o xale em busca de DNA. Era o verão de 2007, e eu tinha abordado Mark Thomas, professor de Genética Evolutiva no University College London. O professor Thomas era um especialista em DNA antigo e, em 1994, foi uma das primeiras pessoas a ler a sequência de DNA do mamute lanudo. Ele me indicou Ian Barnes, um de seus colegas e também especialista em DNA antigo.

Ian ficou entusiasmado com o projeto, e conversamos mais por telefone nos dias que se seguiram. Eu estava ansioso para descobrir se as manchas no xale eram de sangue humano.

No entanto foi o telefonema que dei daquele estacionamento de posto de gasolina que fez minha pesquisa avançar a outro patamar. Ian me disse então que só valia a pena extrair DNA do xale se houvesse algo para comparar com ele, e precisaríamos do DNA de um descendente direto da vítima. Apenas extrair DNA do xale seria um exercício inútil, e não provaria nada a menos que este pudesse ser ligado a Catherine Eddowes.

Assim, esse teria que ser meu próximo esforço. Não sou um pesquisador treinado, embora tenha ficado bem melhor ao longo dos anos, desde que comecei essa busca, mas logo fiquei sabendo sobre um livro que trazia as árvores genealógicas dos descendentes das vítimas do Estripador. Estava esgotado, e descobri que havia poucos lugares no país onde eu poderia consultá-lo. Um deles era a biblioteca da Universidade de Cambridge, que foi aonde decidi ir, pois à época estávamos morando em Newmarket. Entrei na sacrossanta biblioteca com um passe de um dia, tendo sido fotografado, recebido um crachá e informado que deveria fazer a lápis minhas anotações (para evitar vandalismo aos livros) e que não poderia fotocopiar mais do que 10% da obra. Pedi o livro, esperei cerca de 20 minutos até que chegasse e então comecei entusiasmado a traçar a família de Catherine.

Para minha grande decepção, a árvore genealógica terminava com Catherine Sarah Hall, descendente da filha de Catherine Eddowes, que morreu em Blackheath na década de 1950. Foi interessante ver que o nome Catherine havia continuado na família, mas no fim foi muito frustrante porque eu não havia avançado na descoberta de um descendente vivo. Então me perguntei se o autor do livro não teria deliberadamente interrompido a árvore genealógica antes da atual geração, talvez para proteger a família de atenção indesejada.

Consegui fazer contato com ele via *e-mail*, rastreando-o por meio de um *site* sobre Jack, o Estripador. Sua resposta a meu pedido de ajuda foi uma recusa terminante. A mensagem era clara: não perturbe.

Naquele momento, fiquei desapontado e aborrecido com a atitude, mas hoje posso entender que ele estava protegendo os membros da família. O interesse em qualquer descendente de uma vítima (ou de um suspeito) do caso do Estripador é muito grande, e o autor do livro havia gasto anos ganhando a confiança deles e tratando suas histórias com a máxima sensibilidade. Ele deve ter pensado que a última coisa de que precisava era algum recém-chegado à área se intrometendo e, quem sabe, comprometendo a relação. À época, porém, foi um golpe e tanto. Todas as minhas tentativas de encontrar um descendente vivo foram frustradas. Senti, como aconteceu em vários pontos dessa jornada, como se estivesse tentando correr morro acima com chinelos de dedo e a encosta ficasse mais íngreme o tempo todo.

Por algum tempo, tudo ficou em banho-maria, porque me concentrei por completo em assuntos familiares e problemas de negócios. Afastei da mente o xale, mas nunca me esqueci dele, e de tempos em tempos eu o tirava e olhava para ele, mas com certeza ele não era o centro da minha vida.

Eu estava tentando vender minha companhia de casas de repouso, e a venda foi longa e demorada e levou mais de seis meses, e era uma negociação complicada e que consumia tempo. O xale e o Estripador não estavam em primeiro plano em minha mente. Por fim, concluí o negócio na primavera de 2008, tive um lucro bom o suficiente para poder ficar longe dos negócios por algum tempo e decidir o que fazer a seguir.

Dois anos depois que Alexander nasceu, decidimos tentar ter outro bebê, porque não queríamos que ele fosse filho único. Havia sérios problemas ginecológicos, e de novo tivemos de usar a fertilização *in vitro*.

Ficamos empolgados quando soubemos que Sally tinha concebido gêmeos, no começo de 2008, mas de imediato fomos alertados que um deles tinha um defeito cardíaco e não sobreviveria. O outro era saudável, mas corria risco por causa da posição do irmão, e a equipe médica nos disse que havia apenas uma pequena chance de que sobrevivesse.

Vivemos com aquilo dia após dia: será hoje que vamos perder nosso bebê? Foi um período angustiante, insuportavelmente doloroso. Era a única coisa em que conseguíamos pensar. Chegou o dia em que Sally sentiu menos movimento e soube, bem em seu íntimo, que um dos bebês havia morrido. Foi o bebê saudável que morreu. Seu gêmeo não poderia sobreviver sem uma cirurgia de peito aberto imediatamente depois de nascer. Tivemos que tomar a terrível decisão de colocar nosso pobre bebê para dormir, e então Sally teve que passar pelo martírio de um parto induzido depois de carregar por quase uma semana nossos gêmeos mortos dentro de si.

À época, tínhamos nos mudado para nosso apartamento em Brighton Marina, e morávamos lá quando perdemos os gêmeos. Foi enquanto estávamos lá que aconteceu algo que reacendeu meu entusiasmo pela procura pelo Estripador. Em Brighton, matriculei-me em uma academia, sobretudo para me distrair da agonia constante da preocupação com os gêmeos. Ir à academia é uma coisa bem normal para fazer, mas ela me colocou de novo em minha procura pelo mais estranho dos motivos. Quando fiz a sessão inicial, em que o treinador de *fitness* avalia do que você é capaz, o jovem que era responsável pela sessão me perguntou: "Você tem algum *hobby*? O que você faz em seu tempo livre?".

Ele só estava mantendo uma conversa educada, da mesma forma que os cabeleireiros sempre perguntam se você tem alguma viagem planejada. Respondi com lugares-comuns como ir ao cinema e sair para comer fora. E então acrescentei: "E tenho um interesse meio estranho, meio *nerd*".

Não sei por que disse isso, porque por minha experiência eu sabia que as outras pessoas tendiam a achar meu interesse pelo Estripador um tanto macabro. Mas naturalmente ele queria saber o que era, e eu lhe contei.

"Ah, isso é muito interessante. Sou descendente de um dos suspeitos, Aaron Kosminski", ele disse.

Fiquei atordoado. Não apenas porque ele dizia ser descendente de um suspeito, mas do suspeito principal, aquele que Alan McCormack me havia dito com tanta certeza ser o Estripador. Teria o destino me enviado outra incrível conexão?

No fim, foi uma pista completamente falsa. Outro beco sem saída no qual me meti. Havia uma história na família do jovem sobre Kosminski ser ancestral deles, mas a pesquisa provou que isso era totalmente equivocado, confirmando minha suspeita inata sobre histórias de família, mesmo que eu estivesse seguindo meu instinto sobre o xale com base apenas em uma dessas histórias. Porém o jovem me contou aquilo de boa-fé e, embora eu tenha despendido muito tempo, sou grato por ele ter reavivado meu interesse no caso e também por ter me recordado que, além da conexão do xale com Catherine Eddowes, eu também tinha o ângulo Kosminski para investigar.

Graças ao treinador de *fitness*, comecei uma pesquisa substancial sobre a vida e a história de Aaron Kosminski. Por algum tempo, essa foi a vertente principal da minha pesquisa, e Catherine Eddowes ficou em segundo plano.

Logo depois que nós voltamos de Brighton para nossa casa em Hertfordshire, eu estava trabalhando em mapas do East End, tentando resolver em minha cabeça onde Kosminski havia vivido e qual a distância para os locais onde as vítimas tinham sido assassinadas. Era difícil encontrar mapas de como a área era por volta de 1880, mas descobri os mapas de Booth, "descritivos da pobreza londrina", uma série de mapas feitos entre 1886 e 1903 pelo filantropo e reformador social Charles Booth como parte de sua cruzada para influenciar políticas governamentais em favor dos pobres. Os mapas estão disponíveis *on-line* e se mostraram muito mais úteis para mim do que os mapas de ruas do Google.

Foi no Dia das Bruxas, 31 de outubro de 2008, que finalmente fui capaz de dar uma olhada no *layout* da área, e levei um choque com o que vi, ao perceber como Greenfield Street (hoje rebatizada de Greenfield Road), onde Kosminski morou, é próxima do local do terceiro crime. É menos de um minuto de caminhada do local até sua porta. Não pude dormir, peguei meu carro de madrugada e fui até o East End. Fiquei parado na esquina de Greenfield Road olhando para Berner Street, e me invadiu uma sensação de estar certo, de ter encontrado o Estripador, mesmo que não tivesse mais provas do que qualquer um teria para qualquer um dos outros suspeitos. Mas eu também tinha uma profunda convicção de que um dia, qualquer que fosse o preço, eu *teria* a prova.

Foi então que percorri pela primeira vez suas rotas através das ruas, cronometrando-as para ver como teria sido fácil para ele deslocar-se pela área e então se esconder de novo em casa.

No entanto, antes que pudesse avançar com minha pesquisa sobre Kosminski – ou qualquer outra pesquisa referente ao Estripador –, de novo fui tragado pela vida familiar. A boa notícia era que Sally tinha ficado grávida, e dessa vez foi uma gravidez normal, saudável, que resultou em nossa filha Annabel, que nasceu em junho de 2009. Também embarquei em uma série de empreendimentos de negócios, formando um portfólio de propriedades, e uma vez mais o xale e tudo que se referisse a Jack, o Estripador, ficaram em banho-maria.

Então, em abril de 2011, recebi um *e-mail* de Andy e Sue Parlour, que sempre assumiram a propriedade do xale por mim. Eles haviam sido procurados por uma companhia de TV para participarem de um documentário. O programa apresentaria o ex-detetive da Polícia Metropolitana e especialista forense Robin Napper conduzindo uma "caçada" a Jack, o Estripador. A companhia de TV disse que Napper iria concentrar-se no suspeito Frederick Deeming e que usaria técnicas forenses de ponta para ligar Deeming com os crimes de Whitechapel.

Como já disse, houve uma época em que Deeming foi minha primeira escolha como suspeito provável, e eu não era o único de quem ele era o favorito; por muitos anos, o Museu Negro, na Austrália, exibiu sua máscara mortuária como sendo de Jack, o Estripador. A despeito de afirmações de que Deeming estaria na África do Sul à época dos assassinatos, a pesquisa para o documentário mostrou que ele possivelmente estava em Hull, no norte da Inglaterra, a essa altura. Quando o crânio de Deeming foi localizado na Austrália, a possibilidade de obter DNA dele para uma nova investigação era claramente atraente para a televisão. Mas, como fiquei sabendo, eles precisavam de algo com que comparar o DNA, e isso significava alguma peça de evidência contemporânea de 1888. Para os produtores do programa, isso significava ou as supostas cartas do Estripador ou o xale. No fim, tentaram ambos.

Concordei com os Parlour que, embora eu tivesse recusado várias ofertas de companhias de televisão, esta valeria a pena. Eu sabia que estavam enganados quanto a Deeming, depois das informações que Alan McCormack havia me passado e de minha posterior pesquisa sobre Kosminski (sobre a qual mais tarde falarei mais), mas fiquei interessado ao saber que conseguiriam DNA de Deeming; era a abordagem científica sólida que eu achava necessária, e se conseguissem DNA do xale ao menos eu saberia se a mancha era sangue, e se ele era humano. Assim, concordei em cooperar com a produção do programa.

No documentário, Napper se encontrou com os Parlour, que lhe mostraram as partes emolduradas do xale, e Napper, em um diálogo encenado, pergunta onde está o resto, e eles lhe dizem que eu o tenho. Para a filmagem, eu levo Napper até um "local secreto", uma propriedade que eu estava construindo então, para que ele pudesse examinar o xale. Daí em diante, a coisa foi meio que um teatro. Napper olhou o xale, falou entusiasmado como ele se parecia com as "descrições publicadas" e então lançou a grande questão: "Você concordaria em examiná-lo com técnicas forenses?" – foi o que ele me perguntou.

Eu estava esperando a pergunta, mas tinha uma sincera preocupação quanto a qualquer dano ao xale por algum exame invasivo. A equipe de filmagem garantiu que não ocorreria nenhum dano e que eu poderia estar presente para assistir e expressar minhas preocupações, caso tivesse alguma. Assim, com meu consentimento, as análises foram conduzidas em maio de 2011 na Universidade John Moores de Liverpool (Liverpool John Moores University – LJMU) e foram filmadas para o programa.

No dia da filmagem, discutimos quais exames seriam conduzidos, e percebi que o trabalho ocorreria principalmente na superfície. Seriam colhidas amostras superficiais de uma das manchas e algumas amostras de uma das bordas do xale, que me explicaram que seria o ponto mais provável por onde o assassino o teria segurado.

Ficou claro que os exames não seriam invasivos e, embora eu ficasse aliviado porque o xale não seria danificado, até um leigo podia ver que eles também não iam conseguir nenhum resultado. Lembro-me de ter pensado: "Isso não vai dar em nada...". Os cientistas foram mostrados apontando áreas ideais para análise, basicamente as manchas que todo mundo vinha dizendo fazia anos que eram manchas de sangue, e então passaram a esfregar cotonetes nas manchas, em uma tentativa de obter material a partir do qual pudesse ser extraído DNA.

Descobri mais tarde que, com esse método, o mais provável era que conseguissem células da pele mortas, poeira ou a caspa de alguma outra pessoa – detritos superficiais e recentes, e dificilmente um exame definitivo de uma mancha de sangue com um século de idade, profunda e entranhada. Este método é o modo-padrão de obter amostras de têxteis para análises de DNA em casos recentes, mas é totalmente inadequado para um item tão antigo como aquele, com muitos anos de possível contaminação por todos os que manipularam o xale. Os cientistas não haviam visto o xale antes, e a produção lhes deu muito pouco tempo, e em cima da hora. Não foi surpresa alguma que os resultados não fossem conclusivos.

Curiosamente, depois de obterem amostras do verso de um selo que estava grudado ao envelope que antes contivera uma carta do Estripador, a análise mostrou que a pessoa que lambera o selo definitivamente não era Frederick Deeming, pois o DNA era de uma mulher. Parece que era comum, no século XIX, que a pessoa que mandava uma carta a levasse a uma agência de correio, onde um balconista colaria o selo, fazendo com que qualquer tentativa de obter o DNA do Estripador a partir da saliva no verso do selo fosse uma completa perda de tempo.

Os "exames" a que o xale foi submetido em maio de 2011 não foram melhores do que aqueles feitos no documentário anterior, de 2006, e nenhum resultado deles foi incluído no programa. Assim, uma vez mais tínhamos um documentário do Estripador com um alto custo de produção, montes de menções a "indícios sólidos", "reinvestigação do caso", "novo suspeito", mas nenhuma prova que de fato solucionasse alguma coisa. Fiquei desapontado porque estava ainda mais convencido de que a resposta para todo esse caso estava na ciência, a ciência que o xale poderia, acreditava eu, fornecer.

No entanto fazer o documentário foi um ponto fundamental nessa história, porque foi no *set* de filmagens que conheci um homem que se tornaria uma parte de importância vital em minha busca pelo Estripador, o homem cuja experiência científica, aliada a minha determinação de extrair do xale qualquer indício possível, possibilitou que agora possamos dar por encerrado o caso do Estripador.

Quando vi pela primeira vez o doutor Jari Louhelainen, meu pensamento inicial foi: "cientista". Ele tem a aparência do que é: é um homenzarrão, de óculos e cabelos despenteados, e com um pragmatismo escandinavo que o faz parecer com um professor distraído. Vim a conhecê-lo bem, e ele é muito mais do que isso; as qualidades dele são impressionantes. Ele é um ex-jogador de hóquei no gelo, um esquiador ávido, é casado com outra cientista, Riitta, e tem duas filhinhas. Ele saiu de sua Finlândia nativa em 1994, quando se mudou para a Suécia para terminar seu Ph.D. no internacionalmente renomado Karolinska Institute, uma das melhores universidades médicas do mundo (que também é uma das instituições que conferem os prêmios Nobel). Foi aí que Jari conheceu sua esposa e onde a primeira filha deles, Rebecca, nasceu, em 1997. Depois de ficar na Suécia por seis anos, ele se mudou para a Inglaterra em 2000.

Da parte de Jari, quando ele me viu pela primeira vez, me achou "ansioso e intenso". Essas são boas palavras para descrever como me sentia; eu queria ir em frente e decodificar a informação que eu tinha certeza que o xale continha. Desde aquele primeiro encontro nós nos tornamos aliados na busca, eu sendo a força motora enquanto Jari era, e ainda é, o especialista neutro, equilibrado, que nem sempre entendia minha necessidade de que tudo fosse feito da forma mais rápida possível.

Ele diz: "Quando conheci Russ, ele era muito diferente dos cientistas e policiais com os quais normalmente trabalho, que não têm interesse pessoal no que estão fazendo e às vezes são desapaixonados. Ele era tão entusiástico, eu não conseguia entender. A princípio, não o levei muito a sério".

Jari tinha ouvido falar de Jack, o Estripador; ele realmente é uma marca global. Na Finlândia, é conhecido como "Viiltaja Jack", que se traduz como Jack Estripador.

"Eu não conhecia muita coisa sobre o caso, ele nunca foi de grande interesse para mim", ele diz. "Quando me pediram para participar do programa, encarei apenas como mais um trabalho."

Jari é professor associado em Biologia Molecular na LJMU, bem como professor associado de Bioquímica na Universidade de Helsinki, e tem duas linhas principais de pesquisa: genética forense e genética médica e de mamíferos. Esta última inclui estudos genéticos de atletas de alto nível, em colaboração com o Departamento de Ciência dos Esportes da universidade.

Se lhe perguntam por que ele trabalha em dois campos tão diferentes, ele explica que os métodos usados em genética médica são muito parecidos com aqueles usados em ciências forenses, de modo que não é difícil levar adiante as duas disciplinas em paralelo. Também há vantagens óbvias, e ele trouxe para o trabalho forense vários métodos que são usados em genética médica: este é um campo bem financiado, com descobertas científicas de ponta, enquanto a ciência forense fica relegada. Em seu currículo no *site* da LJMU, sua experiência na área forense inclui "determinação da idade de amostras forenses", "aplicação do sequenciamento de nova geração em ciências forenses", "aplicação forense de imagiologia" e "identificação humana usando novos métodos genéticos".

Ele veio para a Inglaterra para uma vaga de pós-doutorado em genética do câncer, na Cancer Research UK, em Leeds, e sua esposa começou a trabalhar na Universidade de Leeds. Em 2002, nasceu Sophie, sua segunda filha, e eles se mudaram para Bradford, que era uma boa base para suas atividades ao ar livre e perto o suficiente de Leeds para ir e vir todo dia. Logo depois, Jari assumiu uma vaga na Universidade de Oxford, e daí foi para a Universidade John Moores de Liverpool, porque ir e vir de Oxford era difícil e demorado.

Jari passa quatro noites por semana em Liverpool e os fins de semana com a família em Bradford. Ele trabalha em casos forenses não solucionados para a Interpol, a Polícia do Oeste da Austrália e a Polícia de Merseyside, e é um dos supervisores de uma escavação da época romana, um sítio onde no passado ergueu-se a Abadia Cisterciense de Poulton. No local há centenas de esqueletos do período medieval, de modo que este é, para ele, um projeto de longa duração. O objetivo é estabelecer quem eram essas pessoas e de onde vieram. Ele também está envolvido em um projeto de pesquisa analisando os restos do *Mary Rose*, um navio de guerra do reinado de Henrique VIII. Ele foi recrutado para o programa de televisão quando Robert Napper perguntou a um contato dele quem seria a melhor pessoa, e a resposta foi: "Se existe alguém no mundo que pode fazer isso, é Jari".

Já naquele primeiro dia, em que nos encontramos para o programa de TV, percebi seu senso de humor seco. Houve um momento engraçado durante a filmagem, quando me pediram que eu lhe entregasse uma sacola onde supostamente estaria o xale; de fato, como o xale ainda estava cuidadosamente guardado entre as folhas de cartão, a sacola estava cheia de meias e cuecas minhas.

Jari manteve uma postura bem profissional durante os testes e as filmagens, mas eu podia sentir que, como eu, ele achava que o trabalho que lhe pediam para fazer em um dia era superficial e, cientificamente falando, uma perda de tempo. Mas, embora não tivesse especial interesse pela história de Jack, o Estripador, Jari estava fascinado com as possibilidades de um pedaço de pano tão antigo quanto o xale, que claramente continha alguma informação em suas manchas. Ele me disse, naquele mesmo dia, que deveríamos prosseguir, longe das câmeras.

Assim, alguns dias depois da filmagem, eu telefonei para Jari e perguntei sobre o preço de uma bateria de exames realmente a sério. Era caro demais. No calor do momento, eu disse que não; naquele caso, eu não queria realizá-los. Senti a sensação que tantas vezes senti nesta busca: tinha me chocado com uma parede de tijolos e não queria gastar mais um monte de dinheiro naquilo. Como tantas vezes antes, disse a mim mesmo: "Talvez não fosse mesmo para você fazer isso. Você tentou, não está funcionando, deixa pra lá". Eu estava desapontado e, como sempre, disse a mim mesmo para tocar adiante o resto da minha vida e deixar pra lá Jack, o Estripador.

Entretanto, na semana seguinte, Jari me ligou de volta dizendo que ele poderia fazer os exames para mim, de graça, em seu próprio ritmo, desde que pudesse escrever um artigo com as descobertas quando tudo terminasse. Aceitei com muita satisfação; o fato de ele querer fazer aquilo me fez sentir que, se um cientista do calibre de Jari estava a fim de fazer o trabalho, devia haver uma chance real de encontrarmos algo. De repente, com aquele único telefonema, meu entusiasmo retornou com força total.

Percebi que, para Jari, este era provavelmente apenas mais um projeto de pesquisa, mas concordamos que seria nosso projeto, sem interferências externas. Nossa parceria estava informalmente selada, e daí em diante Jari juntou-se a mim na perseguição ao Estripador, mesmo que, naquele ponto, ele talvez não captasse todas as implicações daquilo em que estávamos embarcando.

Encontrei Jari em seu laboratório na LJMU na manhã de 14 de junho de 2011, e ele me deu uma explicação completa do que iria fazer durante a análise primária. Isso incluía a retirada de um fio de uma das pontas do xale para tentar estabelecer uma data de quando ele teria sido confeccionado, bem como uma análise fotográfica especial com diferentes condições de iluminação, para estabelecer do que advinham as manchas no xale.

Deixei o xale com ele e, já que estava em Merseyside, fui passar o dia com minha mãe. Jari passou o dia examinando o xale com o uso de diversas fontes de luz forenses, fora do espectro da luz visível, e também usando equipamento fotográfico especial, inclusive uma câmera capaz de ver na região do infravermelho.

Jari levou o xale para uma sala especial, que tem um ambiente de vácuo estéril e livre de poeira, com um extrator para remover todos os contaminantes, e que também pode ser totalmente vedada para torná-la livre de qualquer contaminação luminosa indesejada. Marcas de sangue sobre padrões florais (como no xale), ou outros padrões complexos, em geral não podem ser detectadas em condições normais. Na câmara de vácuo, a caçada a manchas de sangue anteriormente não detectadas começou com um conjunto de diferentes filtros infravermelhos, com amplitude de 720-950 nanômetros (nm).

A visão humana normal está na região de 400-700 nm. Essa é a chamada "luz visível". O mesmo se aplica às fontes de luz que usamos: a maior parte da irradiação de lâmpadas normais ou outras fontes de luz situa-se na região da luz visível. Tirar uma foto com uma câmera normal (filme ou digital) resulta em uma foto que corresponde de perto ao que vemos com nossos próprios olhos. Câmeras digitais normais têm um filtro interno por cima do sensor de imagem que bloqueia a região do infravermelho (acima de 700 nm), e as lentes das câmeras em geral bloqueiam a maior parte da região da luz invisível, incluindo o ultravioleta (UV – menos de 350-400 nm), o que faz as fotos parecerem naturais o mais possível.

Na ciência forense, usar luz não visível para registrar algo que não é visto a olho nu é uma ferramenta bem útil. A luz infravermelha pode revelar uma escrita oculta, ou tintas e corantes que tenham sido obscurecidos por outras substâncias. Por exemplo, a análise de pinturas antigas pode encontrar sob a superfície visível pinceladas de esboços que foram apagadas. Esse tipo de fotografia usa uma câmera que é sensível ao infravermelho, mas que não captura a luz visível ou UV. Em outras palavras, a câmera registra a luz bem acima do comprimento de onda de 700 nm, e toda a luz visível é bloqueada.

Outro tipo de fotografia especial é a "fotografia de UV refletido", que usa uma fonte de luz UV com uma câmera bloqueada para UV.

Assim, a câmera na verdade não pode ver a luz UV de forma alguma, mas se essa luz faz alguma coisa emitir fluorescência no espectro visível (acima de 400 nm), esta é registrada pela câmera. Provavelmente todos nós estamos familiarizados com os efeitos visuais das luzes UV, em geral com finalidades teatrais ou de exibições, com uso em *shows* e casas noturnas. As camisas brancas emitem um brilho fluorescente sob essa luz porque elas contêm materiais ou compostos chamados "fósforos", que brilham em tais condições. A luz UV é usada em análises forenses porque muitas substâncias naturais, incluindo as do corpo humano, também contêm fósforos e brilham de maneiras diferentes. Por exemplo, manchas de sêmen emitem uma fluorescência viva e podem ser registradas usando este método. Este é chamado um exame presuntivo, um primeiro passo na identificação de substâncias, pois pode haver outras moléculas presentes (tanto naturais quanto artificiais) que também vão fluorescer.

Usando esse equipamento especial, o xale em si parecia liso, não estampado, e todo ele de um colorido bastante claro. A luz infravermelha também revelou uma marca antes não detectada, bem escura, delgada, quase retangular, no meio da mancha maior, a que estava no meio do xale. Esse padrão era claramente visível, com alto contraste, em ambas as faces do xale, mesmo que a mancha em si mal fosse visível a olho nu. Ela não correspondia à estampa visível no xale. Jari sugeriu que essa marca poderia ser sangue, mas, sendo retangular, era bastante incomum. Jari ainda não sabe o que é, mas ele imagina que o xale pode ter sido pressionado com um objeto rombudo, mas não entende por que ele deixou uma marca. Se fosse óleo ou piche, isso seria fácil de identificar.

Com o UV refletido, ele não conseguiu ver nada fluorescente no lado reverso do xale; no entanto, ao virá-lo, pôde ver um conjunto de manchas fluorescentes que muito possivelmente seriam sêmen. É sabido que a urina e a saliva fluorescem sob a luz ultravioleta, mas tendem a ter um tom alaranjado, enquanto a fluorescência do sêmen é em geral esverdeada. As manchas que Jari localizou tinham um brilho verde-claro. Indo mais na direção da outra ponta, um conjunto de manchas mais escuras podia ser visto. De novo, em uma típica análise forense, elas seriam candidatas a manchas de sangue.

Quando voltei ao laboratório, às 16h30, Jari me disse que, em sua opinião, o xale tinha manchas de sangue que eram "compatíveis com borrifos de sangue arterial causado por um corte". Ele disse que a distribuição das manchas era fundamental para sua descoberta desse "corte": sua experiência trabalhando com órgãos policiais e treinando investigadores policiais permitia-lhe reconhecer o padrão. As manchas brancas que, em minha ignorância, eu atribuíra ao processo de envelhecimento eram na verdade um borrifo de sangue. Ele explicou que o padrão é consistente com o sangue espirrado a média velocidade, vindo de um ângulo que mostra que o sangue não apenas gotejou sobre o xale. Borrifos como esses frequentemente estão associados a espancamentos ou facadas. Borrifos de alta velocidade poderiam ser causados por tiros, e de baixa velocidade, por sangue pingando no objeto. Não havia indícios de gotejamento sobre o xale, e Jari concluiu que o borrifo de sangue era "compatível com os detalhes do assassinato". Fiquei radiante ao ouvir isso.

Ele também disse que uma das outras manchas estava fluorescendo sob suas luzes de um modo que o fazia pensar que pudesse ser sêmen, embora ele, como um verdadeiro cientista, fosse muito cauteloso e não fosse taxativo.

Enquanto ouvia suas palavras, ditas à sua maneira desapaixonada, senti uma onda de entusiasmo e meu coração disparou. Claro, a presença de sangue não podia ser provada de forma definitiva usando apenas fotografias. Claro, podia ser sangue animal, podia não ser de 1888, havia todo tipo de possibilidade. E, claro, Jari teria de fazer mais exames antes que soubéssemos de qualquer coisa definitiva. Mas para mim, o leigo, aquilo parecia bem promissor.

Ele me levou à sala de vácuo para que eu visse por mim mesmo. Eu estava vestido da cabeça aos pés com um macacão de plástico e usando óculos de proteção, de modo que me sentia como se estivesse em uma cena de *Os Caça-Fantasmas*. Olhamos o xale a olho nu, em condições normais de iluminação, e então coloquei os óculos de proteção, o que fez a sala mergulhar na escuridão. Então Jari me mostrou como as manchas apareciam em diferentes iluminações: era esquisito e assustador. Havia uma mancha maior (cerca de 5-7 centímetros de diâmetro) no meio e manchas menores mais perto de uma das pontas do xale. Algumas outras manchas foram detectadas perto das pontas, e Jari me mostrou padrões estranhos que não eram visíveis a olho nu.

Indo de carro para casa pela autoestrada naquela noite, as palavras "borrifos de sangue compatíveis com cortes" passavam por minha cabeça. Eu sabia o que o Estripador tinha feito com o corpo de Catherine Eddowes; tudo parecia se encaixar. Eu tinha a impressão de que estávamos no rumo, que por fim as coisas estavam tomando a direção certa. Mas tinha que conter minha excitação. Não havia ninguém que pudesse entender meu entusiasmo. A única pessoa na viagem junto comigo era Jari, e ele era um cientista desapaixonado que àquela altura não entendia meu sentido de urgência.

Agora que tínhamos começado, eu estava ansioso para que mais exames fossem feitos, assim que possível, mas, como Jari estava trabalhando no xale junto a sua carga de trabalho normal, eu tinha de ser paciente – e, claro, eu entendia seus problemas, sobretudo quando uma de suas filhas teve problemas de saúde, e quando o carro dele foi atingido por outro motorista. Mas cada vez que o trabalho tinha de ser adiado, a frustração para mim era intensa. Cada atraso era uma tortura.

Foi no Ano-Novo, 20 de janeiro de 2012, que voltei a Liverpool com o xale novamente, desta vez viajando de trem, saindo de casa em Hertfordshire às 4h30 da manhã. Eu não me importava por levantar tão cedo; estava tão agitado que era difícil dormir. Entreguei o xale no laboratório às 9 horas e saí de novo para que Jari pudesse trabalhar com ele. Era um dia sombrio, chuvoso e frio, e eu não tinha nada a fazer a não ser perambular por Liverpool. Fui ao museu Tate Liverpool, à loja de departamentos John Lewis e a todas as demais grandes lojas, só para estar aquecido e fora da chuva. Mandei uma mensagem de texto para Jari depois de algumas horas:

"Você já está pronto?"

"Não, mais uma hora."

Foi assim a tarde toda.

Eram cinco da tarde quando finalmente fui chamado de volta ao laboratório, e a primeira coisa que vi, e que fez meu espírito flutuar, foi um grande sorriso no rosto de Jari.

"E aí, como foi?", perguntei.

"Veja isto", ele disse.

Ele me mostrou uma das manchas grandes no xale e disse que continha "indícios de partes do corpo rompidas" e então disse palavras bem encorajadoras. "Isso seria muito difícil de forjar."

Ele havia usado equipamentos diferentes, e o dia não foi um sucesso total. Os exames iniciais presuntivos para sangue mostraram-se inconclusivos, e a principal razão era que os corantes usados no xale inibiam qualquer resultado consistente. Ele obteve alguns suabes e testou-os com um método de reação enzimática (conhecido como método KM) que funciona bem com amostras frescas. É o primeiro estágio da análise, e Jari havia me explicado que encontrar um traço positivo para sangue seria muita sorte, por causa da idade das manchas, mas valeria a pena tentar o processo. Se Jari conseguisse detectar a presença de sangue, isso lhe daria algo para começar a trabalhar, e se algum material de DNA pudesse ser extraído, poderíamos passar para o próximo estágio. Se não, teríamos de usar outros métodos, mais complicados. Infelizmente esta técnica não funcionou para nós, mas nem tudo estava perdido: havia outras coisas que podíamos tentar (na verdade, as técnicas científicas avançam tão rápido que hoje já há disponível outro processo que provavelmente teria funcionado).

Eu havia lido sobre o significado das impressões "digitais" genéticas (ou DNA *fingerprints*) e, embora não entendesse tudo o que Jari dizia, eu sabia algo de ciência. O genoma é todo o material genético de um ser vivo e contém todo o conjunto de instruções hereditárias para construir, fazer funcionar e manter um organismo e passar a vida para a geração seguinte. O genoma de uma pessoa contém 46 cromossomos, herdados metade do pai e metade da mãe. O genoma é formado por genes que estão organizados nos cromossomos e codificam as características específicas do organismo; um pouco como uma boneca russa, com bonecas menores dentro de bonecas maiores, o genoma é dividido em cromossomos; os cromossomos por sua vez contêm genes, e os genes são constituídos de DNA. Cada cromossomo tem seus próprios genes específicos. Por exemplo, nosso cromossomo 13 tem várias centenas de genes, e um deles é o gene do câncer de mama BRCA2. Por outro lado, o cromossomo 15 tem um gene que afeta a cor dos nossos olhos.

Cada espécie da Terra tem seu próprio genoma característico: o genoma do cão, o genoma do trigo, o genoma de uma espécie de rã e assim por diante. Os genomas pertencem a espécies, mas também pertencem a indivíduos. Embora seja único para cada indivíduo, o genoma humano ainda assim é reconhecível como humano. As diferenças genômicas entre duas pessoas são muito menores do que as diferenças genômicas entre as pessoas e os parentes animais próximos, como chimpanzés, mas, a menos que você seja um gêmeo idêntico, seu genoma ainda assim é diferente daquele de todas as outras pessoas da Terra – de fato, é diferente do genoma de qualquer outra pessoa que já tenha vivido; no entanto, como você herda seus genes de cada um de seus pais, e assim de seus ancestrais, há muitos pontos em comum com eles, e o que você tem de exclusivo é a exata combinação deles. Nos exames modernos de paternidade e maternidade, elementos do DNA da criança podem ser comparados aos elementos do suposto genitor (em geral, do pai) para detectar se características de seu DNA estão presentes na amostra da criança.

Em casos forenses normais, é usado o DNA genômico, pois na maioria das circunstâncias o DNA está fresco e não teve tempo de fragmentar-se. Quando o DNA estudado é antigo e, portanto, fragmentado, com frequência a quantidade de DNA genômico disponível é tão pequena que não pode ser analisada com confiança. No entanto todas as células humanas têm ainda algo chamado DNA mitocondrial (mtDNA). O mtDNA está presente nas mitocôndrias, pequenas estruturas celulares que geram energia que a célula usa como alimento. Diferente do DNA genômico, que é herdado de *ambos* os pais, o mtDNA é transmitido de uma geração a outra unicamente pela linhagem feminina, por meio da célula-ovo da mãe, uma vez que as mitocôndrias do espermatozoide são destruídas durante a fertilização. Assim, o mtDNA de uma mulher será passado completamente intacto pela linhagem de descendentes diretas do sexo feminino, por muitas e muitas gerações.

Laboratórios forenses ocasionalmente usam comparações do mtDNA para identificar restos humanos e, sobretudo, para identificar restos de esqueletos mais antigos, e ele é tão consistente que tem sido empregado com restos animais antigos, muitas vezes de espécies extintas, para determinar relações evolutivas. Estatisticamente, o mtDNA não é tão poderoso quanto o DNA genômico, porque é apenas um pequeno filamento, mas ainda assim ele pode indicar uma alta probabilidade na identificação humana. A vantagem do mtDNA é que este é muito mais abundante do que o DNA genômico. Em cada célula humana, temos só uma cópia do DNA genômico, mas na mesma célula podemos ter *mil* cópias do mtDNA, o que significa que, mesmo que o DNA genômico tenha se degradado, ainda deve haver suficiente mtDNA que pode ser analisado.

Jari explicou que exames adicionais nas supostas manchas de sangue exigiam um método diferente e mais efetivo de extração de DNA do que a coleta com suabe, para garantir que o material de DNA original pudesse ser puxado das profundezas das manchas. Ele usou uma técnica que ele próprio desenvolveu e que chamou de "aspirador de pó" – esse não é um termo científico, mas uma expressão que me ajudou a entender o processo. O método de Jari usa uma pipeta estéril modificada, cheia com um líquido "tampão" que é injetado no material para o exame. O "tampão" dissolve o material preso à trama do tecido sem danificar qualquer célula, e a pipeta o suga rapidamente. O processo de injeção e sucção ocorre em um piscar de olhos. Em um item como o xale, ele seria muito mais adequado do que a raspagem com o suabe, que recolhe todos os contaminantes de superfície, como poeira ou, pior, células epiteliais mortas de várias origens – pense só por quantas mãos o xale passou ao longo dos anos.

Esse método de aspiração garantia que as amostras coletadas não teriam apenas contaminação superficial, mas sugaria material como células secas e resíduos biológicos de células presas no tecido do xale por um tempo considerável. No fim, Jari conseguiu confirmar que as manchas do xale continham material genético humano, pois elas deram resultados positivos para DNA humano, tanto genômico quanto mitocondrial.

Jari também descobriu, durante as análises com diferentes luzes, que a mancha grande no meio do xale, a que tem outra mancha alongada no centro, mostrava indícios de diferentes fluidos corporais, graças à forma como fluorescia. O resultado lhe sugeria claramente que havia resíduos – como fezes e fluido intestinal – de partes do corpo rompidas, e era por isso que ele sorria tanto quando voltei ao laboratório. Nesse estágio, era impossível deduzir de que partes específicas do corpo os fluidos eram, porque não havia como diferenciar o DNA do fígado de, digamos, tecido pulmonar. O tipo de tecido pode ser determinado usando o assim chamado "perfil de expressão gênica", mas, dada a idade das amostras resultantes do xale, Jari avaliou que não seria possível usar essa técnica, pois seria necessário RNA (ácido ribonucleico), e é sabido que o RNA degrada-se ainda mais depressa que o DNA.

Os traços de partes corporais rompidas recordavam de forma muito clara o que Jack, o Estripador, fizera para mutilar o corpo de Catherine. O que também era interessante era que a mancha que indicava diferentes fluidos parecia estar replicada na outra ponta do xale, sugerindo que o xale estivesse dobrado ao redor do objeto que deixou as marcas. Era um material incrível, e eu estava particularmente exultante pelas palavras "Isto seria muito difícil de forjar". Até o sangue-frio de Jari foi, por um momento, superado.

Um grande progresso havia sido feito. Para resumir, tínhamos agora confirmado que havia sangue humano no xale, possivelmente sêmen e, o mais emocionante, indícios de partes do corpo rompidas. Lembre-se, Catherine Eddowes tivera o útero e o rim esquerdos removidos. Senti que estávamos perto de estabelecer uma ligação científica, adequada, entre os eventos na Mitre Square e aquilo que aparecia no xale, que à época de seu resgate talvez estivesse em um estado deplorável. Ainda havia muito a ser feito, claro, mas as coisas pareciam estar indo na direção certa.

CAPÍTULO 9

ENCONTRANDO DNA

Enquanto eu aguardava que Jari fizesse mais exames, dei início a outra vertente da pesquisa: decidi saber mais sobre o xale em si. Afinal, não adiantava descobrir que havia sangue e sêmen humanos nele se no fim ele não fosse antigo o suficiente para ser da época de Jack, o Estripador. Eu tinha certeza de que era ao menos dessa época, mas precisava provar isso.

Não muito tempo depois de começar a pesquisa, fiz outra tremenda descoberta, um salto adiante que eu não tinha esperado.

Considerando o local onde o xale tinha sido encontrado, parecia lógico supor que tivesse sido feito em Spitalfields, que era um conhecido centro de produção de seda por volta do século XVIII, quando os tecedores de seda huguenotes colonizaram a área e construíram os belos casarões que agora foram preservados. Do final do século XVII em diante, os campos abertos da área ao leste da City of London forneciam condições perfeitas para o cultivo de amoreiras (para os bichos-da-seda) e para a instalação dos varais (onde o tecido era seco e estendido), e a tecelagem de seda era a principal atividade no que hoje é o East End. As casas dos huguenotes podem ser identificadas pelas longas janelas nos sótãos, cuja finalidade era captar o máximo de luz possível para o delicado processo de tecelagem. Ao longo dos séculos XVII e XVIII, a seda de Spitalfields foi muito apreciada graças à habilidade dos artesãos, e a área tornou-se uma vizinhança muito próspera.

A combinação da Revolução Industrial, quando novas tecnologias mecanizadas de tecelagem substituíram os teares tradicionais, com as mudanças nas leis referentes à importação de sedas estrangeiras assinalou o final dos dias de glória da seda de Spitalfields. Os huguenotes aos poucos se mudaram da área para os subúrbios e os condados vizinhos a Londres, e o distrito aos poucos mergulhou em um acentuado declínio, até que, como vimos, na década de 1880, era conhecido pela pobreza, pelo crime e pelos vícios. Os tecelões que restaram viviam em um ambiente bem menos saudável que seus antecessores e, por fim, a tradição do East End deu lugar a um comércio têxtil mais generalizado. Esse ramo de atividade acabou sendo adotado pelos imigrantes judeus do leste europeu e, mais tarde, pelos imigrantes de Bangladesh.

Até para meu olhar leigo o xale parecia ser feito com tecido de alta qualidade, e achei que era um resquício dos dias de glória da produção de seda. A essa altura da minha busca pelo Estripador, eu havia me tornado um pesquisador tenaz e experiente, e assim lancei-me em minha própria rota da seda. Durante toda uma tarde, enviei uma saraivada de *e-mails* que, com os resultados que chegaram nas semanas seguintes, mudaram completamente meu rumo.

O primeiro contato foi com a Biblioteca Huguenote, em Londres, que me indicou diversas publicações relacionadas a tais sedas e livros de estampas onde eu talvez encontrasse algo parecido com a estampa do xale. Buscando pela Internet, descobri que as estampas da seda de Spitalfields eram bem características, apresentando um padrão floral mais "aberto", que contrastava com a densa profusão de ásteres do xale. Não encontrei nada que mesmo de longe lembrasse meu xale.

Entrei em contato com o departamento de têxteis do Victoria and Albert Museum, mas, mesmo tendo sido passado de um especialista a outro, depois de algumas semanas acabei sem nenhuma informação definitiva da parte deles.

Recebi alguma informação da Christie's e da Sotheby's, as grandes casas de leilão, quando lhes mandei fotografias do xale. A diretora do Departamento de Têxteis da Christie's informou-me que ele deveria ser aproximadamente do período entre 1800 e 1820, e disse que, embora não fosse um padrão típico, poderia ter vindo de Spitalfields ou de Macclesfield, outro centro produtor de seda. E acrescentou que "poderia igualmente ser continental". O especialista da Sotheby's sugeriu que o xale pudesse ser do final do século XIX, e possivelmente francês. Eles fizeram suas considerações sem ter o xale em mãos e sem poder examiná-lo, e assim eu não esperava que pudessem me fornecer nada além disso.

Mas nesse meio-tempo encontrei um tesouro. Descobri um *site* dedicado a têxteis antigos ingleses e franceses, mantido por uma senhora chamada Diane Thalmann, renomada especialista em xales, que mora na Suíça. Eu lhe enviei fotos do xale, e ela disse: "Tenho quase certeza de que esse xale é do início do século XIX. No entanto ele não me é familiar e não é inglês. Estou certa de que sabe que ele não tem valor por ter sido recortado. É uma lástima! Ele seria adequado apenas para uso como documentação ou para uso em artesanato. A qualidade da seda, até onde posso ver, é típica da seda do período de 1810 a 1830, porém mais do que isso não posso dizer".

Foi a frase "não é inglês" que me inspirou a fazer um grande salto mental, sobretudo pelo respaldo da especialista da Christie's, que disse que o xale poderia ter origem continental. Aquilo estava na minha cara desde que encontrei a relação entre os três últimos assassinatos e as datas de Michaelmas. E se o xale não pertencesse a Catherine Eddowes, afinal de contas? E se tivesse sido deixado na cena do crime pelo próprio Estripador?

De repente, tudo fez bastante sentido. Catherine era muito pobre; no dia anterior a sua morte, ela e seu parceiro John tinham penhorado um par de botas dele, sem dúvida, bem surradas, para ter dinheiro suficiente para comprar um pouco de comida. Com certeza, se ela tivesse um xale de seda caro, não o teriam penhorado, por muito mais dinheiro? E onde teria ela, com seu histórico de pobreza e privação, conseguido um xale tão caro?

Também percebi que, para terem real significado, os ásteres teriam de estar conectados com o Estripador. Talvez ele tivesse deixado o xale no local do crime como uma pista obscura para a polícia sobre quando atacaria de novo. Talvez ele tivesse planejado levá-lo embora e o estivesse usando, em seu estado mental perturbado, por conta do simbolismo dos ásteres, ou das *Michaelmas daisies*. Qualquer que fosse o motivo pelo qual ele o largou no local, de repente pareceu muito óbvio que aquilo não tinha nada a ver com Catherine, e tudo a ver com ele. Ele havia levado o xale consigo na noite de 29 de setembro, com a intenção de matar, e assinalou que mataria de novo, na data de Michaelmas que (se fosse Aaron Kosminski, como eu acreditava piamente) fazia parte de sua própria história e da cultura de sua terra natal, não esse novo Michaelmas que ele precisara aprender na Inglaterra.

A família de Kosminski com certeza não era abastada, mas eles tampouco eram miseráveis como era Catherine. E, durante a fuga da Polônia, o xale poderia muito bem ter sido trazido entre os pertences.

Fiquei atordoado com aquela ideia, mas ainda havia muito trabalho a ser feito. Respondi o *e-mail* de Diane de imediato.

"Uma última coisa, o xale poderia ser originário da Polônia ou da Rússia?"

Eu sabia, pela pesquisa que tinha feito sobre Aaron Kosminski (à qual chegaremos, em seu devido momento), que ele vivera na Polônia quando ela estava sob o domínio russo (daí a necessidade de que os judeus fugissem) e também possivelmente na Alemanha – sabemos que alguns de seus familiares se mudaram para esses países, e não está claro com quais de seus irmãos ele havia vivido naquela época de sua vida.

A resposta imediata dela foi: "Sinceramente, não sei dizer, mas é possível. Em geral não tenho dificuldade em identificar xales da Europa Ocidental, mas este está sendo um mistério para mim – sim, poderia ser de algum desses lugares. A Rússia tinha uma tradição de alta moda, sobretudo no início do século XIX".

Procurei na Internet. Um dos maiores fabricantes de têxteis na Europa Oriental, durante o século XIX, estava sediado em Pavlovsky Posad, a 68 quilômetros de Moscou, informação que obtive bem depressa. A cidade de Pavlovsky Posad foi fundada em 1845, no local onde se situavam várias vilas, a saber Pavlovo, Dubrovo, Zaharovo e Melenki. Desde o início, a indústria têxtil foi sua principal atividade, sobretudo porque a vila original de Pavlovo tinha a fábrica Pavlovo Posad, que produzia xales e lenços. Havia sido fundada em 1795 por Ivan Labsin, um fazendeiro que abriu uma pequena oficina para produzir xales de seda. Embora a demanda por xales de seda tenha se reduzido ao longo das décadas, esta fábrica ainda funciona, produzindo, sobretudo, xales, cachecóis e lenços de lã, e as mulheres russas ortodoxas usam os xales de flores coloridas para cobrir a cabeça na igreja.

Estampas de margaridas eram um dos motivos florais favoritos na produção de xales e echarpes em Pavlovsky Posad. A escolha de margaridas não era de surpreender, pois a religião dominante naquela área era a Igreja Ortodoxa Oriental, que celebra Michaelmas como uma festa importante. Embora não fosse de forma alguma o único fabricante possível do xale, Pavlovsky Posad era um bom exemplo da tradição de produção de seda na Europa Oriental, e meu instinto assumiu o controle de novo, dizendo-me que eu tinha encontrado o local onde o xale havia sido feito. Eu agora estava totalmente convencido de que andava a toda a velocidade no rumo certo.

Eu estava muito agitado, e de novo a única pessoa com quem podia compartilhar minha descoberta era Jari. Mandei-lhe uma mensagem na mesma hora, com um *link* para o *site*:

> Acabo de fazer uma grande descoberta. Estou até tremendo. Isto fica só entre nós. Entrei em contato outra vez com a especialista que disse que o xale não é inglês e perguntei se poderia ser russo ou polonês. Ela confirmou que pode bem ser. Não tem nada a ver com os huguenotes. Pavlovsky Posad fabricava xales desde o começo do século XIX e os ásteres vêm da ortodoxia oriental profundamente religiosa. Ele trouxe o xale com ele da Polônia, e agora temos uma pista até ele.
> Preciso de uma cerveja!!!

Jari, como sempre, respondeu de modo encorajador: "Definitivamente o mesmo estilo, e o material parece semelhante". Ele salientou, no típico estilo Jari, que esta nova informação não iria influenciar a ele ou a seu trabalho. Ótimo, mas eu estava desesperado para avançar ainda mais. Àquela altura, eu estava imerso no caso do Estripador fazia doze anos, e minha impressão era a de estar em uma praia de seixos, virando cada seixo para encontrar alguma coisa. A cada tanto, virava o seixo certo e o caso seguia em frente.

Agora, a grande questão com a qual nos defrontávamos era: sabíamos que as manchas no xale pareciam conter DNA humano, mais provavelmente originário de sangue e outros fluidos corporais humanos, incluindo sêmen. Também sabíamos que o xale quase certamente era anterior a 1888, o ano do Estripador. Mas poderíamos ligar a peça de forma cabal com o assassinato na Mitre Square? Para descobrir se o DNA recuperado do xale era de fato o de Catherine Eddowes, eu teria que encontrar um descendente vivo que estivesse disposto a nos fornecer uma amostra de DNA para comparação. Porém minha pesquisa anterior sobre a árvore genealógica da família Eddowes não dera resultado algum.

E então a sorte entrou em cena uma vez mais. Embora eu tenha entrado em muitos becos sem saída, e a maioria dos avanços nesta busca tenha sido resultado de pesquisa tenaz e exaustiva, sei também que, de tempos em tempos, tenho muita sorte. Esta foi uma das ocasiões.

Em fins de 2011, o canal de TV digital Yesterday havia exibido um programa chamado *Find My Past*.[1] Cada episódio buscava revelar como três pessoas estavam relacionadas a personagens de algum evento histórico significativo, por meio de pesquisas nos registros de www.findmypast.co.uk. Em geral, o programa abordava um tema específico por episódio, como os ataques dos "Dam Busters",[2] a Conspiração da Pólvora,[3] o *Titanic* e o motim do *Bounty*.[4] Com frequência, os personagens desses eventos tiveram alguma interação entre si; um programa sobre Dunquerque,[5] por exemplo, cobriu a história de como um

---

[1] Em inglês, "Encontre meu Passado". [N.T.]

[2] Episódio da Segunda Guerra Mundial em que a força aérea inglesa bombardeou hidrelétricas alemãs, resultando na morte por afogamento de 1.600 civis alemães e na destruição de fábricas e minas. [N.T.]

[3] Tentativa mal-sucedida de assassinato do rei Jaime I da Inglaterra e VI da Escócia, por um grupo de católicos ingleses, em 1605. Entre os conspiradores estava Guy Fawkes, popularizado pelos quadrinhos e pelo filme . [N.T.]

[4] Motim ocorrido a bordo do navio, em 1789, perto do Taiti, no Oceano Pacífico. [N.T.]

[5] Episódio da Segunda Guerra Mundial, ocorrido em 1940, em que as forças aliadas tiveram de ser evacuadas de Dunquerque, na França, ante o avanço das tropas alemãs. [N.T.]

soldado salvou a vida de outro, e os descendentes deles foram apresentados um ao outro.

No sexto episódio da primeira temporada, que foi ao ar inicialmente em novembro de 2011, o tema foi Jack, o Estripador. Foram apresentados três descendentes de pessoas diretamente ligadas ao caso: Oliver Boot, bisneto do jornalista Henry Massingham, editor adjunto do jornal radical *Star*, que criou tantas histórias sensacionalistas em 1888; Dan Neilson, cujo antepassado George Hutt foi o policial em serviço na delegacia de Bishopsgate quando Catherine Eddowes foi apreendida por estar bêbada e incapacitada, na noite antes de sua morte; e finalmente Karen Miller, tataraneta da própria Catherine Eddowes.

Perdi o programa quando passou pela primeira vez, mas eu o vi *on-line* em abril de 2012, depois de ouvir falar dele em um *site* sobre o Estripador.

A única filha de Catherine Eddowes, Catherine "Annie" Conway, casou-se com Louis Phillips em Southwark, em 1885, e juntos tiveram sete filhos. A filha mais velha, Ellen (nascida em 1889), casou-se com Joseph Wells, em 1912, e tiveram seis filhos, entre eles Catherine Annie Wells, que se casou com Albert J. Foskett, em 1943. Por sua vez, a filha deles, Margaret Rose, casou-se com Eric Miller, em 1965, e tiveram Karen Elizabeth em 1971. Agora eu tinha minha descendente *direta* viva de Catherine Eddowes.

Eu não podia acreditar no que estava vendo. Uma descendente de Catherine era, naquele momento, meu Santo Graal. E ali estava ela, no monitor, falando abertamente sobre o incidente trágico do passado de sua família. Seguindo as pistas do programa e fazendo algum trabalho de detetive por conta própria, descobri onde Karen trabalhava e consegui seus contatos.

A ideia de ligar para uma descendente direta de Catherine Eddowes, para contar-lhe sobre o sangue no xale *e* solicitar amostras de DNA, era bem audaciosa. No começo, achei que alguma outra pessoa deveria fazer isso, que eu deveria encontrar alguém que talvez tivesse mais cerimônia ou que fosse mais respeitado do que eu em pesquisa histórica e que pudesse colocar mais autoridade no pedido. Minha insegurança vinha principalmente da resposta abrupta que recebera do pesquisador que tinha contato com as famílias das vítimas. Eu não queria afugentá-la e ver outra porta se fechar na minha cara. No fim, decidi fazer isso eu mesmo, disciplinando-me para ser o mais cuidadoso possível.

Eu sabia que o telefonema para Karen Miller poderia ter tanto um quanto outro resultado – aceitação e cooperação, ou a conversa sendo interrompida pelo som do fone batendo no gancho. Pelo lado positivo, eu tinha visto alguns documentários sobre o Estripador, feitos com a cooperação das famílias de outras vítimas, e elas pareciam aceitar suas linhagens genealógicas. Um dos programas mostrava um especialista no Estripador conduzindo uma descendente direta de Mary Ann Nichols pelo East End, e até lhe mostrando o local onde a antepassada dela havia encontrado a morte e dado a partida para a história. Depois do choque inicial de descobrir que descendiam de uma vítima do Estripador, parece que esses descendentes apreciavam que a memória de suas antepassadas fosse mantida viva, pois, apesar do terrível fim que tais mulheres tiveram, tratava-se de história em um contexto mais amplo, além de ser a história pessoal de sua própria família.

Ainda assim, a despeito desse encorajamento, eu sabia que a abordagem devia ser feita de forma correta e sem sensacionalismo. Em maio de 2012, respirei fundo e telefonei para Karen. Deixei bem claro, logo no início, que eu era um homem casado e com filhos; não queria que ela achasse que eu era um *stalker* ou um recluso que vivia em um sótão de paredes recobertas com fotos do Estripador e objetos relacionados.

Eu não precisava ter me preocupado; Karen é uma pessoa adorável e foi muito receptiva ao que eu tinha a dizer. Ela também via a importância de ligar diretamente o xale a sua tataravó. Disse que ficaria muito satisfeita em fornecer-me uma amostra de seu DNA, por meio de suabes, do interior da boca.

Em casos policiais, o uso de DNA como prova se tornou cada vez mais comum, e lemos sobre isso o tempo todo em casos judiciais. Quando indícios de DNA são encontrados em um local de crime, amostras de referência são solicitadas às pessoas envolvidas, para fins de comparação. A forma preferida de amostragem de referência é uma raspagem bucal com suabe. Células bucais são encontradas por dentro da boca, revestindo as bochechas, e é fácil coletá-las; o equipamento de coleta é simples de usar, barato e, o mais importante, as células bucais são uma fonte confiável de DNA, por isso são frequentemente usadas.

Escrevi uma carta de confirmação a Karen, para selar o acordo de verdade, e então enviei-lhe os suabes de coleta, limpos e estéreis, nos recipientes apropriados para armazená-los, com um envelope já endereçado e selado, para que ela os remetesse de volta a mim. E então nada aconteceu. Eu checava a caixa de correios ansiosamente todos os dias, e nada vinha. Eu estava muito preocupado, convencendo a mim mesmo de que ela havia pensado melhor, que tinha falado com alguém que a persuadira a não me ajudar. Eu estava com os nervos à flor da pele. Por sorte, minha esposa, Sally, via as coisas por um ângulo muito mais sensato e me disse para não bombardear Karen com telefonemas, mensagens de texto e *e-mails* até que ao menos duas semanas tivessem passado. Foi difícil, para mim, ser paciente; essa era uma prova vital e estava acenando para mim logo ali, mas fora de alcance.

Mas Sally tinha razão. Depois das duas semanas recomendadas, durante as quais eu me mantive ocupado e tentei não pensar no assunto, mandei uma mensagem de texto a Karen, perguntando: "Está tudo bem?". E então veio a resposta; parece que meus recipientes com os suabes haviam chegado pouco antes de ela sair de férias por quinze dias. Esse foi um saudável lembrete de que a vida normal continuava independentemente de meu projeto e que eu não podia exigir que outros compartilhassem da minha ansiedade.

Não tardou muito e logo duas amostras lacradas do DNA de Karen, colhidas em sua boca, estavam em meu *freezer*, protegidas de qualquer contaminação ou de degradação, prontas para serem trabalhadas. Eu as entreguei a Jari e só fiquei feliz quando soube que estavam a salvo no *freezer* dele. Eu sabia que, se o DNA de Karen tivesse correspondência com o de Catherine Eddowes, poderíamos provar, de uma vez por todas, que aquele pedaço velho de pano manchado era o único artefato genuíno e verificável que poderia levar o caso do Estripador a algum lugar. Mas qualquer avanço nessa linha da investigação teria de esperar até que Jari estivesse disponível.

Nesse meio-tempo, Jari voltou as atenções para a obtenção de indícios a partir das manchas de brilho fluorescente verde que sugeriam a presença de sêmen, embora como sempre Jari fosse cauteloso e observasse que havia outras possibilidades. A pior perspectiva seria que a mancha fosse de sabão em pó, mas àquela altura estávamos ambos convencidos de que o xale nunca havia sido lavado.

Falando de sorte, esse deve ser um dos maiores golpes de sorte que eu – e qualquer interessado em solucionar o caso do Estripador – poderia ter. Depois de passar por tantas mãos, e depois de saber que a dona original, Jane Simpson, odiava-o por causa das manchas de sangue, era absolutamente incrível que ninguém, na longa história do xale, tivesse tentado limpá-lo por meio de uma boa lavada. Se tivessem feito isso, todos os indícios vitais teriam sido perdidos.

Eu sabia que a presença de líquidos corporais masculinos em um item que podia ter ligação com um assassinato trazia grande probabilidade de que o DNA do assassino estivesse nele. Há casos de assassinatos, em particular cometidos por *serial killers*, em que o assassino obtém prazer sexual do ato de matar ou mutilar e de imediato ejacula no corpo da vítima ou na roupa dela. Um caso que eu já conhecia fazia algum tempo era o de Peter Kürten, o "Vampiro de Düsseldorf", que matou homens, mulheres e crianças em uma série de crimes com motivação sexual, em 1929. Kürten obtinha prazer sexual durante seus crimes, e o número de vezes que esfaqueava as vítimas dependia de quanto tardava em atingir o orgasmo. A visão do sangue era parte integral de seu prazer, e uma história famosa sobre Kürten era que ele desejava ouvir seu próprio sangue jorrando dentro de um saco logo depois de sua decapitação. Dennis Rader (o "Assassino BTK" – iniciais de *Bind, Torture, Kill*, em inglês, "Amarrar, Torturar, Matar"), Andrei Chikatilo (o "Açougueiro de Rostov") e Peter Sutcliffe (o "Estripador de Yorkshire") são outros notórios assassinos em série cujos atos horríveis culminavam em ejaculação. O sêmen e o DNA nele contido têm sido usados para garantir a condenação de criminosos e também, em outros casos, para inocentar acusados. Um bom exemplo disso foi um dos primeiros usos forenses de comparação de DNA na Inglaterra, na década de 1980, um caso que se tornou conhecido como os assassinatos Enderby.

Em novembro de 1983, uma estudante de 15 anos, Lynda Mann, foi encontrada morta numa trilha ao longo de um rio em Narborough, Leicestershire, depois de ter sido estuprada e estrangulada. A única pista era uma amostra de sêmen obtida no corpo de Lynda, a partir da qual os cientistas forenses deduziram que o grupo sanguíneo de seu dono (e muito provavelmente o assassino) era Tipo A, mas, na ausência de qualquer outro indício, o caso ficou sem solução. Quase três anos depois, outra jovem, Dawn Ashworth, foi encontrada estuprada e morta em outra trilha em Enderby, a apenas 1,5 quilômetro de onde Lynda havia morrido. De novo havia vestígios de sêmen, que foram analisados e que revelaram o mesmo grupo sanguíneo que havia sido encontrado na vítima anterior. Isso tornava altamente provável que o mesmo homem tivesse estuprado e assassinado as duas garotas.

Depois de uma intensa investigação, um homem chamado Richard Buckland foi preso e confessou o segundo assassinato, mas negou com veemência qualquer envolvimento com o primeiro. Os investigadores resolveram tentar uma técnica nova e ainda não testada: a "impressão digital genética" por meio da análise de DNA. Tais exames já tinham sido usados em processos de paternidade, para determinar a real identidade do pai de uma criança, mas nunca tinham sido usados em um caso policial. Imaginava-se que essa "impressão genética" resolveria o caso, bem como confirmaria a viabilidade da técnica, de modo que uma amostra do sangue de Buckland foi tirada para análise. Para surpresa de todos, não houve correspondência de seu DNA com aqueles tirados do sêmen encontrado nos corpos das duas garotas, e Buckland tornou-se a primeira pessoa na história policial a ter sua *inocência provada* com base em um exame de DNA.

Com a busca pelo assassino agora reiniciada, foi solicitado a todos os homens da área vizinha àquela onde os corpos tinham sido achados que se submetessem voluntariamente a um exame de DNA. Mais de 5 mil homens concordaram em fazê-lo, mas o objetivo era, na verdade, encontrar qualquer homem que não estivesse disposto a fazer o exame, por ter algo a esconder. Colin Pitchfork, que tinha condenações anteriores por atentado ao pudor e que já estava sendo investigado pela polícia, quis evitar ser descoberto e convenceu um amigo a fazer o exame em seu lugar, dando-lhe uma identidade falsificada e um pagamento em dinheiro de 200 libras por todo o incômodo. Porém, quando o tolo amigo se gabou em público de ter feito isso, foi ouvido por uma mulher que de imediato entrou em contato com a polícia. Com a atenção agora sobre si, Colin Pitchfork confessou e sua impressão genética revelou-se idêntica à encontrada no sêmen dos locais dos crimes.

Em setembro de 1987, ele se tornou a primeira pessoa a ser *condenada* por homicídio com base na "impressão digital genética".

Desde então, o uso do DNA em técnicas forenses tornou-se uma ferramenta-padrão de identificação, e esse campo avançou de maneira extraordinária. Naturalmente, era por essa via que devíamos avançar para estabelecer a conexão do xale tanto com a vítima quanto com o assassino.

No outono de 2012, levei o xale de novo para Jari. Eram as férias do meio do ano letivo dos meus filhos, e estávamos com a família de Sally em Gales do Norte. Fui de carro até Liverpool com o xale e o deixei com Jari, e voltei para me encontrar com as crianças na piscina em Prestatyn. Mais tarde, naquele mesmo dia, voltei ao laboratório de Jari, levando comigo meu sogro, para pegar o xale. Não tinha nada que Jari pudesse me contar ali na hora, exceto que havia tirado as amostras de que necessitava.

Ele usara o mesmo método pelo qual extraíra amostras de sangue do xale. O material das possíveis manchas de sêmen foi extraído de locais relevantes e colocado em três frascos separados. Como procedimento de rotina, estes foram colocados em um *freezer* especial a 80°C negativos, para preservação máxima. A probabilidade de o esperma ter sobrevivido tanto tempo era extremamente baixa, e os métodos forenses padronizados para detecção de esperma tendiam a não funcionar com amostras tão antigas quanto as que tínhamos. Quando o espermatozoide ejaculado envelhece, as caudas são perdidas primeiro, de modo que a hipótese que Jari me apresentou era a seguinte: se o esperma tivesse secado rapidamente, e as células tivessem ficado presas dentro do tecido, poderíamos ter sorte e encontrar ao menos algumas cabeças de espermatozoide que tivessem escapado de degradação natural.

Uma vez mais, tivemos um golpe de sorte. Jari tinha ido jantar com um colega e velho amigo da Universidade de Leeds, David Miller.

David era professor de Andrologia Molecular no Grupo de Reprodução e Desenvolvimento Inicial, no Instituto de Genética, Saúde e Terapêutica da Universidade de Leeds. Um nome pomposo, mas a importância para nós é que David é, nas palavras de Jari, "especialista mundial em análise de cabeças de espermatozoides", um dos poucos na Grã-Bretanha. Ele é um especialista em fertilidade e nas causas da infertilidade. Eles se conheceram quando Jari e sua esposa alugaram a imensa mansão vitoriana de David, em Leeds, em 2001. David havia entrado em contato com Riitta quando ouviu dizer que eles estavam procurando um lugar para morar, pois David estava indo trabalhar em Detroit e queria inquilinos em quem pudesse confiar: ele preferiu Jari e Riitta em vez de algum esportista australiano parrudo. A casa tinha acabado de ser reformada e, embora Jari a princípio tivesse ficado receoso com a idade dela, no minuto em que a viu, ele disse: "Onde é que eu assino?".

Por coincidência, naquela época Jari estava fazendo *microarrays* de DNA (não me pergunte!) para o centro Cancer Research, em Leeds, e Davis tinha sido convidado para fazer um trabalho parecido em Detroit. As duas famílias são agora muito amigas.

"Durante o jantar, nós conversamos sobre ciência, claro. É o que cientistas fazem", disse Jari.

"Perguntei se ele achava que as cabeças dos espermatozoides poderiam sobreviver por tanto tempo e ele me disse que era possível, pois as cabeças são muito estáveis."

E mais, David estava disposto a trabalhar em nossas amostras. Quando eles já haviam combinado as datas, Jari levou para casa, em Bradford, os três frascos, que armazenou temporariamente no congelador da cozinha, antes que Riitta os levasse pessoalmente até David, já que ela trabalhava no mesmo *campus* que ele.

Foi no 12º dia do 12º mês de 2012, enquanto eu ia para Londres, que o telefone do meu carro se iluminou com a informação de que estava recebendo uma chamada de Jari. Parei o carro, pois sei por experiência que preciso me concentrar quando falo com Jari. Não consigo entender detalhes científicos enquanto estou enfrentando o trânsito de Londres.

"Temos algumas células", ele disse.

Foi um momento impactante, e eu estava sem palavras. Jari continuou: "Não são cabeças de espermatozoides, são células escamosas, do epitélio".

Em algum lugar dos obscuros recessos da minha memória eu sabia que tinha ouvido a palavra "epitélio" quando estava fazendo os exames A-Level de Biologia, mas, se em algum momento eu soube o que significava, com certeza agora havia esquecido.

"O que isso significa?"

Jari explicou da forma mais simples que pôde.

O epitélio é um dos quatro tipos básicos de tecidos presentes no corpo humano, por dentro ou por fora. Está bem disseminado entre os organismos vivos – no ser humano, ele recobre ou forra numerosos órgãos – e pode ser encontrado no interior dos pulmões, no trato gastrointestinal e nos tratos reprodutivo e urinário, entre outros lugares. Jari me disse que havia uma grande possibilidade de que aquelas células tivessem vindo da uretra durante a ejaculação, porque tinham sido colhidas em uma mancha que fluorescia como sêmen sob suas luzes.

A informação mais importante que ele me deu foi: "Provavelmente podemos obter DNA a partir dessas amostras".

Fiquei sentado em meu carro na beira da estrada atordoado. Parecia agora que teríamos acesso ao DNA não apenas da vítima, mas do próprio Estripador. Era difícil de assimilar.

Jari me contou que David Miller estava preocupado com a ausência de espermatozoides na amostra; no entanto a presença de células escamosas significava que não se podia descartar que tivesse havido esperma ali (que poderia ser revelado em alguma análise futura).

No momento, ele achava que a descoberta das células epiteliais significava que não seriam necessárias mais investigações.

Quando cheguei em casa, liguei para David para confirmar o que Jari havia me contado e para agradecer-lhe por fazer aquele trabalho para nós. Na conversa, ele descreveu o exame que havia feito e em seguida me mandou um *e-mail*, que incluía três imagens obtidas por microscopia óptica com aumento de 400x. Ele me deu uma explicação detalhada do procedimento que havia seguido e escreveu:

> O fato de eu não ter encontrado qualquer espermatozoide não exclui automaticamente a presença deles; mas, considerando que células escamosas são o componente menos numeroso de uma amostra típica de sêmen (elas se juntam ao sêmen por descamação mecânica a partir do epitélio da uretra, durante a ejaculação), eu teria esperado ver espermatozoides se eles estivessem presentes. Por outro lado, células escamosas como essas são também encontradas em outros fluidos corporais, incluindo saliva, suor etc. (basicamente qualquer fluido que emana sobre uma superfície epitelial ou a inunda).

"Descamação mecânica", nesse caso, significa que, quando a ejaculação ocorre, células epiteliais do revestimento interno do canal uretral são arrastadas para fora com o sêmen e serão parte da ejaculação resultante. Pelo que me dizia respeito naquele momento, a parte mais importante era que as células poderiam nos fornecer o DNA necessário. E como a mancha fluorescia como sêmen sob as luzes forenses de Jari, era a candidata mais provável como fonte.

Eu imediatamente mandei um *e-mail* a David para ter certeza absoluta de que eu havia entendido o fato principal: "Pelo que entendi de nossa conversa, é possível obter DNA das células que você encontrou. É isso mesmo?".

Dois minutos depois, sua resposta apareceu em minha caixa de entrada.

"Sim, é isso mesmo."

Eu estava empolgado. Sabia que obter DNA seria difícil. Havia, no todo, 12 células isoladas, e David as tinha colocado em lâminas de microscópio, prontas para qualquer exame adicional e uma potencial extração de DNA. Haveria uma quantidade muito limitada de DNA, e a lâmina de microscópio poderia conter contaminantes do xale que arruinariam todo o processo, mas em princípio podia ser feito. Estávamos seguindo adiante por outra linha vital da investigação. Aquela data imponente, 12/12/12, havia cumprido sua promessa.

Creio que a notícia do sucesso obtido em Leeds com a procura de cabeças de espermatozoides, que havia revelado as células epiteliais, ajudou Jari a compreender a importância do projeto como um todo. Ele mesmo disse: "Foi nesse ponto que fui fisgado". Ele também percebia que estávamos à beira de algo muito importante e começou a trabalhar com mais rapidez. O tempo todo ele estivera disposto a levar adiante minha pesquisa, sempre que podia, em paralelo com seu trabalho normal; agora estava preparado para se superar ao tocá-la adiante.

Uma coisa que ele queria fazer antes de começar com a comparação de DNA era datar o xale de forma definitiva. O trabalho com o DNA seria demorado e custoso, mas no meio-tempo ele poderia ir fazendo isso. Por conta da minha pesquisa, eu tinha certeza de que era um xale de seda da fábrica russa de Pavlovsky Posad, e Diane Thalmann havia confirmado que, com toda a probabilidade, ele era do início do século XIX. Mas isso tudo não constituía prova, e tanto Jari quanto eu sabíamos que, para blindar o caso, precisávamos de provas científicas em todos os níveis, e não apenas da opinião de especialistas.

Assim, em 2 de janeiro de 2013, fui de novo para Liverpool com o xale. A universidade ainda estava no recesso de fim de ano, mas Jari estava em seu laboratório especialmente para fazer um teste de absorção. Antes, enquanto tirava amostras de DNA, Jari notou que o corante azul da estampa floral parecia ser altamente solúvel em água e desbotava com facilidade, enquanto o corante marrom não desbotava nada. Onde as manchas estavam misturadas com o corante, Jari teve de separar o corante primeiro para obter as amostras da mancha. A primeira tentativa de realizar o teste de absorção falhou porque a cor simplesmente desapareceu antes que Jari pudesse começar a testá-la.

O fato de o corante azul sair com tanta facilidade nos forneceu uma informação: o xale jamais poderia ser usado como roupa para sair, porque a chuva teria feito o azul escorrer. Isso indica que não poderia ter pertencido a Catherine Eddowes; com seu modo de vida itinerante, ele certamente teria sido exposto à chuva. Pouco antes de sua morte, ela e seu parceiro haviam percorrido a pé o caminho de volta a Londres a partir dos campos de lúpulo em Kent, e, por não ter onde morar, ela vestia todas as suas roupas quando foi assassinada: não há possibilidade de que o xale nunca tivesse ficado úmido se fosse dela.

A diferença entre os dois corantes também sugeria que o xale não tivesse sido estampado à máquina, mas que ambos tivessem sido aplicados à mão. Agora Jari iria examinar o corante para descobrir de que tipo era, e isso ajudaria na datação.

Enquanto Jari trabalhava, fui até o museu que ficava vizinho ao seu departamento na universidade. Lá eu podia me manter aquecido, naquele dia de frio cortante. O lugar estava cheio de pais e de crianças, pois as férias escolares ainda não tinham terminado. Perambulei por ali, tentando me distrair olhando as peças exibidas, enquanto o tempo todo pensava sobre o que estaria acontecendo no laboratório.

Jari executou um teste de absorção usando um espectrofotômetro na área azul do xale. O teste mostra onde o tecido está absorvendo luz, e isso difere entre os corantes. Por exemplo, a 6,6'-dibromoindigotina é tida como um dos pigmentos mais antigos (se não *o* mais antigo). É um componente importante da púrpura tíria ou púrpura real, que já foi muito cara. Esta era uma possibilidade para o corante azul. Outro candidato era o índigo. Com apenas um microlitro do extrato do corante (um vigésimo de uma gotícula de água, mal visível ao olho humano), Jari pôde ver que o espectro do corante era muito parecido com o espectro do índigo, com um pico de 620 nanômetros, mas não com o do dibromoíndigo (púrpura tíria). A análise do espectro de absorção não deu uma confirmação total da composição química do corante, mas mostrou que apenas um composto havia sido aplicado à seção azul, e assim sabíamos que, definitivamente, o xale não havia sido estampado por meio de serigrafia, o que era uma notícia muito encorajadora. A serigrafia foi introduzida em 1910, e, se tivesse sido tingido dessa forma, o jogo teria terminado.

Quando voltei ao laboratório, Jari me mostrou um gráfico com o pico do azul. Ele me disse que a melhor coisa a fazer era examinar o tecido com um instrumento de ressonância magnética nuclear, e para isso precisaríamos recrutar a ajuda de um colega dele, Fyaz Ismail, que é professor associado em Química Medicinal, *design* de Fármacos e chefe de Módulo de Descobertas na LJMU. Fyaz é um sujeito simpático e alegre, que apelidamos de O Químico. Assim, mais tarde, levei o xale de volta a Liverpool. Eu sabia que O Químico precisaria de uma amostra do xale, mas o tamanho da amostra nos pegou de surpresa, a Jari e a mim: ele precisaria examinar duas amostras, uma de cada cor, cada uma com cerca de um centímetro quadrado. Fiquei horrorizado; àquela altura, eu tinha tanto ciúme do xale que era como se um pedaço do meu próprio corpo estivesse sendo cortado, e Jari disse que a expressão em meu rosto era a de quem ia ter um ataque cardíaco. De qualquer modo, tinha de ser feito. Jari partilhava da minha surpresa, se não do meu horror; ele estava acostumado a trabalhar com tudo em uma escala micro/nano.

O equipamento de RMN (Ressonância Magnética Nuclear) é imenso e ocuparia uma sala de estar de tamanho médio. Custa por volta de meio milhão de libras e tem protocolos de segurança bem severos, pois pode ser mortal. Os fortes campos magnéticos à volta do instrumento podem parar não apenas relógios, mas marca-passos e desfibriladores, e podem arrancar implantes cirúrgicos e próteses metálicas e fazer grampos de cabelo voar em alta velocidade. Qualquer um usando um colar metálico pode ser enforcado até a morte.

A RMN pode ajudar a determinar a estrutura do material em análise, bem como de aditivos usados nos produtos têxteis. É uma técnica de análise que explora as propriedades magnéticas de certos núcleos atômicos e determina as propriedades físicas e químicas dos átomos e das moléculas nos quais estão contidos, fornecendo assim informações sobre a estrutura, a dinâmica, o estado de reação e o ambiente químico das moléculas. Isso é obtido por meio do bombardeamento das amostras com ondas de rádio a uma frequência fixa. Os núcleos presentes dentro das moléculas absorvem essa frequência de rádio quando um campo magnético externo é introduzido e atinge um nível adequado. Quando a onda de rádio e o campo magnético estão no nível certo, os núcleos podem absorver as ondas de rádio. Núcleos diferentes absorvem ondas de rádio a diferentes taxas, dependendo do ambiente em que eles estão contidos, e são as taxas de tal absorção que nos dão pistas sobre o que as moléculas são. Os resultados aparecem na forma de um gráfico, com picos e vales, e por este gráfico podemos determinar a natureza das moléculas em estudo. Em outras palavras, a RMN pode dizer do que uma coisa é feita.

Os resultados da análise do xale feita por RMN mostraram a composição do corante usado nele. As moléculas eram bastante complexas, e isso sugere que fosse um corante natural, e não sintético (que teria um perfil muito mais simples). Ainda, como a tinta era solúvel em água, isso mais uma vez sugeria um pigmento natural. Corantes naturais são os mais antigos em uso e invariavelmente derivam de fontes como raízes, frutos, plantas e fungos. As amostras do corante azul extraídas do xale tinham propriedades semelhantes a um corante azul muito comum derivado da planta conhecida como pastel-dos-tintureiros (*Isatis tinctoria*), que tem sido usada há milhares de anos. Esse foi um avanço colossal, outro grande passo ao longo da estrada, e eu estava começando a sentir que, definitivamente, a sorte estava do meu lado.

Enquanto Jari estava trabalhando em seu laboratório, usei um de seus computadores para pesquisar as origens do corante sintético. Ele foi criado, por acidente, por William Perkin, em 1856, e rapidamente foi adotado, substituindo as tintas naturais por volta da década de 1870; os corantes sintéticos custavam menos, ofereciam uma gama enorme de novas cores e davam uma melhor qualidade visual aos materiais aos quais eram aplicados (descobri que William Perkin na verdade morou no East End, na Cable Street, e depois disso fui olhar a placa azul em sua casa, agradecido por sua descoberta ter-nos ajudado a determinar a idade do xale).

Os corantes naturais também exigem um mordente que fixe a cor, e diversas substâncias naturais eram usadas com esse fim. Os mais comuns eram alume, estanho, cromo e ferro, mas às vezes era usada urina humana. O mordente aumenta a firmeza dos corantes; no entanto eles não eram tão resistentes à água quanto os corantes sintéticos. Por conta disso, itens como xales não eram necessariamente lavados, mas apenas recebiam uma boa arejada ou a aplicação do perfume de alguma planta, como a lavanda. Jari me disse que, se meu xale alguma vez tivesse sido colocado em uma máquina de lavar moderna, toda a parte azul teria se dissolvido, e mesmo uma lavagem suave a mão teria feito a maior parte dele desbotar. O fato de ser um pigmento natural, não sintético, também explica por que as pequenas manchas supostamente feitas por sêmen afetaram o corante da forma como o fizeram, dando a aparência de ter sido usado alvejante nos pontos em que o sêmen fez o pigmento natural deteriorar-se. Corantes naturais são mais absorventes; um corante sintético teria repelido as manchas, que provavelmente não teriam sobrevivido.

Assim, o corante natural usado sugeria que o xale era anterior a 1870, e isso estava de acordo com o que os especialistas da Christie's e da Sotheby's responderam quando eu pedi sua opinião. Porém agora tínhamos mais do que a opinião de especialistas, tínhamos uma prova. Ainda mais empolgante: Fyaz Ismail achava que o corante apresentava características semelhantes às dos corantes que ele tinha visto antes, provenientes da Rússia, em particular da região de São Petersburgo.

Os corantes aparentemente têm diferentes propriedades graças aos diferentes ingredientes disponíveis para sua síntese, em qualquer dado local. Ainda, o tingimento da seda era uma atividade competitiva e cheia de segredos, e muito pouco havia sido escrito – as receitas eram passadas de geração para geração. Em consequência, eram todas diferentes, e seria possível identificar uma área específica. Essa era outra descoberta significativa e empolgante, que fez com que eu sentisse que o destino estava do meu lado e que meu palpite estava se transformando em provas reais. Eu me lembro de ter pensado: eu estava descascando uma cebola, e cada camada que saía me provocava um momento deslumbrante, de tirar o fôlego. Seria tudo isso bom demais para ser verdade?

Agora estávamos prontos para o que seria o exame mais importante até então – a comparação do DNA extraído das manchas de sangue no xale com o de Karen Miller.

Para fazer isso, era fundamental que tivéssemos o que era chamado "amostras de controle", de vários indivíduos que tivessem manipulado o xale nos últimos doze meses, para poder eliminar quaisquer traços recentes potenciais do DNA de outras pessoas. Essas amostras foram tiradas de mim e de todos os membros do grupo que havia trabalhado com o xale, incluindo Jari. Junto à amostra de Karen Miller, as amostras foram todas purificadas, o que significa que o DNA de cada amostra foi isolado por meio de uma combinação de métodos físicos e químicos. Uma vez que o xale tinha mais de cem anos de idade, não foi surpresa que o DNA genômico encontrado nele se mostrasse fragmentado e impróprio para uso. Por sorte, também tínhamos amostras do DNA mitocondrial (mtDNA), que, claro, é passado intacto de uma geração a outra pela via feminina. Então, tínhamos um vínculo genético direto, ininterrupto, ao longo da linhagem feminina, entre Karen Miller e Catherine Eddowes, portanto o mtDNA de Karen deveria ser, esperávamos, idêntico ao de Catherine.

Em virtude da idade do material encontrado no xale, o mtDNA humano foi amplificado em sete pequenos segmentos para facilitar a análise. Se Jari tivesse tentado amplificar um fragmento maior de uma só vez, havia uma chance muito alta de uma quebra das duas cadeias (isto é, o DNA se partiria em dois pedaços) em algum ponto do segmento, e a reação em cadeia da polimerase (PCR, do inglês *polymerase chain reaction*) falharia. Trabalhando com segmentos menores, havia uma chance maior de encontrar um fragmento intacto. Essa abordagem normalmente é necessária com amostras de DNA antigas ou danificadas, por conta do risco de fragmentação com a idade, mesmo quando o armazenamento é feito de forma adequada. O PCR é atualmente o método-padrão usado nos exames de DNA com finalidade forense e de diagnósticos médicos. Ele basicamente replica uma única seção da cadeia de DNA milhões de vezes, fornecendo assim uma base consistente com a qual trabalhar. O processo de amplificação foi realizado com um método que responde especificamente a amostras de DNA humano, de forma que uma mancha resultante de sangue animal não produziria resultado.

Para descobrir as possíveis correspondências e não correspondências, o DNA precisa ser sequenciado. O DNA é constituído por quatro componentes chamados nucleotídeos, que são adenina (A), guanina (G), citosina (C) e timina (T). No DNA, esses componentes estão dispostos em uma cadeia que pode ter qualquer um deles, em qualquer ordem (ou pode haver um trecho de nucleotídeos repetidos, por exemplo, AAAA ou GGGGGG). Entre dois indivíduos, a sequência de DNA é idêntica para a maior parte da cadeia, e é por isso que é necessário selecionar uma área em que se sabe haver variação entre indivíduos da mesma espécie. No mtDNA, existem duas áreas chamadas de região hipervariável I e região hipervariável II, que contêm variação em uma população normal, de modo que, quando dois indivíduos normais são comparados, é provável haver diferenças. Os segmentos de mtDNA que foram amplificados estavam todos nessas duas regiões. Quando isso foi realizado com nossas amostras-controle e as amostras extraídas do xale, pudemos então compará-las, examinando a ordem dos nucleotídeos.

Seis dos sete segmentos de mtDNA submetidos à análise de sequenciamento de DNA foram bem-sucedidos; em outras palavras, tínhamos seis perfis de DNA completos que podiam ser usados para a impressão genética. Apenas resultados que obedeciam ao mais alto controle de qualidade foram aceitos, e isso foi feito usando-se o valor de qualidade Phred, método muito utilizado para medir a qualidade de uma sequência de DNA. O método usado com mais frequência é trabalhar com um valor Phred de 20 ou superior, que determina que o nível de precisão será de 99% ou superior.

O resultado do primeiro perfil de DNA completo foi um incrível momento "Eureca!" e confirmou que o xale contém mtDNA humano idêntico ao de Karen Miller, baseado naquele segmento particular de mtDNA.

Jari ainda estava sendo um cientista e insistindo em ter cautela. Ele tinha de ficar neutro, mas mesmo ele estava admitindo que era uma correspondência muito boa. Para mim, foi motivo de comemoração, e devo admitir que eu visitei um *pub* e entornei umas cervejas. Só de vez em quando eu precisava me soltar e ser eu mesmo e saborear o quão longe nós havíamos chegado.

Quando o trabalho de analisar outras seções de mtDNA começou, descobriu-se que duas delas mostravam contaminação por DNA recente (que coincidia com uma das amostras de referência). No entanto esse é um problema bem conhecido e bem documentado com amostras de DNA antigo, pois o DNA recente, não fragmentado, amplifica com muito mais facilidade do que o DNA mais antigo e, assim, sabe-se que esse tipo de contaminação ocasionalmente ocorre. No entanto tal contaminação não poderia ser responsável pela correspondência entre as sequências de mtDNA do xale e de Karen Miller.

Um dos segmentos amplificados de mtDNA do sangue encontrado no xale apresentou correspondência com o de Karen, e tinha uma variação de sequência que apresentou correspondência *apenas* com o mtDNA de Karen Miller, e não teve correspondência com nenhuma das amostras de controle. A variação é conhecida como uma Mutação Privada Global, uma variação genética rara que em geral só é encontrada em uma única família ou em uma população pequena. De acordo com a base de dados do Instituto de Medicina Legal, e com base na informação mais recente disponível, a variação compartilhada pelo DNA de Karen e pelo DNA das manchas de sangue no xale tem uma frequência estimada de apenas 0,000003506; em outras palavras, está presente em apenas 1 em 290 mil da população do mundo.

Para colocar em contexto a descoberta dessa variação genética, ela significa que, como o Reino Unido tem atualmente uma população de cerca de 63.750.000 pessoas, Karen Miller é uma entre aproximadamente 223 pessoas no *país* que têm essa variação genética. Se essa proporção fosse a mesma em 1888, quando a população do Reino Unido devia andar por volta de 36 milhões de pessoas, Catherine Eddowes, cujo sangue (também contendo tal variação) aparece no xale, teria sido apenas uma entre aproximadamente 136 pessoas no país com a variação. Para trabalhar proporcionalmente com essa estatística, Catherine teria sido uma entre uma dúzia de pessoas com aquela variação em Londres, em 1888, quando a população era de 4 milhões de pessoas. Karen Miller é uma entre aproximadamente 25 pessoas em Londres com a variação hoje. Considerando que os descendentes de Annie, a filha de Catherine Eddowes, permaneceram na mesma área de Londres (Bermondsey e Southwark) por gerações, e a própria Karen também nasceu no sul de Londres, isso realmente restringe o campo.

Jari me mandou um resumo de suas descobertas, que confirma mais ou menos o que expliquei, mas pode despertar mais interesse em qualquer cientista que esteja lendo:

> O xale foi primeiro examinado visualmente, tanto sob a luz visível quanto sob fontes de luz especiais forenses, isto é, com diferentes comprimentos de onda de ultravioleta e infravermelho, usando uma câmera forense customizada com filtros passa-faixa específicos. Usando tais métodos, várias manchas com fluorescência diferenciada foram identificadas, sugerindo a presença de várias fontes biológicas (por exemplo, sangue/saliva/sêmen). Um total de seis dessas manchas foi amostrado para DNA, usando um método novo, desenvolvido com este fim. O DNA dessas amostras foi purificado, bem como amostras-con-

troles de referência de Karen Miller (descendente de Catherine Eddowes), Russell Edwards (proprietário do xale) e do pessoal do laboratório que se sabe ter manipulado o xale. Devido à idade do xale, o DNA mitocondrial humano (mtDNA) foi amplificado em sete pequenos fragmentos para facilitar a análise. Essa abordagem é normalmente necessária com amostras de DNA antigo ou danificado, pois sabe-se que o DNA fragmenta-se com a idade, mesmo se armazenado de forma adequada. A amplificação foi feita com um sistema específico para o DNA humano, de modo que manchas decorrentes de sangue animal, entre outras, não produziriam resultados.

Seis dos sete segmentos de mtDNA submetidos à análise de sequenciamento foram bem-sucedidos. Apenas resultados obedecendo ao mais alto controle de qualidade (o assim chamado valor Phred20) foram aceitos. Um desses segmentos amplificados de mtDNA tinha uma variação de sequência que apresentou correspondência entre uma das amostras do xale e o DNA de Karen Miller apenas; isto é, a sequência de DNA obtida a partir do xale não teve correspondência com as sequências de controle de referência. Esta alteração de DNA é conhecida como mutação privada global (314.1C) e não é muito comum na população mundial, por ter uma frequência estimada de 0,000003506, isto é, cerca de 1/290.000. Este valor foi calculado usando a base de dados do Instituto de Medicina Legal, GMI, e foi baseado na mais recente informação disponível. Assim, este resultado indica que o xale contém DNA humano idêntico ao de Karen Miller para este segmento de DNA mitocondrial. De acordo com a história do xale, um máximo de seis pessoas o manipulou nos últimos doze meses. Pelo fato de a peça ser feita de seda, as células da pele de pessoas que o manipularam antes dos últimos doze meses já não estarão nela (no caso da lã, as células permaneceriam por muito mais tempo). Com base no trabalho com DNA descrito acima, sabemos que ao menos duas dessas pessoas não têm essa mutação específica (314.1C). Assim, a análise acima sugere fortemente que o xale poderia conter o DNA de Catherine Eddowes, vítima de Jack, o Estripador. Ao analisar as outras seções de mtDNA, encontramos dois outros segmentos de mtDNA que aparentemente tinham sido contaminados por DNA recente (apresentando correspondência com uma das amostras de referência). No entanto, este é um problema bem conhecido e documentado com amostras antigas de DNA, pois o DNA recente, não fragmentado, amplifica com muito mais facilidade do que o DNA velho. Assim, sabe-se que ocasionalmente ocorre contaminação como essa. No entanto a contaminação não pode explicar a correspondência descrita acima.

Assim, aí está, no estilo desapaixonado de Jari: "Portanto, a análise sugere fortemente que o xale poderia conter o DNA de Catherine Eddowes, vítima de Jack, o Estripador".

A ciência parecia haver provado que o xale era o que se dizia que era. Ele *deve* ter estado no local do crime em 30 de setembro de 1888 e exibe traços do sangue de Catherine Eddowes, comprovadamente concordante com o de sua descendente direta. Por si só, isso torna o xale talvez o objeto mais importante na história do Estripador; nenhuma faca, nenhum diário nem carta alguma jamais foram ligados aos assassinatos de forma tão conclusiva. Para mim, aquele foi um momento incrível. Apesar de todos os altos e baixos ao longo da viagem, as coisas de repente estavam se encaminhando de tal forma que validavam o xale e meus motivos para comprá-lo.

No entanto ainda havia um longo caminho a percorrer. A pesquisa havia mostrado que o xale tinha a idade certa, que muito provavelmente era de origem leste-europeia e esteve presente no assassinato de Eddowes. Meu pressentimento de que tinha vindo do próprio assassino ficava cada vez mais forte, e a figura de Aaron Kosminski ganhava vulto em meus pensamentos. Sabíamos que o xale também continha outros materiais humanos, e dessa vez usaríamos essa informação não para provar simplesmente que o xale era genuíno e que estivera no local do crime, mas para solucionar o maior mistério policial de todos os tempos: a verdadeira identidade de Jack, o Estripador.

CAPÍTULO 10

ELIMINANDO SUSPEITOS

Foi em 2007, logo depois que Alan McCormack me forneceu o nome de Aaron Kosminski, que comecei a pesquisa sobre ele. Contudo, nessa época, os outros aspectos da investigação assumiram um papel central, e somente muitos anos depois eu comecei a dar-lhe atenção de verdade outra vez. Ainda havia uma dúvida me incomodando: sim, quase com certeza tínhamos o DNA do Estripador. Mas e se o Estripador não fosse Kosminski? Eu estava trabalhando com o que Alan me dissera, porém havia argumentações plausíveis a respeito de outros suspeitos, os quais pareciam, à primeira vista, tão prováveis quanto ele.

Assim, antes que eu entre na história de Kosminski, vamos dar uma olhada nos outros Estripadores possíveis.

Os registros oficiais não foram liberados ao público senão na década de 1970, e os detetives e policiais graduados que investigaram o caso em 1888 não deixaram mais do que referências oblíquas em suas memórias, de modo que o caso ficou completamente aberto a todo tipo de teorias malucas que foram sendo levantadas. Com tão poucos indícios reais, seria possível acusar praticamente qualquer pessoa, com muitas sugestões bizarras e quase risíveis.

Nos anos que se seguiram à última vítima, o assassino de Whitechapel foi um abatedor judeu, um louco fugido, um estudante de medicina maluco, um médico vingador, uma parteira homicida e até um membro da família real. Uma das primeiras teorias foi de que o assassino era na verdade vários homens que tinham vindo de Portugal em navios que traziam gado. Ela não foi descartada pela polícia e juntou-se a um bom número de outras denúncias sobre marinheiros estrangeiros que trabalhavam em navios que estavam atracados no Tâmisa. Foram feitas buscas extensas nas docas e nos navios que estavam ancorados ali nas noites dos crimes, e cada homem teve de prestar contas de seu paradeiro.

Uma crença popular era de que o Estripador fosse um lunático fugido, e essa história ficava ainda mais sensacional se o lunático por acaso fosse também estrangeiro. Nos registros oficiais, que agora estão nos Arquivos Nacionais, há inúmeros relatos de suspeitos nessa categoria. Jacob Isenschmid, conhecido como o "açougueiro louco", que havia passado algum tempo em um manicômio, tornou-se suspeito depois do assassinato de Annie Chapman, quando a polícia recebeu uma denúncia sobre seu comportamento incomum, com frequência agressivo. O inspetor Abberline ficou sabendo de Isenschmid, e este foi rapidamente encontrado e preso, enquanto a polícia investigava. Na verdade, Abberline chegou a acreditar que ele correspondia à descrição do homem que a senhora Fiddymont e sua amiga haviam visto no *pub* Prince Albert na manhã da morte de Chapman. Pelo que pode ser visto nos registros, Isenschmid era um homem de grande interesse para a polícia, mas era tido como tão insano que os médicos não permitiram que fosse incluído em uma exibição de suspeitos para identificação. No final, o fato de estar detido e fora de circulação quando os crimes posteriores ocorreram provou sua inocência, embora não sua sanidade.

Charles Ludwig foi outro personagem estranho mencionado nos arquivos. Um cabeleireiro alemão violento e muito instável, que havia esfaqueado uma mulher em um beco escuro nos Minories, logo ao sul de Aldgate, em 18 de setembro de 1888. Escapando de ser preso, ele entrou em uma venda de café e ameaçou com uma faca uma pessoa que estava por ali; dessa vez, foi apanhado e preso. Ainda estava detido na noite do duplo assassinato, o que o eliminou como suspeito. Seu senhorio contou ao jornal que ele era:

> Um homem muito peculiar, que está sempre de mau humor e range os dentes de raiva por causa de qualquer coisinha que o contrarie. Creio que tem algum conhecimento de anatomia, pois por algum tempo foi assistente de médicos no exército alemão e ajudou a dissecar cadáveres. Ele sempre carrega consigo algumas navalhas e um par de tesouras...

O homem obviamente tinha algum problema mental. O mesmo poderia ser dito sobre Oswald Puckeridge, que, além de ter um histórico de enfermidade mental, que o levou a ser internado em manicômios várias vezes, foi declarado como "um perigo para os outros". Foi descrito em relatos oficiais como tendo "estudado para ser cirurgião" e em uma ocasião havia ameaçado "estripar pessoas com um facão".

Havia montes de outros suspeitos. Nikaner Benelius era um viajante nascido na Suécia que havia chegado recentemente à Inglaterra, vindo dos Estados Unidos, e que, apesar de ter muito pouco em comum com as descrições dos homens procurados para interrogatório, ainda assim foi interrogado depois da morte de Elizabeth Stride. Ele foi preso de novo depois de agir de forma suspeita na Buxton Street, Mile End, mas de novo foi inocentado de qualquer suspeita de ser Jack, o Estripador.

A polícia perdeu tempo em uma grande caçada que se seguiu à sugestão de que três alunos de medicina do Hospital de Londres, todos tidos como mentalmente desequilibrados, haviam desaparecido. Dois logo foram encontrados, mas muito tempo e esforço foram gastos rastreando o último estudante que faltava, cuja mãe afirmou ter ido para o exterior.

A polícia também era importunada por pistas falsas, histórias tinham de ser verificadas apenas pelas dúvidas. Outro aluno do Hospital de Londres, William Bull, confessou o assassinato de Catherine Eddowes. Estava bêbado quando fez a confissão, e logo se constatou que ele estivera dormindo, na casa de sua família, quando o assassinato aconteceu. Uma enxurrada de cartas foi enviada à polícia com sugestões de como melhorar a investigação, teorias sobre como o assassino havia escapado e os nomes de indivíduos suspeitos. Algumas eram interessantes, mas outras eram completamente ridículas, incluindo acusações de que o sargento William Thick ou o PC Edward Watkins fossem o Estripador. Algumas eram maliciosas, de pessoas se vingando de qualquer um com quem tivessem uma desavença. Alguns afirmavam ter visões do assassino, ou que todo o mistério poderia ser solucionado se tivessem permissão para usar suas habilidades psíquicas para ajudar a polícia. Uma mulher escreveu falando de sua convicção de que os assassinatos tinham sido cometidos por um grande primata fugido, que depois de cometer sua ação nefasta esconderia a arma em uma árvore e voltaria para algum zoológico particular de onde teria conseguido sair.

Sem dúvida, parte das informações era dada de boa-fé, como no caso do suspeito G. Wentworth Bell Smith, que dividia acomodações com um casal na região de Finsbury, em Londres, e aparentemente recitava trechos religiosos, proclamava os males da prostituição, afirmando que aquelas mulheres deveriam ser afogadas, e, de forma alarmante, passava a noite toda fora e voltava para casa em estado de grande agitação, espumando pela boca. De novo, álibis sólidos provaram que não era o Estripador.

Robert D'Onston Stephenson, um jornalista excêntrico e ocultista, ia frequentemente ao Hospital de Londres na época dos crimes, escreveu à polícia falando de suas próprias teorias, a saber, que o Estripador era francês e que o útero de uma prostituta era considerado útil por esse francês. O interesse de Stephenson pelo caso transformou a ele próprio em um suspeito, anos depois, acusado de usar os órgãos das vítimas mutiladas em rituais arcanos e práticas ocultas. Aqueles que defendem a teoria de que Stephenson seja o Estripador observam que, com exceção de Mary Kelly, os locais dos crimes formam o sinal de uma cruz (de sacrifício).

À época em que os crimes de Whitechapel subitamente cessaram, muitos suspeitos já tinham sido presos e libertados, ou acusados sem provas concretas. Uma lista de todos os suspeitos que foram investigados pela polícia teria sido longa demais. Parecia que mal se passava um dia sem que algum jornal seguisse a pista de um suspeito, mas, no final, todos pareciam ser apenas isto: suspeitos.

Não havia falta de ideias; como o inspetor Frederick Abberline disse a um jornal em 1892, quatro anos depois que os assassinatos cessaram: "Teorias! Estamos quase perdidos no meio de teorias. Há tantas delas...".

Enquanto o tempo passava, e nenhum culpado era achado, o fascínio público com o caso se aprofundou. Nos anos que transcorreram desde que o Estripador rondou as ruas, muitos, muitos nomes mais foram mencionados. Parece que, depois da passagem de certo período de tempo, quase qualquer pessoa pode ser acusada de modo convincente.

O autor Leonard Matters afirmou, em 1929, que um certo "doutor Stanley" era o Estripador, que matava prostitutas como vingança pela morte de seu amado filho, que morreu após contrair de uma prostituta uma doença sexualmente transmissível. A história se baseava em um relato sobre a confissão do próprio doutor Stanley, que Matters alegava ter visto em um jornal publicado na América do Sul. Não há qualquer evidência de que esse doutor Stanley tenha de fato existido, e é esse também o caso com outro "médico" suspeito que apareceu posteriormente. Em 1959, outro autor, Donald McCormick, declarou que o assassino se chamava doutor Alexander Pedachenko; seria um médico louco, enviado pela Okhrana (a polícia secreta do czar) em um esforço para desacreditar a Polícia Metropolitana.

Uma teoria com aceitação razoável foi a de que o assassino fosse uma mulher, Jill, a Estripadora, provavelmente uma parteira que, por meio da realização de abortos ilegais, teria acesso às mulheres do East End.

Com a evolução da televisão e de outros meios de comunicação de massa, uma multidão de outros suspeitos de serem o estripador apareceu, e quanto mais sensacional o nome, maior a cobertura recebida. No topo da popularidade como suspeito deve estar o príncipe Albert Victor (ou príncipe Eddy), neto da rainha Vitória. Sua candidatura como o Estripador obviamente capturou a imaginação tanto do público quanto da mídia, por muitos anos, e a popularidade dessa teoria nunca diminuiu por completo.

O príncipe Eddy foi citado pela primeira vez em 1970, quando o doutor Thomas Stowell, um destacado médico londrino, disse que o príncipe sofria de sífilis e afirmou que a loucura induzida por sua enfermidade fazia com que ele se aventurasse no East End e matasse prostitutas. Sir William Gull, o médico da rainha, estaria envolvido, sendo encarregado de seguir Eddy por onde ele fosse, e, depois da noite do evento duplo, Gull teria encarcerado Eddy, àquela altura um assassino perturbado. Aparentemente, o príncipe escapou e cometeu um último crime (Mary Kelly), antes de ser tirado de circulação.

Apesar do registro histórico que afirma que Eddy morreu de gripe em 1892, os adeptos da teoria concluíram que, na verdade, foi a sífilis que causou sua morte; é plausível, pois o atestado de óbito de alguém tão próximo ao trono teria sido escrito com cuidado, para evitar constranger a rainha. Mas ainda que o Palácio de Buckingham fosse capaz de atestar, a partir dos registros da corte, o paradeiro dele nas noites dos assassinatos do Estripador – na noite do assassinato de Mary Kelly, o príncipe estava celebrando o aniversário do pai em Sandringham –, a ideia era tão absurda que o espaço que recebeu na imprensa foi considerável. A combinação entre o maior caso policial de todos os tempos e um membro da família real era irresistível e encontrou ressonância no público, que adora teorias da conspiração.

Daí a poucos anos, uma nova versão da hipótese da família real emergiu, desta vez com as mulheres sendo assassinadas pelo próprio Sir William Gull, numa tentativa de evitar que viessem a público quanto a um escândalo que envolvia o príncipe e tinha potencial para prejudicar a monarquia. De acordo com essa teoria, Mary Kelly teria sido testemunha de um casamento entre Eddy e uma plebeia católica, Annie Crook, e tornou-se a babá da filha secreta de ambos, Alice. Quando o casal teve de se separar, por ordem da rainha, Kelly supostamente exilou-se no East End, onde compartilhou a história com várias outras prostitutas. Mary Kelly, sendo o foco da trama de assassinato, foi a última e a que sofreu as piores mutilações dentre todas.

Entrelaçados na trama, que primeiro foi contada numa série televisiva da BBC, de 1973, e em seguida em um *best-seller* de Stephen Knight (*Jack the Ripper: The Final Solution*, 1976), estavam Sir Robert Anderson, comissário assistente do CID e colaborador por vontade própria, Walter Sickert, artista impressionista britânico, e mais uma generosa dose de rituais de referências maçônicos. Essa versão do caso continuou tão popular ao longo dos anos, apesar de completamente refutada, que gerou três longas-metragens, incluindo o *blockbuster* da Twentieth Century Fox, *Do Inferno*, com Johnny Depp (o filme que despertou meu interesse por todo o caso) e uma produção para a televisão, em duas partes, estrelando Michael Caine.

O próprio Walter Sickert tornou-se suspeito em diversas teorias, a mais conhecida tendo sido aventada pela escritora de romances policiais Patricia Cornwell, que investiu tempo e muito dinheiro em análises forenses de ponta, ao investigá-lo como o Estripador.

A próxima grande teoria a seduzir o público foi a de James Maybrick, um comerciante de algodão de Liverpool que supostamente teria sido vítima de assassinato em 1889, quando parece ter sido envenenado por sua jovem esposa americana, Florence. Maybrick tornou-se de repente um suspeito de peso, quando o assim chamado *O Diário de Jack, o Estripador* foi lançado, em 1993. O diário, dado por um amigo a um homem chamado Mike Barrett, em 1991, teria sido, para todos os propósitos – se o conteúdo merece algum crédito –, escrito pelo próprio Maybrick, detalhando os assassinatos e seus motivos para cometê-los: uma furiosa campanha de vingança contra prostitutas, em resposta às supostas infidelidades de sua mulher. Logo depois que o diário foi descoberto, apareceu um relógio, dentro do qual estavam riscadas as iniciais das cinco vítimas canônicas, a assinatura de Maybrick e as palavras "Eu sou Jack".

O "diário" foi escrutinado e submetido a inúmeros exames, bem como o relógio, sem nenhuma conclusão definitiva, e ainda hoje é objeto de acalorado debate. Poderia ser um diário genuíno, escrito por Maybrick por seus próprios motivos, ou uma fraude moderna perpetrada à altura do centenário do Estripador, em 1988, ou mesmo uma fraude forjada mais perto da época dos próprios assassinatos. Maybrick ainda é um suspeito bem popular, que continua a despertar a imaginação do público.

O ex-namorado de Mary Kelly, Joseph Barnett, foi sugerido como o Estripador; ele mataria prostitutas para impedir Kelly de trabalhar nas ruas. O plano falhou, e no fim Barnett a teria assassinado no próprio quartinho miserável dela, como única forma de detê-la. De maneira pouco convincente, tendo destruído a mulher que tanto tentara proteger, ele passou a viver uma vida discreta no East End; esse não é o padrão normal de um *serial killer*.

Uma das últimas pessoas a ver Kelly com vida, seu amigo George Hutchinson, também foi acusado de seu assassinato, e a descrição detalhada que ele deu depois do inquérito sobre a morte de Kelly, do homem que vira acompanhando-a durante as últimas horas da vida dela, teria sido uma cortina de fumaça para afastar a investigação de sua própria culpa. O que era interessante sobre essas duas teorias, Barnett e Hutchinson, é que trouxeram de volta personagens diretamente relacionados com os eventos originais. Um perfil criminal do Estripador que foi criado pelo FBI no ano do centenário, 1988, mostrou que Barnett parecia encaixar-se em muitos dos critérios e assinalou uma nova forma de abordar o caso do Estripador, nesse caso usando métodos forenses modernos para tratar os assassinatos de Whitechapel como um "caso antigo não resolvido", como fez Patricia Cornwell posteriormente. Esta foi a forma como procedi, acredito que com muito mais sucesso do que qualquer outro, graças inteiramente ao xale.

Houve muitas sugestões bizarras de candidatos ao Estripador. Lewis Carroll, William Booth (fundador do exército da salvação), Arthur Conan Doyle, rei Leopoldo da Bélgica e o ex-primeiro-ministro William Gladstone, todos tiveram seus nomes lançados. Joseph Merrick, o famoso "Homem-elefante", foi sugerido por um colaborador de um *site* na Internet que tentou transformar a sugestão em uma acusação consistente, a despeito dos desafios de sugerir como Estripador um personagem tão marcante. Merrick morava no Hospital de Londres, e assim teria acesso a bisturis; ele teria ressentimento contra as mulheres porque sua aparência impedia relacionamentos significativos com elas e ele circularia sem ser reconhecido porque usava um capuz...

Há muitos nomes mais, e muitos livros detalhando suas credenciais. Porém há uns poucos suspeitos bem mais plausíveis, aqueles que os policiais que trabalhavam no caso à época levavam a sério. Esses são os principais rivais de Aaron Kosminski como concorrentes de verdade e continuam sendo os que têm maior probabilidade de rivalizar com ele. Foram aqueles que a polícia investigou em detalhes na época e continuam a ser as opções preferidas de muitos pesquisadores sérios. Eu havia lido sobre todos antes de falar com Alan McCormack e, embora o tempo todo eu me inclinasse por Deeming, poderia ter sido persuadido pelos argumentos em favor de qualquer um deles. Nunca dei muita bola para as teorias mais malucas, mas esses são os nomes que estavam no alto da lista da polícia à época e que, hoje em dia, estão no alto da lista de possíveis Estripadores.

Todos esses suspeitos foram mencionados pelos policiais graduados diretamente ligados ao caso do Estripador. Eles são: Montague Druitt, Francis Tumblety, George Chapman, Michael Ostrog e "Kosminski" (meu homem).

George Chapman foi mencionado pelo inspetor Abberline numa entrevista a um jornal em 1903. Foi nesse ano que Chapman (nome verdadeiro, Severin Klosowski) foi enforcado como o "Envenenador de Borough" depois de matar com crueldade três "esposas" em sequência, em geral para ficar com o dinheiro delas. Chapman era um barbeiro-cirurgião da Polônia, que em 1888 vivia e trabalhava na Cable Street, Whitechapel. Ele depois teve uma barbearia no porão do *pub* White Hart, na esquina de Whitechapel High Street e do

George Yard, onde Martha Tabram foi assassinada em 7 de agosto de 1888 (o *pub* promove com orgulho sua conexão com o caso e é um dos pontos visitados nas excursões do Estripador). Na entrevista que Abberline deu, por volta da época da prisão e condenação de Chapman, ele disse:

> ... há diversos fatores que fazem crer que Chapman seja o culpado; e entendam que nunca acreditamos naquelas histórias de que Jack, o Estripador, estava morto, ou que era um lunático, ou coisas assim. Por exemplo, a data da chegada dele à Inglaterra coincide com o começo da série de assassinatos em Whitechapel; há uma coincidência, também, no fato de que os assassinatos cessaram em Londres quando "Chapman" foi para os Estados Unidos, enquanto crimes semelhantes começaram a ser perpetrados lá, depois do desembarque dele. O fato de ter estudado medicina e cirurgia na Rússia, antes de vir para cá, está bem constatado, e é curioso notar que a primeira série de assassinatos foi obra de um cirurgião experiente, enquanto os casos recentes de envenenamento revelaram ter sido feitos por um homem cujo conhecimento de medicina não era apenas elementar. A história contada pela esposa de "Chapman", de que tentou matá-la com um facão, enquanto estavam nos Estados Unidos, não deve ser ignorada...

É difícil saber se Abberline acreditava *de fato* que Chapman fosse o Estripador ou se foi pego no calor do momento, pois ele disse em uma entrevista posterior que, em 1903, a polícia não estava mais perto de saber a identidade do assassino do que estava em 1888. Apesar da mudança do método de assassinato (que com frequência é considerada improvável para um *serial killer*, de acordo com as pesquisas atuais da psicologia dos assassinatos em série), George Chapman ainda tem seus defensores; sua candidatura continua a ser alimentada por um suposto comentário de Abberline para o policial que efetuou a prisão, sargento Godley, depois que Chapman foi encarcerado – "Você finalmente pegou Jack, o Estripador" –, embora tal observação tenha sido relatada apenas anos depois, em um livro publicado em 1930.

Colocando mais lenha na fogueira da especulação, e como Abberline menciona na entrevista para o jornal, há o fato de que Chapman mudou-se para Jersey City, nos Estados Unidos, em 1891, e que na sequência vários crimes de natureza semelhante aos do Estripador teriam ocorrido – de fato, houve apenas um assassinato de uma prostituta que poderia ter-se encaixado no *modus operandi* do Estripador. Chapman voltou à Grã-Bretanha no ano seguinte, e então começou seus crimes de envenenamento. Estes são tão diferentes da violência brutal e aparentemente aleatória do Estripador, que tenho dificuldade em acreditar que foi tudo obra do mesmo homem.

O próximo suspeito a ser citado por um policial graduado, à época, é o "doutor" Francis Tumblety, um "charlatão" norte-americano. O nome de Tumblety foi relacionado aos crimes de Whitechapel já em 1888, sobretudo na imprensa norte-americana, mas muitos pesquisadores subsequentes deixaram de perceber as frequentes referências a sua possível culpa, feitas à época, depois que ele fugiu de Londres naquele ano. Tumblety era um personagem incomum, e sempre parecia atrair problemas. Ele havia sido relacionado ao assassinato de Abraham Lincoln, e parecia ter conexões com as atividades dos irlandeses fenianos. Era homossexual, ou ao menos bissexual, e foi preso em 7 de novembro de 1988 por "atos de grande indecência" com vários outros homens, tendo saído por meio de fiança pelo que era legalmente classificado como delito. Logo depois, ele infringiu a liberdade condicional, saiu da Grã-Bretanha e, via França, voltou ao seu país natal sob o nome falso de "Frank Townsend". Uma vez lá, a imprensa estava cheia de histórias sobre ele ser Jack, o Estripador, e Tumblety – que gostava de notoriedade – ficou mais do que feliz em pronunciar-se sobre isso, admitindo ter sido considerado suspeito e ter sido questionado pela polícia britânica, mas insistindo não ser culpado.

Sua fama, à época, como um provável suspeito não foi totalmente reconhecida até a descoberta de uma carta, escrita em 1913 por John Littlechild, ex-inspetor-chefe da divisão especial, ao jornalista George R. Sims, que veio à luz no início da década de 1990, durante a venda de material da coleção do historiador policial Eric Barton. A procedência da carta era sólida e levou muitos pesquisadores a correrem de volta aos arquivos para descobrirem mais sobre esse homem peculiar.

Tumblety é um suspeito plausível e está no alto da lista de possíveis estripadores. Houve muitos artigos de imprensa em que conhecidos de Tumblety, assim como pessoas que tiveram contato com ele, deixam claro que ele tinha grande aversão por mulheres. O próprio Littlechild menciona isso em sua carta, dizendo que os sentimentos de Tumblety contra mulheres eram "notáveis, e amargos ao extremo, um fato registrado". Mas, como ocorre com todos os suspeitos, os indícios que existem hoje não são conclusivos. Por exemplo, é possível que Tumblety ainda estivesse sob custódia policial em 9 de novembro de 1888, e nesse caso teria sido impossível para ele ter assassinado Mary Kelly: alguns pesquisadores defensores da candidatura de Tumblety contornaram esse fato, sugerindo que Kelly tenha sido morta por um imitador e que Tumblety foi responsável apenas pelas outras vítimas. Assim como no caso de George Chapman, os pretensos assassinatos semelhantes ao do Estripador, que ocorreram nos Estados Unidos em 1891-1892 e que levaram muita gente a crer que Jack havia cruzado o Atlântico, foram atribuídos a Tumblety, que aí passou o resto de sua vida, até morrer em 1903. Em sua defesa, é improvável que Tumblety, como homossexual, tivesse assassinado mulheres, pois *serial killers* homossexuais em geral só atacam homens. Porém isso tudo é suposição.

Em 1894, seis anos após os assassinatos, o jornal *The Sun* afirmou saber o nome do Estripador, e que ele havia sido condenado por ferimento intencional em 1891, considerado insano e encarcerado em Broadmoore, manicômio judiciário em Berkshire. O jornal na verdade não deu o nome do homem, mas disse que a identidade era conhecida por Sir Melville Macnaghten, o chefe assistente do CID da Polícia Metropolitana, que havia sido nomeado para o cargo em 1889, depois de uma carreira como administrador das plantações de chá de seu pai, na Índia. Macnaghten assumiu o cargo no auge da mania do Estripador, porque a polícia e o público não sabiam então que os assassinatos haviam terminado, e o East End ainda estava em estado de alarme. Ele com certeza estaria a par de toda a informação reunida pela polícia. Depois dos artigos do *The Sun*, ele escreveu um memorando, que acabou sendo incluído nos arquivos da Scotland Yard. O memorando não foi escrito para o público. Nele, Macnaghten inocentava dos crimes o homem citado pelo jornal, Thomas Cutbush, e a seguir, um fato importante, dava os nomes dos três homens que, para ele, tinham maior probabilidade de ser o Estripador do que Cutbush. Ele os descreveu nos seguintes termos:

(1) Um certo senhor M. J. Druitt, que se dizia ser médico e de boa família, que desapareceu à época do crime de Miller's Court, e cujo corpo (que se afirmou ter estado mais de um mês na água) foi encontrado no Tâmisa em 31 de dezembro – ou cerca de sete semanas depois daquele assassinato. Ele era sexualmente insano [provavelmente uma referência à homossexualidade] e por conta de informação particular

tenho pouca dúvida de que sua própria família acreditava que ele era o assassino.

(2) Kosminski, judeu polonês, residente em Whitechapel. Este homem se tornou louco em razão de muitos anos de entrega a vícios solitários. Tinha um tremendo ódio de mulheres, especialmente de prostitutas, e fortes tendências homicidas; foi removido para um manicômio por volta de março de 1889. Há muitas provas circunstanciais conectadas com este homem, que o tornam um forte "suspeito".

(3) Michael Ostrog, médico russo e condenado, que a seguir foi detido em um hospício como maníaco homicida. Os antecedentes desse homem eram do pior tipo possível, e seu paradeiro à época dos crimes nunca pôde ser determinado.

Ouvi falar pela primeira vez do memorando de Macnaghten por meio de McCormack, e o li de imediato. É uma peça fundamental de um testemunho autêntico que foi escrito por um policial de alta patente, que certamente saberia de tudo o que havia para saber, à época, sobre a investigação. Para mim, era a menção a Kosminski que tinha a maior importância, mas, para outros pesquisadores, Druitt ficou no topo da lista, por ter sido mencionado primeiro.

As notas originais de Macnaghten, nas quais ele baseou seu memorando final, estão de posse de sua filha, Lady Christobel Aberconway, e ela as mostrou para o apresentador Daniel Farson, quando ele estava pesquisando para um programa de televisão, *Farson's Guide to the British*, em 1959. Quando o programa foi exibido, foi dada ênfase a Druitt como o favorito de Macnaghten, mas ele foi citado apenas como "MJD".

Montague John Druitt era um professor e advogado que, como Macnaghten mencionou, foi encontrado morto no Tâmisa, na véspera de

Ano-Novo, em 1888. Ele não era médico, como Macnaghten havia escrito, o que demonstra como devemos encarar de forma cautelosa as informações, mesmo quando têm tão boa procedência. A mãe dele havia sido afligida por uma doença mental e, de acordo com uma nota encontrada junto ao corpo, Druitt temia ir pelo mesmo caminho. Seu suicídio dava o motivo perfeito para os crimes do Estripador cessarem quando cessaram. Outros autores do final do século XIX, em geral da polícia ou da imprensa, também aludiram ao suicídio de Druitt sem mencioná-lo por nome; podemos deduzir, a partir disso, que ele era o suspeito preferido entre os que estavam mais próximos do caso.

Em algum momento antes que Macnaghten escrevesse seu memorando, um relato sobre o suposto suicídio do Estripador apareceu na imprensa, dizendo que um membro do parlamento, representante do oeste da Inglaterra, havia solucionado o caso do Estripador e que o assassino havia cometido suicídio na data do último assassinato, sofrendo de "mania homicida". Outra referência a um suicídio do Estripador veio do jornalista George R. Sims, que por muitos anos, a partir de 1899, falou sobre um suspeito que havia se afogado no Tâmisa no final de 1888. Dois livros, escritos por Tom Cullen (*Autumn of Terror*, 1965) e Daniel Farson (*Jack, the Ripper*, 1972), defendiam que Druitt fosse o Estripador. Por alguns anos ele foi o suspeito número um, até ser eclipsado pelas teorias da conspiração sensacionalistas sobre a família real.

O terceiro suspeito, Michael Ostrog, é o menos provável do triunvirato. Ele era um ladrão barato, vigarista e fraudador, que em 1888 tinha atrás de si um longo histórico de detenções e sentenças de prisão. Mas nunca havia sido violento – o mais perto que chegou foi apontar um revólver para um superintendente de polícia depois de uma de suas detenções –, e não há nada para amparar a alegação de Macnaghten de que fosse um maníaco homicida. Quando esteve detido, por duas vezes, em um manicômio, e não na prisão, descobriu-se que tinha tendências suicidas, mas não que fosse uma ameaça aos outros. Até as permanências em manicômios talvez fossem parte de sua muito praticada habilidade em trapacear; ele provavelmente fingiu loucura para ficar em um lugar mais fácil do que a prisão. Segundo alguns relatos, ele estaria em uma prisão na França quando os assassinatos do Estripador ocorreram, embora outros pesquisadores discordem. Mas nada a seu respeito parece com o que sabemos sobre o Estripador; ele tinha seus cinquenta e tantos anos à época dos assassinatos e com seu 1,80 metro era alto demais para se encaixar em qualquer uma das descrições.

O que nos leva às opiniões de Macnaghten sobre Kosminski.

Em seu memorando, Macnaghten descreve Kosminski como um judeu polonês cuja insanidade teve origem em anos de entrega a "vícios solitários", o que podemos supor que seja um típico eufemismo vitoriano recatado para masturbação, e como resultado ele foi mandado para um manicômio. Em 1892, Robert Anderson, que naquela época ainda era comissário assistente do CID, disse em uma entrevista para o *Cassell's Saturday Journal* que o assassino de Whitechapel era sem dúvida um maníaco homicida. Três anos depois, o escritor Alfred Aylmer disse a *Windsor Magazine* que Anderson tinha uma ideia muito específica da identidade do Estripador: "Ele mesmo tem uma teoria perfeitamente plausível de que Jack, o Estripador, era um homicida, temporariamente em liberdade, cuja horrenda carreira foi interrompida pela internação em um hospício".

Anderson publicou suas ideias em 1901, em um artigo sobre penologia e em um livro publicado mais tarde, sobre sua vida como oficial de polícia graduado. Ele afirmou que "os habitantes da metrópole, de modo geral, estavam tão seguros durante as semanas em que o malfeitor estava à solta quanto estavam antes que o surto maníaco o dominasse ou depois que foi trancafiado em segurança em um hospício", presumivelmente porque ele acreditava que as vítimas "pertenciam a uma classe muito pequena de mulheres degradadas que frequentam as ruas do East End depois da meia-noite", deixando os cidadãos respeitáveis a salvo. Assim, bem cedo, Anderson achava que a identidade do Estripador era conhecida e que ele tinha sido tirado de circulação, o que parece confirmar o que Macnaghten dizia em seu memorando. Porém a coisa não terminou aí; em 1919, quando Anderson publicou suas memórias, ele colocou as cartas na mesa. Em *The Lighter Side of My Official Life*, ele faz uma assertiva, sem qualquer sombra de dúvida que seja, que ele e sua força estavam cientes da identidade do Estripador:

> Não é necessário ser um Sherlock Holmes para descobrir que o criminoso era um maníaco sexual de um tipo virulento; que ele estava morando na vizinhança imediata dos locais dos crimes; e que, se não estava vivendo absolutamente sozinho, seu pessoal sabia de sua culpa, e se recusava a entregá-lo à justiça. Durante minha ausência no exterior, a polícia havia feito uma busca por ele casa a casa, investigando cada homem no distrito cujas circunstâncias fossem tais que ele pudesse ir e vir e livrar-se das manchas de sangue em segredo. E a conclusão a que chegamos era que ele e seu pessoal eram judeus poloneses; pois é um fato notório que as pessoas dessa classe no East End não vão entregar um deles para a justiça dos gentios.
>
> E o resultado provou que nosso diagnóstico estava correto em todos os pontos. Pois posso dizer de imediato que "assassinatos não solucionados" são raros em Londres, e os crimes de

"Jack, o Estripador" não estão nessa categoria. E se a polícia daqui tivesse os poderes que a polícia francesa tem, o assassino teria sido levado à justiça. A Scotland Yard pode orgulhar-se de que nem mesmo os policiais subalternos do departamento vão espalhar rumores, e não seria adequado de minha parte violar uma regra não escrita da instituição. Assim, apenas acrescento aqui que a carta "Jack, o Estripador" que está conservada no Museu da Polícia da Nova Scotland Yard é a criação de um jornalista londrino aventureiro.

Tendo em vista o interesse que o caso desperta, estou quase tentado a revelar a identidade do assassino e do repórter que escreveu a carta acima mencionada. Mas nenhum benefício público resultaria desse gesto, e as tradições de meu antigo departamento seriam desrespeitadas. Vou apenas acrescentar que a única pessoa que pôde ver bem o assassino identificou sem hesitação o suspeito no instante em que foi confrontada com ele; mas recusou-se a apresentar testemunho contra ele.

Ao dizer que ele era um judeu polonês, estou apenas declarando um fato estabelecido com toda a certeza. E minhas palavras têm o intuito de especificar a raça, não a religião. Porque ofenderia a todo sentimento religioso falar da religião de uma criatura odiosa cujos vícios totalmente inomináveis o reduziram a um nível inferior ao de uma fera.

Era um texto forte, e aborreceu muita gente quando as memórias foram apresentadas em série no *Blackwood's Magazine* antes da publicação, sobretudo o editor do *Jewish Chronicle*, que disse que Anderson não tinha provas de que o assassino era judeu. Anderson respondeu à objeção e não se retratou, argumentando que "Quando afirmei que o assassino era um judeu, estava afirmando um simples fato. Não é uma questão de teoria. Ao afirmar o que afirmei sobre o

Assassino de Whitechapel, não falo como um especialista em crimes, mas como um homem que investigou os fatos".

Assim, Robert Anderson, comissário assistente do CID da Polícia Metropolitana em 1888, e um homem que sabia de todos os fatos sobre a investigação do Estripador, publicamente insistiu em afirmar que o assassino era um judeu de "classe baixa" (isto é, um trabalhador pobre, de baixa renda), que ficou insano por vícios "inomináveis" e "solitários", e que havia sido identificado por uma testemunha que o vira claramente, mas que havia se recusado a testemunhar ou a dar qualquer ajuda adicional às autoridades.

As afirmações convictas de Anderson não encontraram eco em todos os outros oficiais envolvidos no caso. Mais tarde foi sugerido que as opiniões de Anderson fossem as recordações enevoadas de um idoso, e houve quem dissesse acreditar que ele estaria mentindo. Anderson às vezes era egoísta e arrogante, mas é improvável que dissesse uma mentira descarada, dado o cargo que ocupava. Ele tinha fortes princípios religiosos, que também o pressionariam para não mentir; desde 1860, ele era um cristão fundamentalista devoto e acreditava na vinda iminente de Cristo. Era autor de diversos livros sobre religião e interpretação das escrituras. Suas convicções quanto ao Estripador não pareciam ser abaladas, mesmo à luz de fortes críticas.

A opinião definitiva de Robert Anderson sobre o desfecho do caso do Estripador parecia ser isolada, até a descoberta de um exemplar de suas memórias de 1910, que tinha sido do inspetor-chefe Donald Swanson. Este foi o detetive que praticamente ficou responsável pelas investigações do Estripador enquanto Anderson estava de licença médica e, portanto, seria difícil encontrar uma fonte mais bem informada; cada informação, as notas de todas as entrevistas policiais, cada depoimento prestado, cada prisão efetuada e toda e qualquer teoria eram apresentados a ele naquele período. Policial de carreira, assim como Abberline, ele foi sendo promovido na carreira, iniciada como policial de ronda, ao contrário de Macnaghten, Anderson e Warren, que foram recrutados já com alta graduação, a partir do universo militar ou das colônias. Bem versado em procedimentos, Swanson deveria estar familiarizado com cada detalhe do caso, e sua opinião sobre qualquer assunto relacionado ao Estripador, tivesse ele decidido escrever suas memórias (coisa que não fez, infelizmente), teria sido de imenso interesse. Assim, quando seu exemplar das memórias de Anderson apareceu, na década de 1980, repleto com suas próprias anotações, as revelações foram da maior importância para historiadores e pesquisadores; escritas entre 1910 e 1924, incluíam uma parte onde ele *de fato* dava o nome de quem Anderson suspeitava ser o Estripador.

O livro havia sido herdado pela filha solteira de Swanson, Alice, e quando ela morreu, em 1981, passou às mãos de seu sobrinho, Jim Swanson. Apesar de o livro ter permanecido por gerações na família, as anotações (ou marginália, como ficaram conhecidas) escaparam à atenção até que Jim Swanson o recebeu, e seu irmão, Donald, percebeu as anotações a lápis. Uma história sobre a marginália foi vendida ao *News of the World* em 1981 por 750 libras, mas o jornal nunca a publicou; nenhum motivo foi dado. Com isso, a marginália definhou em relativa obscuridade, com interesse apenas para os especialistas no caso, até que o livro foi apresentado ao Museu Negro da Scotland Yard, em julho de 2006. Quando a imprensa ouviu falar dele, foi tratado como uma descoberta recente; o *Daily Telegraph*, por exemplo, estampou uma grande foto de Donald Swanson, já idoso, com a manchete: "Terá este homem revelado o verdadeiro Jack, O Estripador?".

As anotações importantes diziam respeito ao trecho onde Anderson afirma que o suspeito era um judeu polonês, que morava em Whitechapel, que era protegido por seu pessoal (provavelmente significando família ou amigos membros de sua comunidade). O trecho terminava assim: "Vou apenas acrescentar que a única pessoa que pôde ver bem o assassino identificou o suspeito sem hesitação no instante em que foi confrontada com ele; mas recusou-se a apresentar testemunho contra ele". Swanson havia escrito a lápis abaixo do trecho e na margem:

> devido ao suspeito ser também um judeu e também porque seu depoimento iria condenar o suspeito, e o testemunho seria o motivo para o enforcamento do assassino, coisa que ele não queria carregar em sua mente. E depois dessa identificação, que o suspeito sabia, nenhum outro assassinato desse tipo ocorreu em Londres...

O resto das notas relevantes prosseguia na folha de guarda ao fim do livro e dizia:

> ... depois que o suspeito foi identificado na Seaside Home, para onde havia sido mandado por nós com dificuldade, com o objetivo de submetê-lo à identificação, e ele sabia que havia sido identificado. Quando o suspeito voltou à casa do irmão, em Whitechapel, foi vigiado pela polícia (CID da City) dia e noite. Daí a muito pouco tempo, o suspeito, com as mãos amarradas às costas, foi enviado à Stepney Workhouse, e então para Colney Hatch, e morreu pouco depois – Kosminski era o suspeito. DSS.

O conteúdo da marginália foi provavelmente a descoberta mais importante desde que Dan Farson travou contato com o memorando de Macnaghten, em 1959, e que fez com que Montague Druitt se tornasse o suspeito principal durante muitos anos. Aqui estava, por fim, o que parecia ser uma referência direta à identidade do assassino de Whitechapel, o assim chamado "Jack, o Estripador", apresentada pelos homens que de fato estavam em uma posição de conhecer o real histórico do caso. É fácil entender por que Alan McCormack, do Museu Negro, afirmou em nossas conversas que a Scotland Yard sabia quem era o assassino, e sempre soubera. O livro com as notas era, com efeito, a "documentação" sobre a qual McCormack me falara.

Como acontece com qualquer documento importante, sempre há o problema da procedência. Para a "Marginália de Swanson", ela parecia excelente, pois o livro havia permanecido com familiares imediatos de Swanson e descendentes. Ainda, a presença de notas não era incomum, pois Donald Swanson parecia ser um anotador compulsivo, como podia ser visto examinando-se outros livros de posse da família. O que realmente devia ser confirmado, apenas para ter certeza, era se as notas no livro de Anderson tinham mesmo sido escritas por Swanson.

Providenciou-se um exame e, em 1988, o doutor Richard Totty, diretor adjunto do Laboratório de Ciência Forense do Ministério do Interior, recebeu uma fotocópia das páginas relevantes, junto a cópias de outros exemplos conhecidos da letra de Swanson. Os resultados do senhor Totty foram uma surpresa, pois ele achou que a marginália não tinha sido escrita pela mesma mão que as amostras de letra. No fim, isso aconteceu porque as amostras não eram da letra de Swanson, mas de um secretário que escrevia por ele, e apenas traziam a assinatura de Swanson. As amostras foram substituídas por outras de fato com a letra dele, e Totty confirmou que combinavam.

Quando a cópia do livro de Anderson foi doada ao Museu Negro, em julho de 2006, outra bateria de exames teve início, de novo para que o curador Alan McCormack se assegurasse de que o que tinham era legítimo. Usando para comparação uma das cadernetas de anotação de Donald Swanson, da coleção de família, a análise foi feita pelo doutor Christopher Davies, que à época era um dos principais examinadores de documentos no laboratório de Londres do Serviço de Ciências Forenses. Em seu relatório, ele disse:

Uma coisa interessante na análise do livro é que ele foi anotado duas vezes, com lápis diferentes, em ocasiões diferentes, o que levanta a questão do quão confiável é o segundo conjunto de notas, pois estas notas foram feitas alguns anos depois. Há similaridade suficiente entre a letra no livro e aquela encontrada no livro de contabilidade para sugerir que provavelmente era a letra de Swanson, embora no segundo conjunto de notas, posterior, existam pequenas diferenças. Estas poderiam ser atribuídas ao processo de envelhecimento e a uma deterioração mental ou física, mas não podemos estar completamente certos de que esta seja a explicação. A complicação adicional é que as pessoas na era vitoriana tendiam a ter letra muito parecida, de qualquer modo, pois todos aprendiam com o mesmo livro de caligrafia, por isso as pequenas diferenças que observei podem ser as pequenas diferenças entre diferentes autores. É mais provável que seja Swanson, mas estou certo de que o relatório será motivo de intenso debate entre os interessados no caso.

Ele concluiu que "há fortes indícios para apoiar a hipótese de que Swanson escreveu as anotações no livro *The Lighter Side of My Official Life* que estão sendo questionadas". Mas, para alguns, "fortes indícios" não são evidências conclusivas, e o leve traço de hesitação do doutor Davies significa que, para alguns dos investigadores do Estripador, a autenticidade dessas notas ainda é questionável. Eles defendem suas posições nos fóruns da Internet, com discussões longas e cansativas que muitas vezes são encerradas pelos administradores quando começam as calúnias. Várias pessoas têm sido acusadas de interferir com o documento para incriminar Kosminski. Todo o debate mostra como as paixões ficam inflamadas com o mistério do Estripador e até que ponto alguns dos entusiastas chegam para ganhar uma discussão.

Por fim, graças a toda essa animosidade, uma nova bateria de exames foi conduzida pelo doutor Davies em 2012, desta vez com material recém-encontrado da coleção da família Swanson, contendo amostras da letra de Donald Swanson em diferentes estágios de sua vida. A essa altura, a cópia do livro de Anderson havia sido removida do Museu Negro por sugestão da família, pois achavam que não fazia sentido que ficasse exposta em um local onde ninguém podia vê-lo (da mesma forma como aconteceu com o xale, que foi removido em 1997). O novo relatório do doutor Davies afirmava que "há forte apoio para a opinião de que as notas no final da página 138 do exemplar de Donald Swanson de *The Lighter Side of My Official Life* e as notas na última folha desse livro tenham sido escritas por Donald Swanson". E quanto à frase-chave "Kosminski era o suspeito", o senhor Davies respondeu aos críticos que achavam que ela havia sido acrescentada de propósito por Jim Swanson, em uma data posterior:

> Eu concluí que não há indícios que apoiem a opinião de que a última linha na última folha do livro tenha sido acrescentada, muito mais tarde, a um texto preexistente. Também não encontrei indícios de que essa linha tenha sido escrita por Jim Swanson.

A marginália de Swanson é um dos poucos artefatos da história do Estripador que foram submetidos a escrutínio científico físico, junto a várias cartas do Estripador, ao diário de Maybrick e agora, claro, ao xale. Acredito firmemente que as notas são genuínas, e creio que minha opinião está agora justificada. Todas as tentativas de atacar a marginália foram refutadas por análises abalizadas, e assim acredito que se pode dizer que seu conteúdo deve ser considerado como as palavras importantes de um homem importante envolvido no caso do Estripador.

Na época em que o livro de Anderson e a marginália de Swanson estavam no limbo, e antes que tivesse sido publicada muita informação sobre eles, em 1986-1987, o escritor *freelancer* e locutor Martin Fido estava preparando seu próprio estudo sobre o caso do Estripador e, baseado nas afirmações de Anderson, conduziu uma extensa busca nos registros de manicômios, procurando pelo suspeito. Ciente de que um "Kosminski" tinha sido proposto por Melville Macnaghten, ele encontrou um Aaron Kosminski nos registros do Manicômio de Colney Hatch, onde foi internado em fevereiro de 1891, uma data que não coincidia com a afirmação de Macnaghten de que ele tinha sido "removido para um asilo de loucos por volta de março de 1889". Fido também teve a impressão de que Aaron Kosminski era pouco mais do que um imbecil inofensivo e que certamente não era o maníaco homicida que o Estripador deveria ser. Ele tampouco morreu logo após ser enviado para Colney Hatch, como afirmado na marginália de Swanson.

Fido acabou escolhendo outro interno judeu, David Cohen, que morreu em outubro de 1889; ele era de Whitechapel e era extremamente violento e, assim, na opinião de Fido, preenchia os requisitos melhor do que Kosminski. Mas a candidatura de Cohen tampouco estava livre de problemas: o mais óbvio deles era que o nome estava errado. Fido contornou esse fato sugerindo que "David Cohen" fosse talvez um nome do tipo "Fulano de Tal" – em outras palavras, um nome genérico dado a europeus orientais com nomes difíceis de pronunciar. Ainda, de acordo com Swanson, a identificação ocorreu na "Seaside Home", que em geral se supõe ser a Police Convalescent Seaside Home, em Hove, na costa de Sussex, perto de Brighton. Como esse estabelecimento abriu em 1890, Cohen não poderia ter sido internado lá, pois morreu um ano antes.

Outro elemento que aponta para Kosminski, além de sua presença em Colney Hatch como afirmado por Swanson, foi o motivo para sua internação – "automutilação" –, um diagnóstico muito específico que obviamente tinha uma ligação direta com os "vícios solitários" e "impublicáveis" mencionados por Anderson e Macnaghten.

Para mim, tudo isso foi suficiente para confirmar que Kosminski era o suspeito mais provável, e assim comecei a retomar a pesquisa sobre sua vida, que havia iniciado em 2007. A necessidade mais premente era conseguir uma amostra do DNA dele, para comparar com o xale.
Esta era agora minha maior tarefa.

CAPÍTULO 11

QUEM FOI AARON KOSMINSKI?

Desde o instante em que Alan McCormack proferiu aquelas palavras, "Sabemos quem o Estripador é. Sempre soubemos", tive a forte sensação de que Aaron Kosminski era o suspeito certo. Analisei todos os outros, e embora haja algumas discrepâncias entre as afirmações dos policiais envolvidos no caso, creio que fortes indícios levam a ele. Sendo assim, quem é ele? O que sabemos a seu respeito?

A resposta é que não temos um quadro completo desse homem, que é o mais famoso assassino do mundo. Os registros da década de 1880 são no mínimo obscuros, e ainda mais com um imigrante estrangeiro. Mas temos um esboço da vida dele.

Logo depois que comprei o xale, comecei a busca por ele, e isso me levou, em 2008, aos Arquivos Metropolitanos de Londres (LMA), que estão situados na área de Farrington, em Londres, e formam a principal fonte de arquivos para a região da Grande Londres. Os arquivos contêm 105 quilômetros de documentos, mapas, livros, filmes, quadros e fotos de Londres, alguns deles datando de 1067.

Fui ao arquivo porque descobri que os registros do Manicômio de Colney Hatch, um dos dois em que ele ficou internado no final de sua vida, estavam guardados lá, e passei um dia vasculhando-os e fotografando todas as referências a Aaron Kosminski. Porém não consegui ver os arquivos de Leavesden, o manicômio para o qual foi transferido depois. Não pude ter acesso a eles porque eram frágeis demais para serem manipulados por um visitante; no entanto, paguei a um dos arquivistas profissionais para fazer a pesquisa para mim (veja o Apêndice para uma seleção dos documentos). Não fui o primeiro pesquisador a usar estes arquivos: na ficha de consultas aos registros de Aaron Kosminski, vi acima do meu nome o de Martin Fido, o homem que o rejeitara em favor de David Cohen como o Estripador. Mas ainda acho incrível que, em todos esses anos desde que foi posto na lista dos três principais suspeitos, tão pouca pesquisa tenha sido feita sobre ele antes de mim.

Então o que sabemos? Quem era Aaron Kosminski e o que desencadeou seus horrendos ataques às prostitutas do East End naqueles meses terríveis, em 1888?

Aaron Mordke Kosminski nasceu em Klodawa, na província de Kalish, na Polônia central, em 11 de setembro de 1865, filho do alfaiate Abram Josef Kozminski e sua esposa, Golda Lubnowski. Eram descritos, em um registro não datado no Livro de Residentes de Klodawa, como "pequenos burgueses", o que sugeria que tinham um padrão de vida razoável. Aaron era o mais novo de sete filhos, embora sua irmã mais velha, Pessa, tivesse vivido só até os 3 anos, tendo morrido muito antes do nascimento dele. Sua irmã seguinte, Hinde, nasceu 17 anos antes dele, em 1848, seguida por um irmão, Icek (que mais tarde adotou o nome anglicizado de Isaac), nascido em 1852. Em seguida veio uma irmã, Malke (que também mudou o nome para Matilda), e então outra irmã, Blima, nascida em 1854. O mais próximo à idade de Aaron era seu irmão Woolf, cinco anos mais velho. Quando Aaron nasceu, sua mãe tinha 45 anos e havia passado vinte anos dando à luz e criando os filhos.

Klodawa é uma cidadezinha a cerca de 140 quilômetros de Varsóvia, com uma mina de sal que constituía a espinha dorsal de sua economia e que ainda é a maior mina de sal da Polônia. A cidade tem um histórico conturbado, no geral infeliz, tendo sido invadida e passado pelas mãos de vários países: no século XVII, foi destruída pelos suecos, então foi governada pela Prússia, seguindo-se uma trégua como parte do Ducado de Varsóvia. Foi parte do Congresso da Polônia, um estado autônomo governado pelos czares da Rússia, que foi suprimido, transformando-se em província do Império Russo. Tornou-se formalmente parte da Rússia no ano em que Aaron nasceu.

Se a história de sua cidade natal foi fragmentada, a comunidade judaica aí residente teve um passado ainda mais conturbado, tendo por vezes sido expulsa do local. À época do nascimento de Aaron, quase um quarto da população era de judeus. Seu pai, Abram, era alfaiate, e, por tudo que sabemos sobre o trabalho de seus filhos quando vieram para Londres, fica claro que ele lhes ensinou seu ofício.

Por volta de 1871, quando tinha 20 anos, Isaac foi o primeiro da família a ir para Londres, com sua jovem esposa Bertha, provavelmente mudando-se para escapar da pobreza em Klodawa e para trabalhar em uma cidade maior; não deveria haver trabalho suficiente em alfaiataria em uma vila com menos de 3 mil habitantes.

Aaron tinha apenas 8 ou 9 anos de idade quando seu pai morreu, aos 54 anos, depois que Isaac já havia deixado a Polônia. Não sabemos a causa de sua morte, mas o impacto na família deve ter sido imenso. Hinde e Matilda já estavam casadas nessa época e não viviam mais com a família. O atestado de óbito do pai lista-o como tendo deixado viúva e três filhos vivendo em casa, provavelmente os três mais novos, Blima, com 16 anos na época, Woolf, com 14, e Aaron, muito mais novo.

Todos devem ter sentido profundamente a morte do pai não apenas por motivos emocionais, mas também financeiros. No entanto, talvez Aaron, por ser mais novo, tenha sido mais afetado que os demais. Não vou tentar explorar a psicologia da separação e da perda em uma idade tão tenra, mas hoje sabemos como a vida de uma criança é influenciada pela perda de um dos pais em um estágio tão essencial de seu desenvolvimento.

Em uma sociedade patriarcal, o chefe da família era agora Woolf, um adolescente que tinha de sustentar a mãe, a irmã e o irmão pequeno. Sem dúvida Aaron foi recrutado para trabalhar; era normal que crianças de 10 anos já fossem empregadas. Blima também deve ter trabalhado no negócio familiar até seu casamento.

Não sabemos quase nada sobre a vida de sua irmã Blima, embora ela tenha mudado o nome para Bertha Held, de onde podemos deduzir que se casou e, por conta do primeiro nome anglicizado, deixou a Europa Oriental. Matilda casou-se com o primo Mosiek (depois mudado para Morris) Lubnowski. Eles foram para a Alemanha, onde nasceram seus primeiros dois filhos (eles tiveram quatro) e depois de pelo menos dois anos mudaram-se para Londres.

A irmã sobrevivente mais velha, Hinde, casou-se com Aaron Singer, outro alfaiate, na Polônia, e eles tiveram dois filhos, nascidos lá quando o tio Aaron tinha 10 e depois 12 anos de idade.

Fora isso, muito pouco é sabido sobre a infância de Aaron na Polônia. O que sabemos é que seu irmão Woolf e a esposa Brucha (outra prima, que anglicizou o nome para Betsy) emigraram para Londres em 1881, quando Woolf tinha 20 anos. Aaron, com 15 anos, provavelmente foi com eles e se juntou aos milhares de refugiados judeus que agora baixavam no East End, fugindo dos *pogroms*, a violência russa contra as comunidades judaicas.

Não se sabe se Golda viajou com eles; ela pode ter vindo mais tarde com sua filha Matilda, que morou na Alemanha quando saiu da

Polônia (e é uma possibilidade, também, que Aaron tenha ido com ela), porque temos registros de Golda vivendo com Matilda em Londres, e ela está enterrada lá. Hinde, que agora usava o nome Helena (e mais tarde ficou conhecida como Annie), também viajou para Londres com sua família mais ou menos na mesma época. É possível que seu marido tivesse vindo antes; há uma referência a ele fugindo da Polônia depois de um escândalo, e parece ter sido um homem um tanto mulherengo que, muito mais tarde, abandonou a mulher e os filhos. Os Singer ficaram em Londres durante dois ou três anos, onde mais dois filhos nasceram, antes de partirem para os Estados Unidos, em 1885, onde se estabeleceram em Boston.

A viagem de Klodawa até Londres com certeza foi horrível, com os guardas de fronteira exigindo propinas e ladrões tirando vantagem dos viajantes indefesos. Cruzar o Mar do Norte em geral levava dois ou três dias, espremidos com outros emigrantes em condições imundas e malcheirosas. Os Kosminski tiveram sorte em comparação com a maioria dos companheiros de viagem: eles tinham um lugar aonde ir em Londres, e alguém para recebê-los. Isaac estava vivendo ali, com uma bem-sucedida alfaiataria, e estava relativamente confortável em seu novo país. Em 1885, três dos irmãos Kosminski – Isaac, Matilda e Woolf – estavam alugando casas no East End, na Greenfield Street (hoje, Greenfield Road), perto da Commercial Road, descrita como uma rua relativamente respeitável para a vizinhança, habitada por "uma classe de gente um tanto superior", de acordo com o levantamento que Charles Booth realizou em 1888. Antes de partirem para os Estados Unidos, Helena e sua família, os Singer, também moraram na Greenfield Street.

Com seus primeiros nomes anglicizados, os Kosminski mudaram o sobrenome para Abraham simplesmente porque era mais fácil de pronunciar e soletrar do que Kosminski, embora ao menos Aaron pareça ter preferido o antigo nome. Talvez ele sentisse que já havia perdido tanto – o pai, o país natal, o idioma – que não estivesse preparado para abrir mão também do nome.

Woolf e Matilda, com suas respectivas famílias, talvez tenham achado mais difícil se estabelecerem em Londres do que Isaac. As duas famílias foram registradas mudando-se para endereços diferentes, todos na Greenfield Street ou nas proximidades, nos anos seguintes (Woolf morou em quatro casas diferentes na rua, bem como em Providence Street, Yalford Street e Berner Street, onde ele morou na casa vizinha ao local onde depois Elizabeth Stride seria assassinada). Não sabemos qual dos irmãos forneceu um lar para Aaron; talvez todos tenham tomado conta do irmão mais novo em diferentes momentos, mas, como todos tinham seus próprios filhos, e precisavam alojar Golda, as condições deviam ser apertadas. É improvável que ele vivesse sozinho; naquela época, jovens solteiros normalmente viviam com a família.

Isaac era bem-sucedido de certa forma, e em 1888 tinha 14 empregados e uma oficina no pátio atrás da casa, uma das 15 semelhantes ao longo de um dos lados de Greenfield Street, o que demonstra que o negócio de alfaiataria dos judeus estava bem estabelecido. Uma das razões para isso é que estavam fazendo roupas femininas; antes, toda a alfaiataria na Grã-Bretanha era feita para homens e as mulheres eram vestidas por costureiras caseiras.

No entanto, com tanta gente no negócio, e a grande competição, é compreensível que profissionais relativamente recém-chegados, como Woolf, lutassem para se estabelecer. O marido de Matilda era sapateiro, e ele também parece que encontrou dificuldade para ganhar a vida nos primeiros tempos em Londres, provavelmente porque a fabricação de sapatos também não era um ofício novo na área, e havia concorrência já estabelecida.

Embora o East End fosse um local popular para os judeus se fixarem e se congregarem, em 1888 eles estavam enfrentando uma reação de antissemitismo, sendo acusados de roubar empregos de britânicos desempregados; de baixar tanto os preços para concorrer com os demais que os salários pagos não eram suficientes para a sobrevivência dos empregados; e também pela suspeita de haver agitadores socialistas judeus condenando as oficinas de confecções com salários baixos demais. Era uma época conturbada para os imigrantes, e para a família Kosminski/Abraham devia parecer que tinham vivido toda a vida sob o antissemitismo.

Com quaisquer que fossem os parentes com quem vivia em 1888, quando ocorreram os assassinatos do Estripador, Aaron estava perto o suficiente dos locais dos crimes para conseguir chegar lá com facilidade e para escapar. Percorri as rotas para conhecer bem essas curtas distâncias. Na noite do duplo assassinato, quando foi interrompido no Dutfield's Yard, ele sentiu uma compulsão por atacar de novo, e acredito que só teve êxito por conta da proximidade de sua casa ao local. Havia um alvoroço nas ruas, com a polícia e a população caçando-o, e ainda assim ele *precisava* atacar de novo naquela data significativa. Morar bem no limite de Whitechapel significava que ele podia cometer o assassinato com tempo para conduzir suas mutilações rituais e ainda voltar para a segurança de sua casa, que deveria ser ou na Greenfield Street (com Isaac ou Matilda) ou na Providence Street ou Yalford Street, onde sabemos que Woolf estava morando mais ou menos nessa época (sabemos que Woolf viveu em ambas as ruas, pelas datas que os filhos dele frequentaram as escolas locais, mas não sabemos exatamente quando ele se mudou para cada endereço). Todas essas ruas dão fácil acesso aos locais dos crimes.

Imediatamente após os assassinatos, os registros sobre Aaron Kosminski são escassos, com apenas um único vislumbre intrigante dele. Em dezembro de 1889, ele compareceu ao tribunal depois de ter sido detido por passear com um cachorro sem focinheira em Cheapside. O medo de uma epidemia de raiva havia levado à criação de uma lei que exigia que todos os cachorros tivessem focinheiras. A presença de Aaron no tribunal foi noticiada na imprensa. O *Lloyds Weekly News* publicou:

> O policial Borer disse que viu o acusado com um cachorro sem focinheira e, quando indagado como se chamava, disse que era Aaron Kosminski, o que seu irmão disse estar errado, pois o sobrenome dele era Abraham – o acusado disse que o cão não era dele, e o irmão disse que era mais conveniente usarem o sobrenome Abraham, mas seu sobrenome era Kosminski –; Sir Polydore de Keyser impôs uma multa de 10s e custas, que o acusado não queria pagar, pois era o domingo judeu, e não era certo pagar com dinheiro no domingo. Ele teve autorização para pagar na segunda.

Outra nota, no *City Press*, dizia:

> Aaron Kosminski compareceu a uma intimação por ter um cão sem focinheira em Cheapside. Quando interpelado pela polícia, deu nome e endereço errados. Acusado: Às vezes eu uso o sobrenome Abraham, porque Kosminski é difícil de pronunciar (risos). O acusado chamou seu irmão, que corroborou a parte do depoimento relativa a seu sobrenome. O vereador disse que ele teria que pagar uma multa de 10s e as custas. Acusado: Não posso pagar, o cachorro é de Jacobs, não é meu. Vereador: Estava sob sua responsabilidade e você deve pagar a multa, e, se você não tem bens para usar como garantia, vai ter que ir para a cadeia por sete dias.

O irmão presente no tribunal provavelmente era Woolf, que com certeza usava o sobrenome Abraham. É interessante que Aaron, que tinha 24 anos, estava acompanhado por seu irmão mais velho; não fica claro por que ele foi junto, e não parece haver qualquer motivo para supor que Aaron estava tendo qualquer tipo de dificuldade, de linguagem ou de capacidade, para entender o que estava acontecendo, embora ele talvez tenha precisado de ajuda para pagar a multa.

Depois disso, Aaron Kosminski desaparece brevemente do registro histórico. Quando reaparece, em 1890, é nos registros da *workhouse* Mile End Old Town. Em 12 de julho, Aaron foi levado para lá por um de seus irmãos, mais uma vez provavelmente Woolf. O motivo exato pelo qual foi levado não é claro, embora seja provável que tenha sido porque Aaron havia começado a exibir sinais inconfundíveis de estar mentalmente perturbado, e Woolf poderia muito bem ter esperança de que houvesse algum tratamento disponível, ou que ao menos pudesse obter um diagnóstico; o registro mostra que o "motivo de procurar ajuda" foi "possível insanidade", uma razão bastante comum para a admissão de pobres na época. As *workhouses* eram instituições que forneciam cuidados básicos àqueles que haviam chegado ao último degrau da escala social, sem meios para se sustentar e sem acomodações. Usadas também por pessoas com doenças mentais e por idosos, eram lugares sujos, superlotados e sem condições sanitárias, o último recurso como refúgio.

Ao ser admitido, Aaron foi descrito como "indigente". Podemos apenas supor que ele estava se comportando de modo suficientemente incomum para que a família se preocupasse em buscar ajuda. Sua profissão foi dada como "cabeleireiro", e seu endereço era Sion Square, 3, a casa de Woolf. A religião foi registrada como "hebreu", e ele foi classificado como "homem fisicamente capaz", na determinação da precária dieta que receberia.

Não há nada, em qualquer registro que encontrei, que mostre que ele realmente trabalhou como cabeleireiro, e com o histórico da família em alfaiataria, é uma ocupação surpreendente, mas da mesma forma não há motivo para duvidar da informação citada em seus documentos de admissão na *workhouse*; talvez em algum momento o tenha feito. Ele foi dispensado, sob os cuidados do irmão, três dias mais tarde, e é improvável que tenha sido examinado por algum médico ou tenha recebido alguma ajuda. Talvez a família se sentisse culpada por deixá-lo lá, talvez se preocupassem com que, sem acomodações mais seguras, ele fosse capaz de retomar os assassinatos. Nunca saberemos.

Seis meses depois, Aaron foi readmitido na *workhouse*, e dessa vez seu endereço foi dado como Greenfield Street, 16, a casa da irmã Matilda e do marido Morris Lubnowski, o que mostra que provavelmente os membros da família se revezavam para alojá-lo. A data era 4 de fevereiro de 1891, e parece que sua saúde mental agora havia se deteriorado a um estado que a família, que o abrigara e amparara, já não conseguia dar conta. Em sua admissão, o registro de pacientes afirmava que ele estava sofrendo de "mania", e ele foi examinado por um médico, Edmund Houchin, que escreveu um relatório sobre o que vira, declarando Kosminski insano:

Examinei pessoalmente o referido Aaron Kosminski e cheguei à conclusão de que é uma pessoa de mente instável e uma pessoa que deve ficar sob custódia e detida recebendo cuidados e tratamento.

a) *Fatos indicativos de insanidade observados pelo médico, a saber:*
Ele declara que é guiado, e todos os seus movimentos são controlados por um instinto que informa sua mente; ele diz que conhece os movimentos de toda a humanidade; ele se recusa a comer a comida dada por outros porque recebe ordens para fazê-lo e come da sarjeta pela mesma razão.

b) *Outros fatos indicando insanidade comunicados por outros:*
Jacob Cohen, Carter Lane, 51, Saint Paul's, EC, diz que ele anda pelas ruas e pega pedaços de pão da sarjeta e come, toma água da torneira e recusa alimento dado pela mão de outros. Ele pegou uma faca e ameaçou a vida de sua irmã. Ele disse que está doente e sua cura consiste em recusar comida. Ele é melancólico, pratica automutilação. Está muito sujo e não quer lavar-se. Há anos ele não procura nenhum tipo de trabalho.

Houchin finalizou o relatório com as seguintes palavras: "O mencionado Aaron Kosminski pareceu-me estar em condições adequadas de saúde física para ser removido para um manicômio, hospital ou asilo particular".

A decisão de interná-lo está registrada como "não contestada", o que significa que ninguém em sua família se opôs a que ele fosse confinado; se tivessem (como tenho certeza de que tinham) suspeitas sobre ele, provavelmente sentiriam um grande alívio por passarem adiante a responsabilidade por ele.

Jacob Cohen, que deu a informação sobre o ataque a uma irmã (que deve ter sido Matilda, a menos que o relatório se equivocasse usando "irmã" em vez de "cunhada") e sobre a forma como Aaron vinha se comportando, era sócio de Woolf e talvez fosse cunhado dele. A esposa de Woolf, Betsy, tinha um irmão Jacob, que havia adotado o nome Cohen depois de deixar a Polônia e, embora vivesse e trabalhasse em Manchester (sendo bem-sucedido, primeiro como açougueiro e depois como atacadista de tecidos), é possível que fosse um investidor e parceiro no negócio de Woolf e visitasse Londres a trabalho. O endereço que usou ao dar a informação sobre Aaron Kosminski é o endereço comercial de Woolf. Mas isso é especulação; creio ser plausível, mas ninguém estabeleceu a verdadeira identidade de Jacob Cohen, e os pesquisadores do Estripador trabalharam com afinco nisso.

Os irmãos podem ter pedido a Jacob Cohen que desse os detalhes da progressiva piora de Aaron, talvez porque ele seria visto como mais independente da família. É possível que a família também tivesse dado seu depoimento e ele simplesmente não tivesse sido registrado. Houchin deveria estar lidando com muitos casos, e é sorte que um relatório tão detalhado tenha sobrevivido.

Quando Aaron foi detido por passear com um cachorro sem focinheira, ele disse no tribunal que o cão era "de Jacob", e esta é provavelmente outra referência ao parceiro de Woolf.

Da *workhouse*, ele foi levado para o Hospício de Colney Hatch, em 6 de fevereiro de 1891. Essa instituição havia sido fundada em Friern Barnet em julho de 1851, sendo o segundo manicômio para pobres no condado de Middlesex. Projetado no estilo italianado por S. W. Dawkes, tinha 1.250 leitos, sendo a maior e mais moderna instituição desse tipo na Europa. Daí a dez anos, foi ampliado para acomodar 2 mil pacientes. Tinha seu próprio cemitério (fechado em 1873; a partir de então os pacientes passaram a ser enterrados no Great Northern Cemetery, em New Southgate), sua própria fazenda, onde muitos pacientes estavam empregados, seu próprio sistema de abastecimento de água e seu próprio sistema de tratamento de esgoto, depois que moradores locais reclamaram que o esgoto não tratado do manicômio estava desaguando em um riacho próximo.

O registro de admissão em Colney Hatch descreve Kosminski como tendo 26 anos de idade, hebreu, solteiro e, novamente, cabeleireiro. A causa de sua condição, originalmente informada como "desconhecida", foi corrigida com tinta vermelha para "automutilação", e a duração de seu "ataque" corrente foi inicialmente registrada como "seis meses", mas de novo corrigida para constar "seis anos", sugerindo que Aaron vinha demonstrando problemas de saúde mental desde

1885, quando tinha 20 anos. Estava registrado que ele não era considerado um perigo para os demais. O irmão Woolf era mais uma vez listado como o parente mais próximo.

Por meio de minha própria pesquisa no LMA, tenho cópias das notas médicas, e elas o mostram variando entre períodos tranquilos e taciturnos e episódios de grande agitação:

TIPO DE DISTÚRBIO: *MANIA*
Observações
Enfermaria 9.B3.10

Ao ser internado, o paciente está extremamente fora da realidade e fechado. Como mencionado no certificado, ele acredita que todas as suas ações são dominadas por um "instinto". Isso é, provavelmente, uma alucinação mental. Responde bem às perguntas, mas está inclinado a ser reticente e fechado. Boa saúde. *F. Bryant*

10 de fevereiro de 1891: É bem difícil de lidar, por conta do caráter dominante de seus delírios. Recusou-se a tomar banho, dias atrás, pois seu "instinto" o proibia. *F. Bryant*

21 de abril: Incoerente, apático, não se ocupa de nada; ainda tem a mesma objeção "instintiva" ao banho da semana. Boa saúde. *Wm Seward*

9 de janeiro de 1892: Incoerente; às vezes, agitado e violento – alguns dias atrás, pegou uma cadeira e tentou atingir com ela o encarregado; quase sempre apático, recusa-se a ocupar-se de qualquer forma; hábitos limpos; boa saúde. *Wm Seward*

17 de novembro: Quieto e bem comportado. Só fala alemão [?iídiche]. Não trabalha. *Cecil J. Beadles*

18 de janeiro de 1893: Mania crônica: inteligência limitada; por vezes, ruidoso, agitado e incoerente. Não se ocupa de nada; hábitos limpos; boa saúde. *Wm Seward*

8 de abril: Incoerente; ultimamente quieto, boa saúde. *Cecil J. Beadles*

18 de setembro: Indolente, mas quieto e de hábitos limpos, nunca trabalha. Responde questões relativas a si mesmo. *Cecil J. Beadles*

13 de abril de 1894: Demente e incoerente, boa saúde. *C. Beadles*

19 de abril: Liberado. Aliviado. Leavesden. *Wm Seward*

Essa última nota mostra que Aaron Kosminski foi transferido para o superlotado manicômio de Leavesden, próximo a Watford, em Hertfordshire, em 1894, onde as condições eram muito piores do que em Colney Hatch. Não foi dada uma razão para a transferência, mas é possível que sua condição intratável significasse que ele nunca seria reabilitado. Quando foi admitido em Leavesden, sua condição física foi registrada como comprometida. Pela primeira vez, sua mãe, Golda, é listada como a parente mais próxima, e como endereço dela constava a casa onde a irmã dele, Matilda, vivia com a família.

As notas esparsas feitas em Leavesden, referentes aos últimos anos da vida dele, foram levantadas para mim pelo arquivista da LMA e mostram que seu comportamento continuou a flutuar, e mais tarde sua saúde física também começou a deteriorar-se. As notas abaixo, de

Leavesden, foram compiladas de várias fontes soltas de registros e foram dispostas em ordem cronológica para dar uma ideia melhor do declínio de Kosminski:

10/9/10: Hábitos ruins, ele não faz nada útil e não consegue responder a questões de natureza simples. Saúde física ruim. AKM

29/9/11: Paciente apático e vago. Hábitos ruins e insalubres. Não faz nada útil. Não é possível obter nada por meio de questões. Saúde física fraca. H.C.S.

15/4/12: Exame não deu negativo. FH

6/9/12: Não é possível obter respostas; apático e estúpido em modos e de hábitos ruins. Requer atenção constante. Saúde física fraca. AKM

16/1/13: O paciente é taciturno. Não é possível obter respostas coerentes a perguntas. Murmura de forma incoerente. Hábitos ruins e desleixados. Saúde física fraca. AKM

1/4/14: O paciente tem alucinações visuais e auditivas, às vezes fica muito agitado e problemático, muito desleixado, condição física razoável.

16/7/14: Incoerente e agitado; às vezes cria problemas; Alucinações auditivas. Desleixado – Saúde física razoável. G.P

14/2/15: O paciente apenas murmura quando questionado. Tem alucinações visuais e auditivas e às vezes fica muito agitado. Não trabalha. Limpo, mas desleixado ao vestir-se. Saúde física boa. DNG.

1/3/15: Sem melhoras.
Peso tomado em 17 de maio de 1915, 48 kg.

1/11/15: O paciente tem um corte acima do olho esquerdo, feito ao chocar-se com a torneira no banheiro.

2/2/16:   O paciente não sabe sua idade ou quanto tempo faz que está aqui. Tem alucinações visuais e auditivas, e às vezes é muito obstinado. Desleixado, mas limpo; não trabalha. Saúde física boa. JM
8/7/16:   Sem melhoras.
5/4/17:   Sem melhoras.
26/5/18: Paciente de cama, intestinos soltos com sangue e muco.
27/5/18: Transferido para 8a.
3/6/18:   Diarreia cessou. De alta pelo dr. Reese.
28/1/19: De cama com pés inchados.
          Peso em fevereiro de 1919, 43,5 kg.
20/2/19: De cama, com pés inchados e mal-estar. Temperatura 37,2°.
13/3/19: Fratura no quadril.
22/3/19: Consumiu pouco alimento durante o dia, mas muito ruidoso.
23/3/19: Parece muito abatido. Consumiu muito pouco alimento durante o dia.
24/3/19: Morreu em minha presença, às 5h05 da manhã. Marcas no corpo, quadril direito e perna esquerda feridos. Assinado: S. Bennett, atendente noturno.

De acordo com a certidão de óbito de Aaron Kosminski, a causa da morte foi gangrena. Ele tinha 53 anos quando morreu e pesava menos de 44 kg, provavelmente como resultado de recusar-se a comer e de anos de inatividade. As marcas no quadril e na perna podiam muito bem ser escaras pelo fato de ele passar muito tempo deitado. Pela escassez de notas, podemos deduzir que ficava em um estado quase catatônico boa parte do tempo, mas não sabemos se estaria drogado. Embora drogas antipsicóticas não tivessem sido desenvolvidas até a década de 1950, os funcionários de manicômios ruidosos, com falta de pessoal, rotineiramente sedavam os pacientes para facilitar os cuidados.

O corpo de Aaron foi entregue a "I & W Abrahams", seus dois irmãos, Isaac e Woolf. Ele foi enterrado pela Burial Society of the United Synagogue [Sociedade de Enterros da Sinagoga Unida], em 27 de março de 1919, no cemitério de East Ham, a um custo total de doze libras e cinco *shillings*, e seu endereço foi dado como Ashcroft Road, 5, Bow, que à época era a casa de seu cunhado Morris Lubnowski e sua irmã Matilda. A inscrição na lápide dizia: "Aaron Kosminski, que morreu em 24 de março de 1919. Sua ausência é profundamente sentida por seu irmão, suas irmãs, seus familiares e amigos. Que sua alma tão querida descanse em paz".

Embora a lápide mencione só um irmão, Isaac viveu por mais um ano; assim, é provável que a lápide tenha sido adicionada depois, após a morte de Isaac. Os irmãos e a mãe, Golda, estão todos enterrados juntos, em um cemitério diferente, e seus sobrenomes são todos registrados como Abrahams. Assim, a despeito da inscrição carinhosa, parece que o resto da família preferiu manter o irmão mentalmente doente separado deles, até na morte.

Vendo esses registros, é compreensível que Martin Fido e outros tenham achado difícil compatibilizar esse personagem triste e em progressivo declínio com o temido Jack, o Estripador. E, ainda assim, Aaron Kosminski é o único "Kosminski" nos registros do manicômio no período apropriado, e um "Kosminski" foi citado por Melville Macnaghten como um "forte suspeito"; Robert Anderson estava convencido de que o Estripador era um judeu polonês insano e pobre que tinha sido identificado como o Estripador e enviado para um manicômio, e Donald Swanson parecia concordar com ele, embora citasse equivocadamente a Mile End Workhouse como "Stepney Workhouse", para então mencionar o nome dele. Acredito que há circunstâncias suficientes para tornar o "Kosminski" da polícia e Aaron

Mordke Kosminski a mesma pessoa, e é por isso que, em minha busca por evidências científicas para provar quem o Estripador realmente era, eu o tornei meu alvo principal.

Há outro material que reforça as afirmações de Macnaghten, Anderson e Swanson. Robert Sagar entrou para a polícia da City of London em 1880 e subiu rapidamente na carreira. Em 1888, era sargento, tornando-se sargento detetive no ano seguinte. O major Henry Smith, comissário da Polícia da City à época do duplo assassinato, disse: "Nunca tive sob meu comando um policial melhor ou mais inteligente do que Robert Sagar". Em 1905, quando Sagar se aposentou, diversos jornais apresentaram seu envolvimento no caso do Estripador, e em seus relatos incluíram algumas informações interessantes que têm alguma relação com o caso de Kosminski. Um deles, do *City Press*, sugere que não apenas acreditava-se que o assassino era um "louco", mas também que os indícios para condená-lo não foram suficientes, e ele foi tirado de circulação e colocado em um manicômio:

> Sua [de Sagar] associação profissional com as terríveis atrocidades que foram perpetradas alguns anos atrás no East End pelo assim chamado "Jack, o Estripador" foi muito próxima. De fato, o senhor Sagar sabe tanto sobre esses crimes que aterrorizaram a Metrópole quanto qualquer detetive de Londres pode saber. Ele foi nomeado para representar a força policial da City nas conferências com as lideranças dos detetives da força metropolitana, ocorridas todas as noites na delegacia da Leman Street, durante o período coberto por tais crimes horrendos. Muito já foi dito e escrito – e ainda mais conjecturado – sobre o tema dos assassinatos de "Jack, o Estripador". Foi afirmado que o assassino fugiu para o continente, onde teria cometido crimes horríveis semelhantes, mas não é esse o caso. A polícia percebeu, assim como o público, que os crimes eram obra de

algum louco, e a suspeita recaiu sobre um homem que, sem qualquer dúvida, era o assassino. Como a identificação é impossível, ele não pode ser acusado. Ele foi, porém, colocado em um manicômio, e a série de atrocidades chegou ao fim.

O *Reynolds News* seguiu uma linha similar ao falar sobre Sagar, em 1946:

> O inspetor Robert Sagar, que faleceu em 1924, desempenhou um papel de liderança nas investigações do Estripador. Em suas memórias, ele disse: "Tínhamos bons motivos para suspeitar de um homem que trabalhava em Butcher's Row, Aldgate. Nós o vigiamos de perto. Não havia dúvida de que esse homem era louco – e depois de um tempo seus amigos acharam prudente removê-lo para um manicômio particular. Depois que foi removido, não ocorreram mais atrocidades do Estripador".

O mais frustrante é que as memórias de Sagar nunca foram encontradas e, até onde se sabe, Kosminski não trabalhou em Butcher's Row, um trecho da Aldgate High Street que recebeu esse nome pelo predomínio de açougues e matadouros. No entanto o que se alega que Sagar teria dito sobre amigos removendo o suspeito para um manicômio particular tem paralelos com o destino de Kosminski, mesmo que, também até onde sabemos, ele não tenha estado em nenhum manicômio *particular* em momento algum antes de ser internado em Colney Hatch.

Outro detetive da City, Harry Cox, escreveu no *Thompson's Weekly News*, depois de sua aposentadoria, em 1906, que ele também estivera envolvido na vigilância a um suspeito. Ele revelou que o suspeito era judeu e que, depois de algum tempo, os judeus da área onde o homem vivia ficaram sabendo quem ele era:

O homem de quem suspeitávamos tinha cerca de 1,68 metro de altura, cabelo curto, preto e encaracolado, e tinha o hábito de sair para caminhar tarde da noite. Ele ocupava várias lojas no East End, mas a cada tanto se tornava insano e era forçado a passar parte do tempo em um manicômio em Surrey.

Enquanto os assassinatos de Whitechapel estavam sendo perpetrados, seu local de trabalho era em uma certa rua, e depois do último crime fiquei de serviço nessa rua por quase três meses. Havia vários outros policiais comigo, e acho que não há mal algum em afirmar que, na opinião da maioria deles, o homem que estavam vigiando tinha algo a ver com os crimes. Imagine que em nenhum momento permitimos que ele saísse de nossas vistas. O menor descuido e outro crime brutal poderia ser cometido bem debaixo de nossos narizes. Não era fácil esquecer que um deles já havia ocorrido no mesmo instante em que um de nossos melhores colegas estava passando no alto de uma rua mal iluminada.

Os judeus da rua logo perceberam nossa presença. Era impossível que nos escondêssemos. Eles de repente ficaram assustados, tomados de pânico, e posso lhes dizer que naquelas noites corremos um risco considerável. Carregávamos nossa vida nas mãos, por assim dizer, e por fim tivemos que confiar parcialmente nos moradores e desviar suas suspeitas. Dissemos a eles que éramos inspetores de fábricas procurando por alfaiates e chapeleiros que empregavam crianças menores de idade e, ressaltando os males resultantes do sistema de *sweaters*, pedimos a eles que cooperassem conosco para destruí-lo.

Eles prontamente prometeram fazê-lo, embora soubéssemos muito bem que não tinham intenção de nos ajudar. Cada homem é tão mau quanto o próximo. Dia após dia, nós nos sentávamos e conversávamos com eles, bebendo seu café, fumando seus cigarros excelentes e compartilhando o rum *kosher*. Em poucas semanas tínhamos boa amizade com eles e sabíamos que poderíamos continuar nossas observações sem sermos incomodados. Estou certo de que nem uma vez eles suspeitaram de que éramos detetives na pista do misterioso assassino, ou de outro modo não teriam discutido os crimes conosco tão abertamente como fizeram.

Esses relatos parecem corroborar as afirmações de Anderson e Swanson – as recordações tanto de Sagar quanto de Cox sugerem que a identidade do assassino era conhecida dos amigos e da família, e que eles pareciam relutantes em entregá-lo para a "justiça dos gentios", como disse Anderson. Quando Cox se refere ao "último assassinato", não sabemos de qual está falando, mas possivelmente foi o de Alice Mackenzie, que hoje não é tida como vítima do Estripador, mas que na época foi incluída junto às demais mortes. A marginália de Swanson fala da vigilância pela Polícia da City antes do encarceramento do suspeito.

Usei essas fontes para produzir uma linha do tempo lógica dos eventos relacionados à apreensão e ao encarceramento de Aaron Kosminski.

Em 12 de julho de 1890, exibindo claramente sinais de doença mental, ele é levado por sua família para a *workhouse* de Mile End, onde sua sanidade é questionada. Ao ser liberado, ele volta para a casa de seu irmão Woolf, onde a família cuida dele, e, se eles tinham suspeitas quanto a seu envolvimento com os crimes, provavelmente fizeram de tudo para mantê-lo longe de problemas e das autoridades.

Logo depois, em decorrência de informações obtidas nas investigações, ou quem sabe até de algum alerta quanto ao suposto ataque a faca contra a irmã, relatado pelo doutor Houchin (que, aliás, era cirurgião da Divisão de Polícia de Whitechapel e pode ter-se envolvido no trabalho policial no caso do Estripador e, portanto, estar atento para qualquer coisa suspeita), Aaron Kosminski foi detido pela polícia para ser identificado por uma testemunha que o vira com a vítima na noite de um dos assassinatos. Uma identificação positiva foi feita, mas, por motivos religiosos, a testemunha judia recusou-se a dar um depoimento incriminatório, e assim a polícia não teve opção a não ser entregar Kosminski aos cuidados da família, sendo a partir daí que a Polícia da City começou sua vigilância.

Em 4 de fevereiro de 1891, já exibindo sérios problemas mentais, ele foi levado de volta para a *workhouse* e diagnosticado como insano; daí foi para Colney Hatch e, depois, para Leavesden.

Alguns pesquisadores concentram-se nas discrepâncias entre as várias histórias, mas todas foram relatadas de memória, em datas posteriores, de modo que as diferenças são compreensíveis. Há muitos pontos em comum e creio que há indícios suficientes para sustentar minha interpretação dos eventos, que estou expondo só como justificativa para indicar Kosminski como o suspeito mais provável. Se isso fosse tudo em que eu pudesse me basear, como tantos outros, eu estaria apenas apresentando uma teoria, defendendo minha versão. E, por mais convincente que fosse a argumentação, sempre haveria dúvida, e uma contrateoria. Mas eu estava usando *minha teoria* sobre Kosminski só como atalho para me levar ao homem certo, em termos de provas científicas. Ao longo de todo o meu caminho em busca do Estripador, minha aliada tem sido a ciência, não a teoria.

Como tantos outros pesquisadores, eu estava intrigado pela afirmação de que havia uma testemunha que identificou o Estripador, e que havia um lugar misterioso onde isso ocorreu. Tive uma segunda conversa com Alan McCormack, em 2009, quando ele sugeriu que eu deveria investigar um pouco quem era a testemunha, de modo que esse foi o caminho seguinte que trilhei.

Swanson disse que a identificação ocorrera na "Seaside Home", que, dadas as circunstâncias, parecia um lugar bem incomum onde realizar um evento tão importante. No entanto, durante os assassinatos de Whitechapel, sempre que se espalhava a notícia de que um suspeito havia sido levado a uma delegacia, grandes multidões e jornalistas intrometidos apareciam em massa, de modo que, com uma situação tão delicada como essa, a discrição seria fundamental. Faz sentido que a polícia buscasse um local fora de Londres que não fosse uma delegacia de polícia, mas que ainda assim estivesse sob seu controle, com funcionários que entendessem a importância de não sair falando sobre o episódio.

A maioria dos pesquisadores hoje aceita que a "Seaside Home" se refira à Convalescent Police Seaside Home,[1] em Hove, East Sussex. Seu endereço correto é Clarendon Villas, 51; a via corre paralela à Church Road, e a casa fica a poucos metros da esquina com a Sackville Road, e a uma curta caminhada à beira-mar. O imóvel ainda está lá, hoje dividido em apartamentos particulares. Casas de convalescentes com frequência eram construídas na costa, onde os pacientes podiam se beneficiar do ar puro enquanto recobravam a saúde: empregadores filantrópicos as criavam para o benefício de seus empregados, sobretudo os que trabalhavam em indústrias pesadas ou em cidades com pouco acesso ao ar do campo (em anos subsequentes, os sindicatos passaram a oferecê-las a seus membros). Tive a oportunidade de postar-me duas vezes diante dela, a primeira vez quando constatei que era o lugar certo, tendo-a encontrado na biblioteca dos arquivos de Brighton. Voltei lá, muito mais tarde, quando estava de fato na pista de Kosminski, e a visita me causou uma reação bem mais forte. Senti um estremecimento involuntário enquanto estava ali fora, sabendo que ele havia estado em um daqueles cômodos.

---

[1] "Casa de convalescência da polícia à beira-mar". [N.T.]

A logística exigida para enviar o suspeito de sua casa até a Seaside Home pode explicar o uso da frase "mandado por nós com dificuldade", por Swanson. Em 1890, o leste de Londres ainda fervia com os boatos sobre o Estripador e a paranoia sobre ele, e qualquer prisão óbvia de algum suspeito atrairia a imprensa voraz – que queria manter viva a história sensacional – e o público nervoso, de modo que o deslocamento do suspeito para longe teve de ser feito sem chamar atenção.

Mas quem era a testemunha? A pista mais clara é a afirmação de que a testemunha era judia. Examinando os arquivos policiais, há três, possivelmente quatro testemunhas documentadas que viram o assassino e foram capazes de descrevê-lo: a senhora Long, na Hanbury Street; o PC William Smith (possivelmente) e Israel Schwartz, na Berner Street; e Joseph Lawende, na entrada da Church, perto da Mitre Square. A menos que a senhora Long e o policial Smith fossem judeus, e não há qualquer evidência nem contra nem a favor disso, embora seus nomes sugiram que não, restam então Schwartz ou Lawende, que sabemos que eram judeus. Mas qual deles?

Concluí que deve ter sido Schwartz. Um motivo pelo qual acabei me decidindo por ele foi que Joseph Lawende estava na calçada oposta quando viu o homem com Catherine Eddowes em Duke Street. Nenhum dos seus dois companheiros, Harry Harris e Joseph Hyam Levy, prestou muita atenção ao casal, e mesmo Lawende admitiu que seu avistamento não foi satisfatório. A descrição feita por Lawende do homem que viu foi apresentada em um relatório de Donald Swanson e publicada na imprensa. Ele foi descrito como "30 anos de idade e 1,70 ou 1,75 de altura, tez clara, bigode claro, físico médio, vestindo um casaco solto cor sal e pimenta, gorro de tecido cinza com aba da mesma cor, lenço vermelho atado com um nó ao pescoço, aparência de marinheiro".

De acordo com o major Henry Smith, comissário da Polícia da City em 1888, ele aparentemente conversou com Lawende, na época, sobre este avistamento. Descrevendo erroneamente Lawende como alemão, Smith disse em suas memórias, de 1910, que "acho que o alemão falava a verdade, porque não pude 'induzi-lo' de forma alguma. 'Você pode reconhecê-lo com facilidade, então', eu disse. 'Ah, não!', ele respondeu, 'Eu só o vi de relance'". É difícil crer que Lawende, que sempre esteve em dúvida quanto a sua capacidade de reconhecer o homem se o visse de novo, fosse capaz de fazê-lo tantos meses depois do evento, ou que a polícia esperasse isso dele.

Eu acredito que Lawende *foi* convocado para identificar James Sadler, o companheiro e suposto assassino de Frances Coles, em fevereiro de 1891, mas foi incapaz de fazê-lo. Alguns pesquisadores sugeriram que essa identificação, feita no *Seaman's* Home, em Whitechapel, poderia ter ficado confusa na mente de Anderson e Swanson com a passagem do tempo e transformada sem querer em Seaside Home. Mas é difícil aceitar essa ideia – Sadler, até onde sabemos, não era judeu, e no entanto ambos os homens haviam descrito o suspeito como judeu. E se Sadler não era judeu, isso invalida o motivo dado por Anderson e Swanson para a recusa da testemunha em depor.

E, claro, a testemunha no episódio da Seaside Home identificou o suspeito assim que foi confrontada com ele. Lawende não teve sucesso com Sadler, que de qualquer forma não podia ser o Estripador, pois estava embarcado nas datas da maioria dos assassinatos de Whitechapel. Não só isso; membros da família Swanson que tiveram contato com ele no final da vida confirmaram que manteve suas capacidades críticas durante a velhice, e assim é muito improvável que tenha se equivocado nesse ponto importante.

Com Israel Schwartz não temos nenhum desses problemas. De uma distância de apenas alguns metros, ele viu Elizabeth Stride ser atacada por um homem, apenas quinze minutos antes de seu corpo ser encontrado a poucos metros dali. Ele é a ÚNICA testemunha a ver uma vítima do Estripador ser fisicamente atacada, um forte motivo para que me sinta seguro de que era ele. Acredito que o homem até percebeu a presença de Schwartz, gritando "Lipski!" para ele, provavelmente como um insulto antijudeu dirigido a Schwartz.

Quando voltei a falar com Alan McCormack, e lhe falei de meus motivos para escolher Schwartz, ele corroborou meu raciocínio e então explicou como foi a identificação. Ele disse que houve uma *confrontação*, e não uma exibição de suspeitos enfileirados. Não era uma técnica incomum na época; um suspeito ou uma pessoa de interesse seria colocado diante de uma testemunha potencial, ou mostrado a ela, nem sempre com o objetivo de ter confirmação imediata da identificação, mas talvez para desestabilizar e intimidar o suspeito, de cuja culpa a polícia de qualquer forma já tinha certeza. Isso poderia provocar o suspeito, levando-o a acreditar já ter sido identificado, a fornecer mais informação sem querer, ou mesmo a abrir o jogo e confessar por vontade própria. O cenário que Alan me apresentou é o que foi sugerido por Anderson e aparentemente confirmado por Swanson. Este é meu resumo dele:

Aaron Kosminski foi colocado em um cômodo da Seaside House. Israel Schwartz foi conduzido até lá por um policial e confrontado com Kosminski. A seguir, tiraram-no da sala e foi-lhe perguntado se era aquele o homem que tinha visto atacando Elizabeth Stride na noite do assassinato dela. Alan McCormack foi categórico e disse que houve o que ele descreveu como "uma firme identificação". Depois de um intervalo de uns dez minutos, Schwartz foi levado à sala de novo, e de novo houve uma clara afirmação de que aquele era o homem certo. Mas então a polícia perguntou a Schwartz se ele estava disposto a testemunhar, e ele se recusou, alegando que não suportaria carregar na consciência o peso de mandar para a forca um companheiro judeu.

Mesmo com Aaron Kosminski claramente identificado, o modo como foi feita a identificação foi problemático, porque, para que fosse usada como prova no tribunal, deveria ter havido uma apresentação de homens enfileirados, dentre os quais Kosminski fosse escolhido. Como resultado, a polícia tinha a prova moral, mas a prova *legal* não era boa o suficiente, fato lamentado por Robert Anderson, que mais tarde disse em suas memórias que, se a polícia britânica "tivesse os poderes que a polícia francesa tem, o assassino teria sido levado à justiça", querendo dizer que, no sistema legal francês, tal identificação teria sido suficiente para prender e acusar Kosminski oficialmente. Aqui, havia regras legais estritas: deveria ter havido uma apresentação do suspeito entre vários homens.

A polícia talvez nunca tenha previsto que Schwartz se recusaria a testemunhar contra Kosminski, ou teria preparado uma identificação apropriada, legalmente irrefutável. Alan McCormack me assegurou que não havia nenhuma outra prova, e que nunca houve uma conspiração para manter os fatos do caso ocultos: a polícia simplesmente não podia seguir adiante sem Schwartz. Creio que o fato de ter havido uma confrontação e não uma apresentação de suspeitos é o motivo pelo qual Jack, o Estripador, se manteve um assunto de interesse ao longo dos anos; se Kosminski tivesse sido indiciado e condenado, o caso do Estripador teria interesse apenas para especialistas que estudam *serial killers*, e talvez aparecesse às vezes como um capítulo em compilações de crimes históricos. Ele não teria rendido livros, filmes e toda a indústria do estripador que temos hoje.

A posição de Schwartz era incômoda. Como judeu, ele conhecia o preconceito contra sua raça, que era violento à época; se o Estripador era judeu, isso contribuiria para o crescente antissemitismo. E no que dizia respeito a sua própria comunidade, ele possivelmente teria sido considerado um traidor por ter desencadeado ainda mais animosidade contra todos eles. Ele sem dúvida sentia que, como a polícia já tinha o homem certo, não haveria mais mortes pelas mãos dele, de modo que sua consciência ficaria limpa por esse lado. Ele não queria ter, como Swanson observou, a morte de Kosminski em sua mente pelo resto da vida. Ele tinha ajudado a polícia a pegar o criminoso: por ele, agora era responsabilidade deles manter a comunidade do East End a salvo dele.

Todas as acusações policiais dependem da identificação do culpado. Em alguns casos, pode ser possível estabelecer a identidade por meio de digitais, DNA ou outras provas forenses, nenhuma das quais estava disponível para a polícia em 1888. A Scotland Yard criou seu primeiro Birô de Papiloscopia em 1901. Eles tinham apenas uma testemunha, que não iria depor, e não havia nenhuma outra evidência.

Sem uma identificação clara, tudo o que tinham contra Kosminski era circunstancial, e havia pouca esperança de obter algo mais. Sua família talvez pudesse ter ajudado: era difícil acreditar que nem sequer suspeitassem dele. Mas se Schwartz não queria testemunhar contra um companheiro judeu, com certeza nenhum irmão testemunharia contra ele. Sem evidência suficiente para prendê-lo e levá-lo ao tribunal, Aaron Kosminski foi mandado de volta para a casa do seu irmão Woolf, e depois disso foi vigiado dia e noite pela polícia até ser encarcerado no manicômio.

Mas como poderia um paciente mental aparentemente inofensivo como Kosminski ser um assassino brutal que mutilava prostitutas? Há dois exemplos de violência potencial, o primeiro sendo a ameaça a faca contra sua irmã; e outro, a tentativa de atingir um funcionário do manicômio com uma cadeira. Atos agressivos em si mesmos, mas aparentemente isolados, que não necessariamente criam um retrato tão violento quanto o comportamento de alguém como David Cohen, o suspeito preferido de Martin Fido, que também foi encarcerado no manicômio de Colney Hatch e revelou-se um paciente violento, muito difícil de conter.

É provável que Kosminski fosse esquizofrênico. Diversos fatores contribuem para o desenvolvimento da esquizofrenia, como o ambiente de vida, uso de drogas e estresse pré-natal, bem como, os cientistas hoje acreditam, predisposição genética. Kosminski nasceu quando sua mãe tinha 45 anos de idade, e a vida dele deve ter sido dura, sobretudo depois da morte de Abram Kosminski, quando Aaron tinha a impressionável idade de 9 anos. Logo depois, Aaron passou a trabalhar no negócio da família, e alguns de seus familiares mais próximos já começaram a deixar a Polônia em busca de segurança em Londres. Devia existir uma sensação constante de ameaça e insegurança entre a população judaica na Polônia, e mesmo sendo criança ele devia pressentir o medo.

A imigração de áreas de adversidade social tem sido reconhecida como um fator significativo no desencadeamento da esquizofrenia. Qualquer imigração para um país e cultura novos eleva a incidência de esquizofrenia de quatro a seis vezes, e se torna ainda maior quando os imigrantes estão vivendo, no país anfitrião, em condição de pobreza social e como uma minoria.

Os sintomas mencionados no relatório do doutor Houchin são típicos de esquizofrenia. Ele disse que Aaron "declara que é guiado, e todos os seus movimentos são controlados por um instinto que informa sua mente" e que ele conhece "os movimentos de toda a humanidade". Esse é o tipo de delírio com frequência experimentado por quem sofre de esquizofrenia. No começo do século XX, o psiquiatra Kurt Schneider fez uma relação das formas de sintomas psicóticos que ele achava que distinguiam a esquizofrenia de outros distúrbios semelhantes. Eles se tornaram conhecidos como "sintomas de primeira ordem de Schneider" e têm sido descritos como delírios de ser controlado por uma força externa, a crença de que os pensamentos estão sendo inseridos em sua mente consciente ou dela extraídos, e a crença de que seus pensamentos estão sendo transmitidos para outras pessoas. Outros sintomas, conhecidos como "sintomas negativos", revelam semelhanças com a deterioração de Kosminski enquanto em Colney Hatch e Leavesden; esses incluem emoções embotadas, problemas de fala, comportamento antissocial e falta de motivação.

A violência dos esquizofrênicos é algo que tem sido foco de atenção da mídia em tempos modernos, mesmo que os esquizofrênicos não sejam estatisticamente mais violentos do que a população geral. Quando são violentos, isso em geral ocorre durante os "episódios", fora dos quais o indivíduo pode parecer ser normal; a violência chama a atenção porque, para quem não compartilha os delírios da pessoa, parece ocorrer de modo aleatório, sendo assim mais assustadora. A probabilidade de vítimas de assassinatos serem mortas por um membro da família ou por alguém que as conhece bem é muitíssimo maior, mas o que chega às manchetes e alimenta filmes de horror é o encontro fortuito com um maníaco desequilibrado.

A natureza episódica da psicose é a razão pela qual muitos *serial killers* extremos conseguem seguir matando por longos períodos, sem serem pegos, e explica por que até pessoas mais próximas nem sempre se dão conta do que eles são capazes de fazer quando são tomados pelo estado delirante. Muitos assassinos notórios têm sido diagnosticados com esquizofrenia ou demonstram comportamentos que sugerem fortemente que a tenham. Entre eles estão David Berkowitz, o assim chamado "Filho de Sam", que aparentemente sofria de alucinações auditivas; Ed Gein, a inspiração para o personagem Norman Bates, do romance de Robert Bloch, *Psicose*; Peter Sutcliffe, o "Estripador de Yorkshire", que matava em resposta a vozes enviadas por Deus, que lhe diziam que o fizesse; e Mark Chapman, que assassinou John Lennon em 1980. Richard Trenton Chase, o "Vampiro de Sacramento", matou seis pessoas em um mês, em Sacramento, na Califórnia, às vezes praticando necrofilia e canibalismo. Ele havia sido diagnosticado como paciente de esquizofrenia paranoide e enviado para uma instituição em 1975, mas respondeu tão bem ao tratamento que não foi considerado um perigo para as pessoas, e foi solto em 1977, aos cuidados de sua mãe. Naquele ano, ele cometeu seu primeiro assassinato. Aqui há um eco da experiência de Kosminski, pois em certo momento ele também foi mandado de volta aos cuidados de sua família, apesar de exibir sinais de doença mental e mais tarde ser declarado insano.

A erupção de episódios de esquizofrenia e os períodos de calma entre eles possivelmente explicam por que alguém como Aaron Kosminski poderia parecer inofensivo na maior parte do tempo (como em sua ida ao tribunal por passear com o cão sem focinheira) e ainda assim ser capaz de uma violência terrível. A escolha de vítimas, todas de um mesmo tipo de mulher, sugere que ele se sentia compelido por seus delírios a descontar nelas sua fúria. Prostitutas estavam ao redor dele o tempo todo nas ruas do East End, e a presença delas alimentava esses delírios. Mais tarde, quando estava confinado em um manicômio, seus delírios não eram agravados por elas, o que pode explicar em parte a ausência de violência após ser encarcerado. Mas ele não era calmo; as anotações mostram que ele ficava "às vezes agitado e violento", que tinha "episódios de grande agitação". Claro, com os cuidados rudes dos atendentes do manicômio, sua violência estava contida, ao contrário de quando ele rondava pelas ruas do East End. A descrição de seu comportamento nas escassas notas que temos dos manicômios é consistente com o que hoje seria diagnosticado como esquizofrenia.

A maioria dos assassinos em série pode exibir de forma consistente um comportamento normal em certas ocasiões, mesmo na presença de familiares próximos, e sua necessidade de matar pode com frequência ficar adormecida por muitos anos. Dois exemplos podem ser encontrados: Dennis Rader, o assassino BTK (*"Bind, Torture, Kill"*, ou "Amarrar, Torturar, Matar"), passou por inúmeros períodos em que sua série de mortes foi interrompida por certo tempo, e duas dessas ocasiões ocorreram logo após o nascimento de seus filhos; e Ted Bundy, um sujeito notoriamente sedutor e frio, teve um hiato de três anos sem matar, entre 1975 e 1978.

 O aparecimento da esquizofrenia acontece, em geral, numa idade entre 16 e 25 anos; nos homens, ocorre logo após os 20 anos, e segue-se (tipicamente) um estágio de três anos em que os pensamentos ficam mais e mais desordenados. Aaron Kosminski comemorou seu aniversário de 23 anos em setembro de 1888, no auge de sua série de mortes, e quando foi admitido no manicômio ficou registrado que já fazia seis anos que estava mentalmente doente; em outras palavras, desde os 20 anos.

 Embora não seja prudente tentar fazer um diagnóstico com base na informação fragmentada de que dispomos, este pareceria um caso clássico. No mundo farmacológico de hoje, drogas antipsicóticas podem suprimir os sintomas mais sérios da esquizofrenia, mas elas não estavam disponíveis à época, e se a família tivesse alguma esperança de ajuda para lidar com ele, teria ficado decepcionada; o confinamento permanente era o único meio disponível na época.

 A esquizofrenia, se não tratada, pode levar a um acelerado envelhecimento físico, ao declínio nas habilidades sociais, à falta de cuidado consigo mesmo, à falta de motivação e ao afastamento do contato social. Leva também a um declínio das capacidades mentais: memória, atenção, inteligência. Tudo isso nos faz lembrar o que sabemos sobre o tempo que Aaron passou em manicômios, quando ele parece ter se retraído tanto física quanto mentalmente.

 Minha própria teoria, até o momento sem provas, é de que a psicose dele pode ter sido desencadeada por difteria não tratada. A filha de Woolf, Rachel, morreu de difteria com 3 anos de idade, antes que os assassinatos começassem. Aaron talvez estivesse morando com a família de Woolf na época e, se não estava, com certeza tinha contato próximo com eles. Existe, hoje em dia, um conjunto significativo de indícios associando a esquizofrenia a infecções bacterianas como a difteria. O declínio físico que Aaron exibiu durante o tempo em que esteve nos manicômios também poderia decorrer de uma difteria não tratada. Se em algum momento tivermos a possibilidade de exumar seu corpo, Jari acredita que poderemos testar minha teoria.

Quando Aaron Kosminski morreu, sua família colocou uma lápide devotada em seu túmulo. Se sabiam de seu surto anterior de assassinatos, devem ter dado graças por seu longo encarceramento e então por sua morte, longe das suspeitas e de qualquer provocação que o fizesse continuar matando.

Analisando com rigor a vida dele, fiquei satisfeito em constatar que era o candidato mais provável a ser o Estripador. Estávamos confiantes de que podíamos isolar o DNA do assassino a partir de células epiteliais. Agora só precisávamos da última peça do quebra-cabeça: eu precisava encontrar o DNA de Aaron Kosminski para saber que aquelas células eram dele.

CAPÍTULO 12

CAPTURANDO O ESTRIPADOR

Quando recebi a notícia sobre o isolamento das 12 células epiteliais a partir das possíveis manchas de sêmen, em dezembro de 2012, senti como se tivesse ganhado na loteria. Bem no início, eu tinha a esperança de encontrar alguma pista que pudesse solucionar o caso, mas, quando comprei o xale, o máximo que achei que poderia acontecer seria provar que era genuíno e que havia estado no local do assassinato de Catherine Eddowes. Nunca ousei imaginar que, assim como o DNA dela, também teríamos o *dele*. E, no entanto, ali estávamos nós, com o Santo Graal à vista: a identificação final, científica, de Jack, o Estripador.

Agora tínhamos amostras das quais extrair material de DNA e, por sorte, isso aconteceu na primeira tentativa feita por David Miller. Eu estava aliviado porque o trabalho em um dos frascos havia levado dois meses, de modo que, se tivesse falhado, havia um potencial para que aquilo se arrastasse por talvez mais quatro meses, se fosse necessário trabalhar nos outros dois frascos. Mas minha maior sensação era de uma imensa empolgação com o que tínhamos. A questão era: o que fazer com aquilo? A resposta era inevitável: se tínhamos o DNA das manchas do xale, que eu acreditava terem sido produzidas pelo assassino, precisávamos do DNA do suspeito, para provar que eu estava certo em escolhê-lo.

Era uma perspectiva intimidante: já tinha sido difícil investigar a árvore genealógica de Catherine Eddowes para conseguir localizar um descendente vivo, e foi só um golpe de sorte que me levou a Karen Miller e gratificante que ela fosse uma pessoa tão generosa e prestativa.

Naquele ponto, eu nem me dei conta de que poderia conseguir DNA de algum descendente de um parente de Kosminski; eu achava que teria de ser diretamente dele, porque ele não teve filhos e, portanto, não tinha descendentes diretos. A única opção, pensei, era obtê-lo de seus restos. Eu sabia onde ele estava enterrado e então pesquisei para saber o que teria de ser feito e se haveria restado algo dele de onde extrair uma amostra. Sim, me informaram: no mínimo, seus dentes estariam no túmulo e seriam uma boa fonte de DNA. Para prosseguir, eu precisaria ter permissão para exumar seu corpo, e gastei a maior parte de dezembro de 2012 tentando fazer isso.

Fiz contato com a United Synagogue [Sinagoga Unida], que é responsável pela manutenção de 11 cemitérios judaicos, incluindo o cemitério de East Ham, onde jazem os restos de Aaron Kosminski. Como eu sabia que tinha sido a United Synagogue quem tinha providenciado o enterro dele, em março de 1919, entrei em contato com Melvyn Hartog, o diretor da divisão de enterros. Eu sabia que estava lidando com uma situação extremamente delicada e, ao conversar com Melvyn, tive todo o cuidado de não soar como algum *nerd* mórbido ou, pior, um violador de túmulos em potencial, e deixei claro que minhas intenções eram claras e científicas.

Melvyn ficou muito interessado pelo que eu tinha a dizer e sabia muita coisa sobre a história de Jack, o Estripador; afinal de contas, ter sob sua responsabilidade o corpo de um dos principais suspeitos de ser o Estripador é algo que atiça a curiosidade. Ele me disse para mandar minha proposta por escrito, com uma explicação completa de como eu vinha trabalhando com o xale e sua importância para o caso. Melvyn então passou o assunto para seus superiores, para análise.

Enquanto esperava pela resposta, comecei a pesquisar companhias de exumação, para que tudo estivesse pronto se eu obtivesse a autorização. Encontrei uma companhia cuja sede estava situada ao longo de um trecho de estrada pelo qual passei com frequência de carro, nos últimos vinte anos, porque a paisagem é linda. O fato de essa companhia de exumação estar lá, em um local que eu amava, fez com que eu sentisse que o destino estivesse do meu lado, como se tivesse de ser. Simon Bray, o proprietário da companhia, aconselhou-me quanto ao modo de abordar a situação. Ele me fez um alerta: a comunidade judaica não aceitaria de bom grado a ideia de uma exumação por causa das exigências religiosas referentes a enterros. Eu não tinha de fato pensado em alguma oposição à exumação baseada em motivos puramente religiosos.

Durante a espera pela resposta de Melvyn Hartog, Simon Bray me fez algumas sugestões. Se a United Synagogue dissesse não a uma exumação completa, então poderíamos ir pela via da extração de DNA. Isso significa que o túmulo seria aberto e, como Kosminski foi enterrado quase cem anos atrás em um caixão, este já teria muito tempo antes se decomposto, deixando o corpo exposto. Não haveria necessidade de mover o corpo para retirar alguns dentes. Amostras de DNA poderiam ser extraídas da polpa desses dentes e então eles poderiam ser colocados de volta. O corpo seria coberto e pronto. Mas isso só poderia ser tentado uma vez, e como toda a atividade precisaria ser feita no local do túmulo, isso exigiria que a equipe forense, a tenda de proteção e toda a parafernália necessária para preservar o local e coletar as amostras sem contaminação estivessem lá.

Se a United Synagogue recusasse a ideia, então a única outra opção seria solicitar uma Licença do Ministério da Justiça para ter permissão legal de exumar o corpo. Se a solicitação tivesse um resultado bem-sucedido, ela automaticamente contornaria qualquer negativa dos anciãos da sinagoga, e eles não teriam escolha senão cooperar. Havia um problema: para solicitar a Licença do Ministério da Justiça, era necessária a assinatura de um familiar vivo do falecido.

Pouco antes do Natal de 2012, a decisão foi comunicada e, como eu temia, os diretores da United Synagogue emitiram um sonoro "não". Compreendi perfeitamente a decisão deles: seria uma quebra de suas leis de sepultamento, que proibiam a remoção de corpos de um túmulo. Eles também vetaram a ideia de expor o corpo para extrair amostra de DNA dos dentes.

Eu agora ia ter de encarar o plano de obter a Licença do Ministério da Justiça. Precisava de um descendente e precisava da assinatura dele. Contatar as famílias das vítimas do Estripador parecia complicado e repleto de problemas; seria ainda mais delicado entrar em contato com os descendentes da família de Aaron Kosminski. Eu já esperava que essas pessoas estivessem mais relutantes em ajudar do que os parentes de vítimas inocentes.

Fiquei imaginando se Alan McCormack, do Museu Negro, poderia me ajudar com detalhes da família de Kosminski, mas, quando liguei para o museu, descobri que ele havia se aposentado. Seu sucessor, Paul Bickley, concordou em procurar para mim qualquer informação que o museu pudesse ter sobre a árvore genealógica de Kosminski.

Enquanto eu refletia sobre isso com Jari, ele me contou algo fundamental. Se pudéssemos conseguir uma amostra de DNA de um descendente da irmã de Kosminski, seria suficiente para ter uma correspondência com o DNA do xale. Em outras palavras, eu precisava achar um descendente para poder solicitar a exumação, mas, se eu pudesse encontrar uma descendente pela linhagem feminina, o DNA mitocondrial poderia ser suficiente para estabelecer a correspondência sem que fosse necessário escavar o corpo. Aaron Kosminski tinha o mesmo mtDNA que todos os seus irmãos, e suas irmãs o teriam passado a seus filhos, e ele teria sobrevivido na linhagem feminina. Eu sabia que seria difícil de encontrar, mas parecia bem mais fácil do que solicitar uma licença que passasse por cima da United Synagogue, que instintivamente eu não queria fazer. Eu de fato não queira transgredir as regras de sepultamento da religião deles.

Assim, comecei outro tipo de escavação. Inscrevi-me em inúmeros *sites* de genealogia e comecei a trabalhar com afinco, concentrando-me, sobretudo, na irmã de Aaron Kosminski, Matilda, que tinha o sobrenome bem característico de Lubnowski, e que às vezes usava Lubnowski-Cohen. Depois do que pareceu uma eternidade de becos sem saída, encontrei uma conexão. A informação vinha da pesquisa genealógica de um dos muitos descendentes de Matilda e mostrou-se de valor inestimável. De repente, meus esforços em estabelecer uma árvore genealógica decente estavam dando frutos. Consegui encontrar a certidão de casamento de uma das filhas de Matilda, e isso me colocou numa trilha que, por coincidência, levou-me até Hove, East Sussex, a apenas alguns minutos de caminhada da Police Convalescent Seaside Home.

Eu torcia para que seu descendente pudesse e quisesse ajudar, mas controlei minhas expectativas porque sabia que o que eu pedia era algo difícil. Várias tentativas de contato telefônico falharam quando as ligações caíram em uma secretária eletrônica, e assim preparei uma nota escrita à mão e entreguei-a pessoalmente, batendo à porta na remota chance de que alguém atendesse. Ninguém atendeu, então coloquei a carta na caixa de correio. Tampouco houve resposta à carta, e eu soube que, mais uma vez, tinha dado em um beco sem saída. Se essa pessoa já soubesse que tinha parentesco com Aaron Kosminski, então claramente não queria ser envolvida em uma associação com a história do Estripador. Era muito frustrante; a melhor pista que já tivera para encontrar uma descendente mulher, e minha melhor chance de ter a ordem de exumação assinada, se eu precisasse fazer isso, não tinham dado em nada. No meio-tempo, Simon Bray, da companhia de exumação, me ligava, ansioso para começar a trabalhar e esperando boas notícias; não havia nenhuma para dar-lhe.

Quando viajei de férias com a família para o Egito, levei comigo um livro, *Jack the Ripper and the Case for Scotland Yard's Prime Suspect*, escrito por Robert House, um autor norte-americano que havia ficado fascinado pelo caso do Estripador. O livro defendia que Kosminski era o Estripador e reunia muito do que se sabe sobre seu histórico e sua vida, e mais coisas que Robert House havia pesquisado diligentemente. Era um estudo muito minucioso e responsável, mapeando a história do estabelecimento dos judeus em Londres e o perigoso antissemitismo no Leste Europeu à época, que fez tantos judeus se sentirem compelidos a abandonar seu país natal. O livro colocava em contexto o destino da família Kosminski e, portanto, do próprio Aaron.

Li o livro procurando qualquer resquício de informação que pudesse gerar novas pistas em minha busca por um descendente vivo – afinal de contas, este era o primeiro estudo sério dedicado unicamente a Kosminski, e a pesquisa de House era impecável e havia desencavado muito material novo. No fim, encontrei pouquíssima informação referente aos descendentes da família Kosminski que eu já não tivesse encontrado por mim mesmo. Mas, quando li os agradecimentos, vi que o autor tinha escrito: "meus mais profundos agradecimentos aos descendentes de Woolf Abrahams, Isaac Abrahams e Matilda e Morris Lubnowski-Cohen". O autor havia, claramente, rastreado essas pessoas; isso renovou minhas esperanças de que eu conseguiria fazer o mesmo.

Eu tinha uma árvore genealógica, até tinha nomes – e então, com a ajuda de vários genealogistas profissionais, no fim, consegui os contatos de descendentes que poderiam estar dispostos a me ajudar.

Havia alguns familiares nos Estados Unidos, descendentes da irmã mais velha de Aaron, Helena (Annie) Singer, e eu estava pronto para seguir essa pista – talvez, por serem norte-americanos, os crimes lhes parecessem mais distantes e eles estivessem mais dispostos a se envolver –, mas primeiro eu tinha mais algumas opções britânicas a explorar. Comecei com outra descendente de Matilda, do sexo feminino. Não tinha ideia de como ela receberia minha ligação.

Os dois primeiros telefonemas que fiz caíram direto na caixa postal, e tive uma sensação de aperto na boca do estômago; seria uma repetição da minha experiência em Hove? Mas na terceira vez fui atendido e expliquei quem eu era e o que precisava. Enquanto a conversa prosseguia, senti que ela entendia que eu não estava apenas apresentando uma teoria maluca. Ela sabia ser descendente da família Kosminski; parecia ser conhecimento comum em sua família.

Combinei de encontrá-la no East End de Londres; pareceu apropriado. Não vou dar o nome dela nem nenhuma informação pessoal, pois ela não quer ser exposta àquelas pessoas obcecadas e malucas que hoje em dia grudam em qualquer um cujo nome se transforme em propriedade pública por meio das mídias sociais. Prometi proteger sua identidade e sempre farei isso, e assim vou me referir a ela simplesmente como M (e não, não é uma das verdadeiras iniciais dela).

Eu estava muito nervoso ao encontrá-la, mas tive tanta sorte com M quanto com Karen, a descendente de Catherine Eddowes. Eu não poderia ter sonhado com duas mulheres mais cordiais e generosas. É compreensível que seja muito mais difícil para M. Embora ela soubesse que descendia da irmã de *um* dos suspeitos, eu agora lhe dizia que queria a ajuda dela para provar que ele era *o* suspeito.

Com cortesia e educação, ela me expôs todos os argumentos contra seu antepassado ser o Estripador, como se, subconscientemente talvez, ela quisesse provar que *não* era ele. Eu estava familiarizado com todos os argumentos e fui capaz de refutá-los, mas compreendi por que ela queria se certificar de que eu sabia do que estava falando. Ela ficou fascinada com todo o trabalho científico que tínhamos feito no xale. Por fim, eu lhe fiz a pergunta principal, o motivo pelo qual eu estava ali: será que ela concordaria em fornecer uma amostra de DNA?

Fiquei bem nervoso ao perguntar. Não queria soar presunçoso e não queria ser intrometido; mas eu precisava da amostra dela.

Quando finalmente toquei no assunto, disse que tinha dois suabes comigo, caso ela estivesse disposta a ajudar. Ela disse que o faria de bom grado.

Fiquei muito agradecido. Telefonei para Jari na mesma hora, porque sabia que ele ficaria tão feliz quanto eu. Coloquei M ao telefone para falar com ele, e ambos conversaram sobre o trabalho que ele estava fazendo com as amostras do xale.

Foi um dos dias mais incríveis nesta saga, um dia em que tudo correu bem. Em seguida, levei M e a pessoa que estava com ela até Brick Lane para que comessem em meu restaurante de *curry* favorito, e depois as levei em minha própria excursão do Estripador; ela na verdade nunca havia percorrido a rota do Estripador antes e não sabia que Matilda e toda a sua família ampliada haviam vivido no que hoje é a Greenfield Road. Enquanto caminhávamos lado a lado, saboreei o fato de estar na companhia de uma descendente da irmã *dele* e, ainda mais, de ela estar disposta a me ajudar.

Na manhã seguinte, pulei em meu carro e percorri o trajeto que já conhecia tão bem, até o laboratório de Jari em Liverpool. De forma alguma eu confiaria minha preciosa amostra de DNA ao correio. Com o DNA de uma descendente direta de Matilda Lubnowski, a Licença do Ministério da Justiça perdia importância. Tínhamos o que precisávamos para seguir em frente: amostras das manchas de sêmen no xale e amostras de um membro da família Kosminski pelo lado feminino. Tudo estava pronto para a parte final da história.

Quando Jari entregou a David Miller, em Leeds, as amostras de sêmen do xale, havia três frascos do material que foram direto para o *freezer* de David, em seu laboratório. Ele trabalhou em um frasco e em dois meses encontrou 12 células epiteliais, o que nos dizia que poderíamos encontrar o DNA do Estripador.

Assim, quando chegou o momento de trabalhar no DNA do Estripador, Jari pediu a David os dois frascos de volta.

Foi quando fizemos uma descoberta aterrorizadora. O laboratório de David tinha se mudado e seus alunos haviam sido encarregados de preparar os *freezers* para a mudança e voltar a arrumá-los no novo local. Em algum momento da mudança nossos frascos haviam sido perdidos. Procuraram exaustivamente por eles, mas sem resultado; tinham desaparecido.

Jari me explicou que, em um laboratório como o de David, tudo é identificado por um sistema de código padronizado e, claro, nossas amostras não eram parte da rotina normal do laboratório. Elas estavam identificadas com símbolos que não batiam com o sistema deles, e provavelmente por isso foram descartadas durante a mudança. É um procedimento normal em pesquisa e diagnóstico que os laboratórios economizem espaço: se não reconhecem algo, não sabem o que é e não pode ser usado, então deve ir embora. David examinou os *freezers*, com ajuda, procurando os frascos, mas não teve sorte. Sei que não foi descaso da parte dele.

Eu estava viajando com um trailer por Anglesey quando Jari me ligou com as novidades calamitosas. O tempo estava ruim, o sinal de meu celular era uma droga, eu estava pendurado para fora da janela do trailer, na chuva, tentando entender o que ele dizia.

No começo, achei que tinha entendido mal. Pedi que repetisse. Aos poucos, a ficha caiu: tínhamos perdido nosso material bruto. Era catastrófico, e a princípio fiquei completamente passado, atordoado demais para entender e aceitar.

Eu tinha chegado tão longe, entrado às cegas em becos sem saída, lutado para seguir em frente apesar de tudo. Finalmente havíamos chegado a uma posição excelente, a apenas um pequeno passo da maior descoberta na história do Estripador desde 1888. E então...

Eu estava, para usar um clichê, com a bola murcha. E outro clichê comum: mais por baixo que barriga de cobra. Arrasado. Sentia meu estômago afundar, numa infelicidade sem fim. Estávamos de volta ao início, no que dizia respeito à parte da equação referente ao Estripador. Poderíamos começar de novo; Jari podia tirar mais amostras da mancha de sêmen no xale, mas então David teria que processá-las de novo. Tivemos sorte da primeira vez, quando ele encontrou as células epiteliais, mas poderia haver muito mais tentativa e erro ao repetir todo o processo. Levei o xale de volta para Jari e ele tirou mais amostras. Eu estava desanimado por ter chegado tão perto e agora estar tão longe. Psicologicamente, preparava-me para outra longa espera.

Estava indo de metrô encontrar-me com um corretor de imóveis, Jeremy Tarn, na Commercial Road. A empresa de Jeremy, muito famosa, está em Whitechapel desde 1955, e eu vinha negociando com ele fazia vários anos, pois estava determinado a comprar uma propriedade na área (coisa que agora finalmente fiz). Eu ia fazer uma baldeação, mas o trem no qual eu iria embarcar encontrava-se parado, e toda a linha de metrô estava temporariamente sem circulação. Decidi que seria mais rápido andar do que esperar. Percorri uma rua secundária, passando por alguns arcos, nos quais estavam instaladas bancas que vendiam todo tipo de comida exótica. É uma área em que estranhos não se sentem bem-vindos, e eu atraí alguns olhares desconfortáveis. Mas eu sabia que estava indo na direção certa. Havia dobrado na Berner Street e estava passando bem no local onde Elizabeth Stride fora assassinada – e Israel Schwartz tinha visto o assassino – quando a mensagem de texto de Jari apareceu na tela do meu telefone, dizendo-me que a amostra mais recente era viável.

Fiquei imóvel por um instante para ler o texto, mais ou menos no lugar de onde ele havia arrastado sua vítima para o pátio. Quando ergui o olhar do meu telefone, tudo a minha volta parecia irreal; o mundo parecia estar a alta velocidade, com todo mundo acelerado, e eu preso ali, caminhando muito, muito devagar.

Segui pela Greenfield Road, onde ele e tantos outros membros da família Kosminski haviam morado, e parei de novo quando o significado pleno e estranho me atingiu como uma tonelada de tijolos. Ali estava eu, em seu território, e Jari estava me dizendo que agora tínhamos, uma vez mais, uma boa amostra com que trabalhar. Era algo que eu nunca poderia ter planejado. Parecia um sonho em que a gente tenta correr, mas não chega a lugar algum; uma sensação estranha, sem sentido. Não consigo encontrar palavras para descrevê-la: eu estava muito perto de provar que ele era o Estripador e ao mesmo tempo muito perto, fisicamente, de onde ele havia vivido.

"Peguei você, seu filho da puta!", disse para mim mesmo, olhando a rua ao redor. Sabendo tanto sobre a história do Estripador, e por tantos anos tendo que guardá-la para mim mesmo, sempre que vou ao East End sinto-me como um fantasma, como alguém olhando de fora para tudo aquilo. Quando os grupos tagarelas de turistas seguem seus guias nas excursões do Estripador, pelas ruas que ele pisou, às vezes tenho vontade de gritar do alto dos telhados toda a verdade da história, mas sempre tive que ficar calado. E ali estava eu de novo, recebendo notícias tão importantes, a poucos metros de onde ele viveu, sem poder compartilhar com ninguém.

Era uma boa notícia que a amostra tirada do xale fosse viável, mas ainda tínhamos que percorrer de novo um longo caminho do processo, e essa nova amostra teria que ir para David Miller, em Leeds, e ficaríamos esperando durante mais alguns meses. Embora estivesse aliviado por termos mais uma chance, eu ainda estava desapontado por ter que retroceder vários passos na caçada, por conta do tempo que aquilo levaria.

No entanto eu não tinha contado com a habilidade de Jari de contornar qualquer problema. O cara é um gênio, não posso louvá-lo o suficiente pela forma como usa a cabeça em qualquer problema e encontra uma solução.

"Sabe de uma coisa?", ele disse. "Nós temos as lâminas de microscópio nas quais David encontrou aquelas 12 células epiteliais. Acho que pode haver um modo de tirar as células de lá."

As lâminas tinham sido imobilizadas com um fixador e coloridas com Giemsa, que é um corante inventado por um dos primeiros microbiologistas alemães, e um de seus usos é permitir que células transparentes sejam vistas ao microscópio. Jari precisava encontrar uma forma de tirar das lâminas as células, que só podiam ser vistas no microscópio, com um aumento de 400 vezes. Ele me explicou que havia um risco tremendo de contaminação só de raspá-las, e tentei moderar minhas esperanças, porque parecia uma missão impossível. Não havia um procedimento científico padrão.

"Eu ficava pensando naquilo o tempo todo", ele disse, "quando estava dirigindo, quando estava relaxando, sempre que tinha um momento de folga. Quando estava na cama, antes de dormir, e a primeira coisa assim que eu acordava. Eu sabia que devia haver um modo."

"Então eu me lembrei de ter usado microdissecção por captura a *laser*, que empreguei na pesquisa de câncer, para isolar células individuais de lâminas de microscopia."

Esse método não é utilizado em ciência forense; no entanto, graças ao histórico de Jari e a seus interesses variados em pesquisa, ele tem um enorme arsenal de métodos na manga, e agora isso acabava de mostrar-se muito útil. Foi um grande avanço na ciência forense: isolar uma única célula de uma peça de 125 anos de idade e então analisar o DNA dessa célula única. Era como olhar através de um telescópio, encontrar um planeta em outra galáxia, antes desconhecido, e então conseguir trazer uma amostra do planeta para a Terra para ser analisada.

Quando Jari me contou sobre a microdissecção por captura a *laser* (LCM), ele teve de explicar o que era e o que podia fazer; ao longo do tempo em que estamos trabalhando juntos, Jari tem precisado me explicar um bocado de ciência e vem fazendo isso com muita calma. A LCM é um método de ponta para isolar e colher células por meio do qual as células indesejadas ou outros resíduos são aparados e removidos. Um *laser* é acoplado a um microscópio e focado no tecido. Quando as células são identificadas e isoladas, elas podem ser extraídas da lâmina uma a uma. A técnica não altera a forma ou a estrutura da célula, e é por isso que é inestimável na pesquisa médica.

Sendo assim, Jari havia encontrado um método pelo qual poderíamos extrair o DNA de que precisávamos, mas agora a próxima grande questão era: onde haveria um microscópio LCM adequado e como poderíamos usá-lo? Jari sabia de várias universidades e estabelecimentos de pesquisa que tinham esse equipamento caríssimo, mas, quando os contatou, todos disseram não; eles não estavam preparados para permitir que sua tecnologia fosse usada para finalidades forenses. Havia protocolos ligados a seu uso, e nós não cumpríamos os requisitos. Um departamento universitário teria permitido que usássemos seu LCM, mas só se Jari fizesse um treinamento obrigatório de um dia para seu uso, e ele simplesmente não tinha tempo, em seu cronograma já sobrecarregado.

Mais uma vez, tenho muito pelo que ser grato a Jari. Naquela altura, ele estava tão envolvido quanto eu na busca de respostas a partir do xale, e se recusava a ser derrotado. Ele telefonou para vários fabricantes do LCM, incluindo a companhia Carl Zeiss, na Alemanha, e conseguiu deles uma lista de todos os clientes no Reino Unido que tinham os microscópios.

Um nome que apareceu foi a Epistem, companhia de biotecnologia e medicina personalizada, com particular especialização em células-tronco nas áreas de doenças epiteliais e infecciosas. Está sediada em Manchester e desenvolve muitos trabalhos em parceria com a Universidade de Manchester.

Jari telefonou-lhes, e depois de tantas recusas, mal pudemos acreditar quando o doutor Ross Haggart disse que sim, que podia nos encaixar em um horário do cronograma do LCM. Então, apanhei Jari em Liverpool, viajamos até Manchester e fomos até a Epistem, que fica no coração da área da cidade onde se situa a Universidade de Manchester. Jari, o cientista, teve permissão para entrar, porém uma vez mais eu fiquei do lado de fora, matando tempo, torcendo para que tudo estivesse correndo bem. Fui até uma igreja que ficava logo virando a esquina; sempre fui uma pessoa espiritualizada e gosto de igrejas, sempre me sinto bem dentro delas. Rezei, de forma bem egoísta, suponho, pelo sucesso do trabalho com o LCM.

Jari e Ross passaram várias horas escaneando as lâminas de David em alta resolução e tinham bastante certeza de terem localizado as células, mas só podiam confirmar isso comparando com os resultados originais de David. Jari disse: "Encontramos montes de resíduos, células vegetais, até um microverme que deve em algum momento ter contaminado a lâmina. Era como ter um mapa de Londres sem os nomes das ruas e precisar achar o Big Ben. Meus olhos estavam cansados na hora em que terminamos".

No fim, o que tínhamos era um escaneamento em alta resolução das lâminas de microscópio, algumas centenas de *megabytes*, e agora isso tinha de ser comparado com as imagens de David das células epiteliais. Era uma tarefa gigantesca, tipo procurar uma agulha num palheiro num campo cheio de palheiros.

De volta a Liverpool, Jari passou a trabalhar durante as noites. Sua família vive em Bradford, e por isso ele passa quatro noites por semana sozinho em Liverpool, e estava muito disposto a encerrar seu trabalho regular diurno e em seguida começar a trabalhar nisso.

Era trabalhoso e levava muito tempo, mas, depois da primeira e longa noite, ele encontrou uma célula. "Eu não podia acreditar em meus olhos. Era exatamente a mesma célula que Davis tinha encontrado. Eu estava olhando para ela, mal conseguia acreditar. Embora tivesse esperança de encontrar as células, eu tinha uma bela dose de ceticismo quanto a minhas chances", ele disse mais tarde.

Meu telefone avisou quando recebi a mensagem de texto dele dizendo que tinha encontrado a célula. Eu fiquei esperando a noite toda, sabendo que ele havia começado a busca, torcendo para que conseguíssemos um resultado, mas sem ousar crer nisso. Passava da 1 da madrugada quando ele mandou a mensagem, mas eu não estava dormindo. Foi um período bem intenso, em que fiquei pegando o telefone mais ou menos de meia em meia hora, checando para o caso de ter perdido alguma mensagem. Quando ela finalmente veio, fiquei aliviado e entusiasmado.

Jari prosseguiu a busca nas duas noites seguintes, empregando mais de seis horas nisso. Encontrar a primeira célula o deixou animado, e além do mais ele achou que havia ficado melhor em reconhecer aquilo que estava procurando.

Tendo identificado as células, agora precisávamos voltar a Manchester para capturá-las das lâminas. Ross foi novamente muito prestativo, mas, por pressões sobre seu laboratório, precisávamos estar lá às 8h30 da manhã. Jari pegou o trem em Liverpool e eu o apanhei na estação de Eccles em uma manhã fria e úmida. Cheguei tão cedo que dormi no carro, no estacionamento da estação, até que ele chegou, e então o deixei na Epistem.

Ele e Ross trabalharam duro, examinando as lâminas e decidindo quais células poderiam capturar. Algumas células não tinham núcleo, um efeito colateral do processo de coloração, de modo que não teriam DNA. Conseguiram capturar 33 células, que selecionaram por terem o tamanho e a morfologia (forma e estrutura) certos, e confirmaram que tinham núcleo (David Miller tinha parado de procurar depois de ter encontrado 12; ele só havia tentado confirmar que estavam ali e, depois de encontrar um número razoável, ficou satisfeito). As células foram assinaladas com uma marca eletrônica na imagem (mais ou menos como se faz no Google Mapas) para que fosse possível encontrá-las com facilidade de novo. Elas então foram capturadas por meio do LCM e colocadas em tubos separados, 33 no total. Encontrar 33 pode parecer muito, mas pense em quantas células existem em 1 centímetro quadrado de pele: cerca de 110 mil a 125 mil.

Todas as células menos uma pareciam ser células epiteliais. A célula diferente parecia ser uma célula renal. Fiquei extremamente empolgado quando Jari me contou isso: não era surpresa, sabendo que o Estripador tinha removido o rim de Catherine Eddowes, mas foi um bônus inesperado. Até esse momento, Jari não havia tido tempo de trabalhar nessa célula, e por isso não temos confirmação de que seja definitivamente renal, mas ele diz que a morfologia lembra muito a de uma célula do rim. (Como um cientista cauteloso, ele observou: "Pode ser alguma outra coisa, mas, quando olho para ela, a primeira coisa que me vem à mente é uma célula renal".) Quando tiver tempo, Jari vai examinar essa célula para confirmar suas suspeitas.

Já era mais de meio-dia quando Jari saiu da Epistem, triunfante, mas exausto, com as células capturadas. Enquanto ele estava no laboratório, passei horas tensas caminhando por Manchester, visitando um museu, tentando relaxar em um café. Eu estava distraído e nervoso até ouvir as boas notícias. Levei Jari de volta a Liverpool e fomos até Chinatown comer algo. Estávamos ambos acabados; tínhamos acordado muito cedo, e Jari estivera se concentrando o tempo todo, enquanto eu gastava um bocado de energia nervosa só torcendo por um bom resultado. Estávamos tão cansados que não nos sentíamos exultantes; passamos a refeição falando bobagens um para o outro e, depois, quando eu estava de saída para ir dirigindo de volta a Hertfordshire, Jari ficou de fato preocupado comigo, por fazer aquela viagem tão longa em meu estado de exaustão.

Assim, tínhamos o DNA de M, a descendente, e tínhamos o que acreditávamos ser as células de seu antepassado, Aaron Kosminski. Agora, a grande experiência e o conhecimento de Jari mais uma vez se tornavam importantes. Decidimos fazer nas amostras de células uma amplificação do genoma completo (WGA), uma técnica relativamente nova. A WGA amplifica (copia) tanto o DNA genômico quanto o mitocondrial de uma célula única até um nível onde há material suficiente para fazer o perfil genético. Já tínhamos o DNA das duas descendentes, Karen e M, e das pessoas que mais manipularam o xale, como eu e ele (para nos eliminar).

A amplificação do genoma completo significa que quantidades diminutas de DNA podem ser amplificadas para produzir uma quantidade muito maior, que pode ser usada em trabalhos científicos. De acordo com Jari, cinco anos antes não teríamos sido capazes de empregar esse método, e embora ele tenha sido usado em ciências genéticas, não era rotineiro em estudos forenses. Em geral, é aplicado a pequenos números de células que estão em boas condições. Aqui estamos falando de uma única célula, com mais de cem anos de idade, e em condições que não são as melhores (as outras 32 células foram guardadas para o caso de precisarmos delas no futuro). Uma vez mais, Jari estava trabalhando nas fronteiras da ciência.

Se um cientista tem apenas uma célula, é praticamente impossível fazer um perfil de genoma completo a partir dela, mas, se pudermos fazer múltiplas cópias do material genético que está em seu interior, 100% idênticas, a tarefa se tornará possível. Jari voltou para o laboratório, onde isolou células únicas, adicionou substâncias tampões para estabilizá-las e então, adicionando uma mistura de substâncias químicas, conseguiu extrair cópias do DNA que estava dentro delas. Ele explicou que era um pouco como uma máquina fotocopiadora, que pode fazer infindáveis cópias de uma página escrita; por meio dessa técnica, ele poderia fazer muitas cópias de todas as diferentes amostras de DNA da célula, e isso lhe daria material suficiente para fazer o perfil e sequenciar o DNA. Cada segmento de DNA foi amplificado cerca de 500 milhões de vezes. Depois desse passo da amplificação, nós teríamos agora, dedos cruzados, material suficiente para fazer o perfil.

Para isso, outra amplificação do DNA seria necessária. Este segundo passo usa a reação em cadeia da polimerase, que Jari me explicou ser o mesmo método usado nas amostras de Karen, minhas e dele. Com um pouquinho de sorte, conseguiríamos os fragmentos de mtDNA amplificados de simples células isoladas.

Era uma manhã chuvosa de sexta-feira quando recebi a notícia de que o processo de amplificação havia funcionado, dando-nos um recurso abundante com o qual trabalhar.

Foi uma vitória importante; agora Jari tinha que começar a trabalhar amplificando segmentos específicos e então fazer o sequenciamento do DNA. Ele estava a ponto de começar as comparações para fazer a correspondência do DNA de M com o do Estripador quando sofreu um grande golpe. Seu pai morreu inesperadamente, na Finlândia, e ele teve de viajar para lá imediatamente.

Seus problemas pessoais obviamente tiveram prioridade naquele momento, e nas duas semanas seguintes ele teve de voltar à Finlândia duas vezes, para resolver tudo. Foi uma fase difícil para ele, emocional e fisicamente. Nem ele nem eu conseguíamos dormir, por motivos diferentes, e enviávamos mensagens de texto um para o outro, tarde da noite. Eu realmente sou grato por ele ter, assim que voltou ao trabalho, começado a trabalhar na comparação do DNA mitocondrial de M com aquele das células extraídas da mancha de sêmen no xale.

Foi um período bem difícil para mim, e eu estava vivendo à base de energia nervosa, sabendo que ele tinha voltado a trabalhar naquele estágio crucial. Eu não conseguia dormir, perdi três quilos e ficava checando o tempo todo o celular e os *e-mails*, esperando notícias sobre o resultado dos exames. Eram 20h15 de uma noite de sexta-feira quando um *e-mail* chegou a minha caixa de entrada, com o assunto Primeiros Resultados. Eu mal conseguia lê-lo.

O que Jari tinha encontrado foi uma concordância de 99,2% quando ele corria o alinhamento em uma direção; e indo na outra direção, a concordância era 100% perfeita. Para mim, esses resultados eram fantásticos, inacreditáveis. Jari estava cauteloso, como sempre, observando que havia duas anomalias e que mais exames eram necessários. Ele explicou que o problema poderia ocorrer porque o DNA tinha sido amplificado bilhões de vezes, e qualquer erro com a enzima que copiava o DNA podia também ser amplificado. A outra possibilidade seria contaminação, embora isso fosse improvável, uma vez que ele trabalha em uma sala pressurizada, com pipetas especiais e luz ultravioleta para eliminar DNA indesejável, de outras fontes. Porém ele estava satisfeito com o resultado e estava satisfeito, também, com o trabalho científico que havia executado. Como escreveu em um *e-mail* para mim:

> Havia um risco de que estivéssemos genotipando caspa minha ou sua. Uma impressão digital pode conter mais células do que o material que tínhamos como ponto de partida, de modo que fiquei muito feliz mesmo em ver que a qualidade da amostra era tão boa. Nós criamos uma amostra de DNA de tamanho

bem decente de uma única célula microscópica isolada com *laser* a partir do preparado do xale (isso poderia ser comparado com criar uma amostra de DNA de sangue de tamanho-padrão a partir de uma partícula de poeira). Então, a partir dessa amostra regenerada, um segmento de região de DNA mitocondrial foi amplificado cerca de 500 milhões de vezes. E a sequência resultante é 99,2% perfeita. Se sequenciarmos na outra direção... a sequência será 100% perfeita.

Ele até se permitiu um breve momento de orgulho e prazer: "Acho que esse trabalho foi uma tremenda obra-prima (estou bem orgulhoso dele) e não teria sido possível tentá-lo antes de 2006, porque as tecnologias não estavam disponíveis".

Mais tarde, ele disse: "Dado o fato de que estamos trabalhando com células amplificadas, não seria nada de outro mundo que houvesse algum erro".

Eu, não tão cauteloso quanto Jari, o cientista, estava maravilhado: tinha a sensação de que havíamos terminado. Olhei o documento anexado que ele havia me mandado, uma sequência multicolorida de blocos que alinhavam o DNA de M e do nosso suspeito, e podia ver uma concordância quase perfeita. Jari explicou que a anomalia não significava que houvesse uma diferença; ela só queria dizer que o exame não "pegou" naquele ponto da sequência.

Não muito tempo antes, olhar para uma sequência de DNA não significaria nada para mim, mas, com a orientação de Jari, eu agora podia examinar as cores e ver a concordância. Eu estava atordoado, embora a princípio eu não pudesse absorver aquilo por completo. Tive uma profunda sensação de alívio e de libertação. Tínhamos, finalmente, pego Aaron Kosminski.

Precisei adiar minha comemoração até a terça-feira seguinte, quando fui ao East End – onde mais? Fui comer em meu restaurante de *curry* favorito; meu bom humor era contagiante, e o pessoal da casa, que me conhecia bem, me serviu uma bebida atrás da outra. Então decidi visitar todos os *pubs* e bares em Whitechapel diante dos quais havia passado durante anos, mas nunca havia visitado. Era minha própria comemoração particular, mas achei que merecia. A persistência tinha valido a pena. Eu havia vivido à base de adrenalina por anos e finalmente estava obtendo os resultados.

No entanto, depois daquela comemoração, tive que conter minha empolgação enquanto Jari continuava com seu trabalho. Agora precisávamos eliminar Karen (e, por intermédio dela, sua antepassada, Catherine Eddowes), ele mesmo e eu, porque nosso DNA estava presente no xale por causa da manipulação. Algumas semanas mais tarde, fizemos isso e sabíamos com certeza que o DNA extraído das manchas de sêmen não era uma contaminação nem de Jari nem minha e tampouco era da vítima.

Também decidimos realizar exames para um perfil étnico e geográfico, embora Jari me alertasse de que poderíamos não obter um perfil completo com as amostras que tínhamos. Com DNA de boa qualidade, isso não é um problema. Jari logo fez o exame consigo mesmo: "Baseado em meu DNA mitocondrial, sei que sou 96,3% finlandês, mas o resto de mim vem de fazendeiros espanhóis, e isso foi uma surpresa. Em algum momento do passado, um de meus ancestrais se casou com alguém espanhol. Estou vendo se temos suficiente DNA genômico bom para sermos capazes de conseguir a mesma informação precisa sobre nosso suspeito, mas temos de nos lembrar de que é DNA muito antigo".

Assim, no fim de maio, tudo o que aguardávamos era, com sorte, uma localização geográfica da região do mundo da qual Aaron Kosminski viera. Claro, sabíamos a resposta, mas seria ótimo ter uma prova científica para corroborá-la.

CAPÍTULO 13

CONCLUSÃO

E ram 2h30 da madrugada quando o *e-mail* de Jari chegou. Ele havia estabelecido uma concordância de 100% do genoma do DNA do nosso suspeito para o haplogrupo T1a1. Parecia algo bem impressionante.

Tive de esperar até as 7 horas para conseguir uma explicação para leigos do que isso significava, e nem preciso dizer que não dormi. O que Jari me mandou por *e-mail* então me proporcionou outro momento incrível, fantástico: o tipo de haplogrupo do Estripador é bem típico de pessoas de etnia judaica russa (com "russo" abrangendo também os poloneses, como Jari explicou mais tarde). Com todas as outras informações de DNA que temos, essa é a cereja em cima do bolo: isso coincide com Aaron Kosminski e suas origens.

Não vou fingir que entendo as bases científicas dessa descoberta impressionante, mas, como Jari explica, em evolução molecular um haplogrupo é um grupo de haplótipos (que são polimorfismos de nucleotídeos individuais) em que todos os haplótipos apresentam as mesmas mutações, e assim o grupo representa um clado, que é um grupo de pessoas que compartilham um ancestral comum. Em outras palavras, o DNA pode ser analisado para dizer de que parte do mundo os ancestrais de uma pessoa vieram. O processo que Jari usou para determinar este haplogrupo para Kosminski é o mesmo que lhe diz que ele é finlandês com uma pitada de fazendeiros espanhóis; mas, claro, trabalhar com seu próprio DNA foi mais fácil, pois ele é recente – não tem mais de cem anos, como o DNA extraído do xale.

Essas mutações têm características diferentes das mutações que os cientistas usam para rastrear doenças como o câncer. Elas não são afetadas por enfermidades, e é por isso que se tornam comuns em uma determinada população.

Jari comparou as sequências de DNA das células isoladas com a coleção de bancos de dados de DNA armazenada no Centro Nacional de Informação Biotecnológica (NCBI), sediado em Bethesda, nos Estados Unidos. Este banco de dados abriga milhões de sequências provenientes de diversos organismos, incluindo humanos. A resposta tardou um pouco em ser computada, mas o servidor do NCBI informou ter encontrado concordância perfeita com uma sequência de referência. Esta sequência de referência, obtida de alguém que tinha exatamente a mesma sequência longa que Jari havia obtido do DNA do xale, havia sido adicionada ao banco de dados poucas semanas antes, de modo que uma vez mais a sorte estava do nosso lado.

O resultado obtido referia-se ao haplótipo mitocondrial T1a1; ele combinava perfeitamente com nossa sequência, e a etnia da pessoa a que pertencia constava como "russo". Jari a leu três ou quatro vezes antes que a ficha caísse.

"Eu tinha medo que fosse dizer algo como 'jamaicano' ou 'polinésio', pois nesse caso nós teríamos um problema."

Tínhamos informações suficientes para dizer que, definitivamente, Kosminski era o Estripador, com perfeita concordância com sua descendente M, mas, assim como Jari, eu sabia que, se o seu perfil geográfico tivesse mostrado que vinha de uma parte do mundo completamente diferente, teríamos de repensar. Entretanto, por sorte, ele respaldou tudo o que já sabíamos. Antes tínhamos o cinto, agora tínhamos os suspensórios.

Depois da concordância, Jari também sabia que não seria capaz de dormir, que não conseguiria cair no sono de tanto pensar sobre aquilo, de modo que prosseguiu com a pesquisa. Lá estávamos nós, separados por centenas de quilômetros, ambos com a mente a mil. Jari sabia que os judeus russos haviam se mudado para a Europa central e oriental, incluindo a Polônia. Um importante estudo nos *Annals of Human Genetics* sobre a variabilidade em poloneses e russos levou à conclusão de que ambos os países tinham um padrão de DNA semelhante, com todos os haplogrupos de mtDNA representados igualmente em ambos os países (com o haplogrupo T1 um pouquinho mais representado entre os poloneses). Assim, quando Jari encontrou "russo", isso incluía também os poloneses, daí a mensagem de Jari declarando a etnia russa.

Como tudo em nossa busca, houve contratempos de última hora, com um problema técnico no laboratório alemão que estava customizando os oligonucleotídeos (curtas fitas simples de DNA) para Jari, que precisava deles para conduzir as análises de laboratório, fazendo a sequência de DNA (uma cadeia de letras) que ele então compararia com o banco de dados norte-americano. Em vez de 24 horas, tivemos que esperar mais de 72. Fiquei o tempo todo com os nervos à flor da pele, roendo as unhas, mas àquela altura eu já devia estar acostumado... E tivemos o resultado certo, de modo que não posso reclamar.

Houve mais boas notícias alguns dias depois, quando Jari foi capaz de fazer mais deduções sobre o DNA. Ele vinha fazendo exames para estabelecer o cabelo, a pele e a cor dos olhos do dono das células e foi capaz de me dizer que nosso homem definitivamente não tinha cabelo ruivo nem loiro e que a cor do cabelo talvez fosse escura (marrom ou preta). Para minha surpresa, ele me disse que havia alguma evidência muito preliminar sugerindo que nosso homem tinha acne. Isso pode não ser verdadeiro – as técnicas nessa área são novas, e Jari tomou cuidado em não ser categórico demais –, mas o fato de que seria possível deduzir esse tipo de detalhe é espantoso. À medida que a pesquisa nessa área se desenvolve, quem sabe o que poderemos dizer a partir da análise das células, no futuro?

Israel Schwartz, o homem que acredito ser a melhor testemunha ocular de um assassinato do Estripador, descreveu o agressor que viu como tendo "cabelo escuro; bigodinho castanho". Assim, embora estes novos resultados não cheguem a ser uma prova, eles aumentam minha convicção de que temos o homem certo.

Tenho uma sensação de profunda satisfação, sabendo que resolvi o maior caso de assassinato de todos os tempos. Demorou muito, houve muitos baixos assim como altos. Cheguei perto de abandonar tudo, mais de uma vez, e tive momentos de desespero para equilibrar com momentos de exultação. Perdi muitas horas de sono com isso, e a paciência da minha esposa foi posta à prova. Por fim, tudo o que fiz foi justificado.

Foi uma jornada incrível. Encontrei gente maravilhosa ao longo do caminho e fiz amizades boas e duradouras. Também descobri muito sobre mim mesmo; em especial, um dia antes de chegarem os resultados finais de Jari, algo aflorou do meu subconsciente e me ajudou a entender por que eu sentia uma conexão profunda com as vítimas do Estripador, aquelas mulheres desafortunadas que eram forçadas a vender o corpo para poder ter acesso às necessidades básicas de comida e a uma cama onde pudessem passar a noite. Sim, sempre senti uma empatia com elas, em parte por conta da minha própria e breve experiência de ser um sem-teto. Entretanto isso era algo muito maior.

Lembrei-me de uma conversa que ouvi quando era criança, algo que eu havia arquivado e colocado de lado, talvez por não entendê-la por completo na época, e quem sabe também porque eu não quisesse entender. Sei que tinha uns 6 anos, porque morávamos no sobrado geminado com dois quartos em cima, sala e cozinha embaixo. Minha tia Enid estava conversando com mamãe sobre minha avó paterna, que eu veria apenas duas vezes.

"Ela era uma prostituta, isso sim", disse Enid, com a voz carregada de reprovação. Tia Enid era uma mulher de um ruivo intenso, casada com o irmão do meu pai, Mickey, que era leiteiro. Ela costumava aparecer de tempos em tempos para visitar mamãe.

Eu sinceramente nunca tinha pensado sobre essa revelação até atingir o capítulo final da minha busca pelo Estripador. Por que isso voltou a minha mente? Uma observação casual de uma colega, em que ela dizia que ser a amante de um homem casado era o mesmo que ser uma prostituta, despertou em mim uma ira irracional. As duas coisas não são a mesma, mas por que me aborreceu tanto que ela associasse as duas coisas? Foi enquanto eu estava tentando descobrir a resposta que me lembrei da conversa entre minha mãe e tia Enid.

Na primeira oportunidade, liguei para minha mãe, para checar se era verdade. "Sim", ela respondeu, logo de cara. "Sua avó era uma prostituta."

Ela havia abandonado a família quando meu pai era novo, e ele e seus irmãos e irmãs foram criados por tia Ruth, a irmã mais velha, porque meu avô trabalhava como motorista de caminhão. Eles eram seis, e devia ter sido difícil. Quando eu era bem pequeno, e meus pais ainda estavam juntos, morávamos no décimo andar de um prédio de apartamentos, a apenas duas quadras do porto de Liverpool. Minha avó paterna morava no térreo do mesmo prédio, mas não havia contato entre ela e a nossa família, e as duas únicas vezes em que a vi foi quando literalmente esbarramos nela, e ela disse oi.

Ao contrário da minha outra avó, que era afetuosa e amorosa, e tudo o que uma avó deveria ser, esta mulher era uma desconhecida;

nem sequer sei o nome dela. Mas ainda assim sou descendente dela, com alguns de seus genes replicados em mim, e todo esse sentimento de conexão familiar é algo de que me tornei ciente ao longo do meu trabalho científico rastreando o Estripador. Não tenho mais qualquer ligação com o lado paterno da minha família; meu pai emigrou para a Austrália vinte anos atrás e só o vi uma vez desde então, e não nos demos bem. Mas ele e essa mulher que jamais conheci são parte da minha ancestralidade, da mesma forma como Catherine Eddowes é parte da ancestralidade de Karen Miller.

Com esse conhecimento pessoal, vejo-me tendo ainda mais simpatia pelas desafortunadas, as mulheres cujo triste estilo de vida tornou-as presas do homem que sempre chamamos de Jack, o Estripador.

Esse nome nunca irá desaparecer. Mas agora, graças ao xale, à excelência científica de Jari Louhelainen e a minha determinação, persistência e recusa em desviar do meu caminho, temos seu verdadeiro nome. Ele não é mais apenas um suspeito. Podemos finalmente responsabilizá-lo por seus feitos terríveis. Minha busca terminou:

Aaron Kosminski é Jack, o Estripador.

AGRADECIMENTOS

Eu nunca teria chegado ao final desta viagem especial sem a ajuda de tantas pessoas, a maioria das quais me brindou com amabilidade, apoio e compreensão ao longo dos anos.

Inicialmente quero agradecer aos especialistas e historiadores cuja paixão pela história do Estripador me deu as bases e as informações que me ajudaram a alcançar uma primeira compreensão do mistério. São eles Paul Begg, Martin Fido, Stewart Evans e Donald Rumbelow.

Sem o dedicado e minucioso trabalho forense do doutor Jari Louhelainen no xale, minha história não estaria no ponto em que está hoje. Quero agradecer seu profissionalismo, seu apoio, sua compreensão e gentileza, e sua tremenda paciência comigo, um não cientista. A Karen Miller e a "M", sem cujas contribuições não teríamos conseguido o DNA fundamental para os exames.

Andy e Sue Parlour, pelos muitos anos durante os quais me deram ânimo para prosseguir: o apoio deles tem sido tremendo. A meu agente literário, Robert Smith, minha tábua de salvação, a quem eu apelava em todos os momentos de frustração, ansiedade e felicidade. Ele me incentivou o tempo todo. Um agradecimento especial vai para minha editora, Ingrid Connell, da Sidgwick & Jackson, que apostou em mim quando eu estava na metade da história.

A Jean Ritchie e John Bennett, que me deram a mais calorosa e estimulante ajuda na compreensão da minha própria vida, Alan McCormack e Paul Bickley, do Museu Negro da Scotland Yard, David Melville-Hayes, Chris Phillips, Pat Marshall, Robert House, Diane Thalmann e Darren Nicholhurst.

Às instituições que foram tão prestativas e informativas: os Arquivos Nacionais, em Kew; os Arquivos de Londres e Metropolitano, em Farringdon; o Escritório de Registros Públicos; o Museu do Hospital de Londres, em Whitechapel; a Biblioteca da Universidade de Cambridge; a Sotheby's; a Christie's; a Sociedade Huguenote; o Museu Victoria & Albert; a Enciclopédia Britânica e Lacy Scott & Knight Leiloeiros.

CRÉDITOS DAS FOTOS

Todas as imagens © arquivo Evans Skinner, exceto:

Seção Um
Página 1 – em cima e embaixo: © Lacy Scott and Knight Auction Centre; 2 – em cima, à direita, © Mary Evans/Peter Higginbotham Collection; centro: © Mary Evans Picture Library: 4&5: cortesia da Biblioteca da London School of Economics & Political Science, LSE/BOOTH/E/1/5

Seção Dois
Página 1 – centro: cortesia de Andy e Sue Parlour; 4 – em cima: © Adam Wood e família Swanson; centro: © Mary Evans/Peter Higginbotham Collection; 5 – em cima e embaixo: © Mary Evans/Peter Higginbotham Collection; 6-7 – © Dr. Jari Louhelainen; 8 – em cima e centro © Dr. Jari Louhelainen

Integradas ao texto
p. 46-7 Mapa Stanford de Londres Central, reprodução digital ©MAPCO 2006;
p. 135 Carta: cortesia de David Hayes

Apêndice
Arquivos Metropolitanos de Londres, Cidade de Londres

APÊNDICE

7.367.

LONDON COUNTY ASYLUM,

COLNEY HATCH.

Lunacy Act,
1890,
Sec. 25.

This is to Certify That Aaron Kozminski aged 29 a Patient discharged from this Asylum to-day, has not recovered, and I am of opinion that he is a proper person to be kept in a Workhouse as a Lunatic.

Dated this 19th day of April 1894

Medical Superintendent.

29   **MALE**

Registered No. of Admission.	Name *Kozminski Aaron*	Age.	Parish.
7367	Date of Admission. *19th April 1894*	29	*Mile End*

Married, Single, or Widowed   Previous Occupation *Hairdresser*   Religion. *Jew*

When and where under previous care and treatment } *Colney Hatch*
    as mentally affected

Whether previously under treatment here, and, if so, is it a }
    new attack or a continuation of the old attack ?

Number of previous attacks   Whether subject to Epilepsy *No*   Whether suicidal or dangerous *No*

Name and address of nearest known relative, } *Mother, Mrs Kozminski, 63 New Street, New Road, Whitechapel, London E.*
    and degree of relationship

Causation.
    (*i.*) Predisposing (*e.g.*, hereditary influences, congenital defects, previous attacks, change of life, &c.)

    (*ii.*) Exciting (*e.g.*, alcohol, epilepsy, mental anxiety, worry, &c.)

Facts indicating insanity

Family History.	**Bodily condition on admission.** Temperature.
Age of parents, if alive	Height weight
Cause of death	Marks or injuries
History of insanity, epilepsy, or paralysis	
,, intemperance on either side	Cleanliness
Syphilis	Head, shape of
Consanguinity of parents	measurements
Number of brothers and sisters alive	
,, ,, dead cause of	Colour of hair eyes
Mental and physical condition of brothers and sisters	Pupils
	Teeth Palate
Personal History.	
Labour (*i.*) natural or otherwise	Digestion Appetite
(*ii.*) instrumental or otherwise	Tongue Bowels
Has pt. suffered from (*i.*) morbilli	Urine
(*ii.*) Pertussis (*iii.*) varicella	Catamenia
(*iv.*) Variola (*v.*) otorrhœa	Circulation
(*vi.*) Scarlet fever	
History of fall, injury, or fright	Pulse
Walked at age of	Respiration
Talked ,,	
If educated Where, and for how long ?	
	Viscera
History of present attack.	Skin
	Genitalia

308

Hamlet of Mile End Old Town.

ADMISSION ORDER.

Dated this 19th day of April 1894

To Dr. _Case_ Medical Superintendent of the Metropolitan District Asylum at _Leavesden_.

Admit the Person named and described as below, from the Hamlet of Mile End Old Town, in the said District.

NAME.	Age.	Calling, if any, and Occupation for which suited.	Religious Persuasion.	Name and Address of nearest known Relative. The full Postal Address to be inserted.
Aaron Kozminski	29	Hair Dresser	Hebrew	Degree of Relationship: Mother Name: Mrs Kozminski Full Postal Address: 63 New St, New Rd Whitechapel

W. Thacker, Clerk to the Board of Guardians.

CASE REGISTER.

Mental condition. Diagnosis. Dementia Secondary

OBSERVATIONS.

Transferred from Vol. 9 Page 147

Dementia Secondary

18.9.10 — Faulty in his habits, he does nothing useful & cannot answer questions. Simple manner. B.H. poor.

29.9.11 — Patient is dull & vacant. Faulty & untidy in habits. Does nothing except nothing can be got by question. B.H. weak.

15.4.12 — No vidal test negative H.H.

6.9.12 — He replies can be got; dull & stupid in manner. Faulty in his habits. Requires constant attention. B.H. weak.

16.1.13 — Patient is worse in manner. No mental reply can be got by questions. He mutters incoherently. Faulty & untidy in his habits. B.H. weak.

16.7.14 — Incoherent & excitable: troublesome at times: Hallucinations of hearing. Untidy — B.H. fair.

19.2.15 — Pat merely mutters when asked questions. He has hallucinations of sight & hearing and is very excitable at times. Does not work. Seems but untidy in dress. B.H. fair.

2.2.16 — Patient does not know his age or how long he has been here. He has hallucinations of sight & hearing & is at times very obstinate. Untidy but clean. See no work. B.H. good.

CERTIFIED COPY OF AN ENTRY OF DEATH

GIVEN AT THE GENERAL REGISTER OFFICE

Application Number 780216-1

REGISTRATION DISTRICT	WATFORD	
1919 DEATH in the Sub-district of Abbots Langley	in the County of Hertford	

No.	When and where died	Name and surname	Sex	Age	Occupation	Cause of death	Signature, description and residence of informant	When registered	Signature of registrar
99	Twenty Third March 1919 Leavesden asylum Watford RD	Aaron Kozminski	male	54 years	Male Said Union formerly a Hairdresser	Gangrene of left leg etc. Certified by Frank Oxley Elkins MD	Frank Oxley Elkins medical superintendent Leavesden Asylum Watford	Twenty ninth March 1919	J Clement Deputy Registrar

CERTIFIED to be a true copy of an entry in the certified copy of a Register of Deaths in the District above mentioned.
Given at the GENERAL REGISTER OFFICE, under the Seal of the said Office, the 10th day of December 2008

DYC 153105

CAUTION: THERE ARE OFFENCES RELATING TO FALSIFYING OR ALTERING A CERTIFICATE AND USING OR POSSESSING A FALSE CERTIFICATE ©Crown copyright
WARNING: A CERTIFICATE IS NOT EVIDENCE OF IDENTITY.

To the Steward of the Leavesden Asylum,

Please deliver to Mr. Friedlander .... Undertaker,
of Duke St. United Synagogue, London, E.
the body of Aaron Kozminski
Signature I. W. Abrahams
Address The Dolphin, Whitechapel Rd. E London
Date 25th March 1919 Relation to deceased Brothers

NOTICE TO UNDERTAKERS.—The body must be removed before the hour fixed for its removal from the Institution.

PRÓXIMOS LANÇAMENTOS

Para receber informações sobre os lançamentos da Editora Seoman, basta cadastrar-se no site: www.editoraseoman.com.br

Para enviar seus comentários sobre este livro, visite o site www.editoraseoman.com.br ou mande um e-mail para atendimento@editoraseoman.com.br